À PROPOS DE L'AUTEUR

Diplômée d'Histoire à l'université de Londres, Nicola Cornick a connu le succès dès la publication de son premier roman, aux États-Unis et en Angleterre. Avec sa série des « Glory Girls », Nicola Cornick fait revivre la Régence anglaise avec brio. Ses romans se caractérisent par le goût de l'aventure, du mystère, mais aussi par des personnages extrêmement vivants et un réel talent pour l'intrigue.

La belle et le Highlander

NICOLA CORNICK

La belle et le Highlander

Traduction française de
EMMANUELLE SANDER

Les Historiques

HARLEQUIN

Collection : LES HISTORIQUES

Titre original :
THE LADY AND THE LAIRD

HARPERCOLLINS FRANCE
83-85, boulevard Vincent-Auriol, 75646 PARIS CEDEX 13
Service Lectrices — Tél. : 01 45 82 47 47

www.harlequin.fr

ISBN 978-2-2804-2981-8 — ISSN 1159-5981

À Margaret McPhee, qui écrit des livres que je dévore (tout comme ses gâteaux).

Prologue

Forres Castle, Écosse, juin 1803

C'était une nuit faite pour la magie.

La lune était pleine ce soir-là et la mer formait un mince fil argenté et brillant. Le vent soupirait dans les pins, apportant avec lui un parfum iodé.

— Lucy ! Viens voir !

Lady Lucy MacMorlan se retourna dans son lit et rabattit les couvertures sur sa tête. Elle était bien au chaud, confortablement installée, et n'était nullement pressée de quitter ce cocon moelleux pour aller frissonner dans les courants d'air à côté de la fenêtre. De plus, elle refusait de se joindre à sa sœur Alice pour jeter un sort. De telles pratiques étaient ridicules et dangereuses, et ne pouvaient que leur attirer des ennuis.

— Je n'ai pas envie de me lever, protesta-t-elle en s'agitant au fond de son lit. Et encore moins de me trouver un mari.

— Ne dis pas de sottises, répondit Alice d'une voix impatiente.

Du haut de ses seize ans, la sœur jumelle de Lucy était fascinée par les bals, les robes – et les hommes. Plus tôt dans la soirée, Alice avait tourné trois fois autour du vieux cadran solaire situé dans l'enceinte du château, et avait récité le vieux rituel d'amour qui devait lui faire apercevoir son futur mari un soir de pleine lune. Lucy était restée dans la bibliothèque à lire un exemplaire des *Essais moraux, politiques et littéraires* de Hume. Maintenant que le soleil s'était couché, Alice attendait que le charme agisse.

— Il est évident que tu te marieras un jour, continua celle-ci. Que pourrais-tu faire d'autre ?

Lire, songea Lucy. *Lire, écrire et étudier.* C'était beaucoup plus drôle.

— Tout le monde se marie, poursuivit Alice d'un air supérieur, comme si elle avait une grande connaissance du monde. Nous sommes faites pour former des alliances et avoir des enfants. C'est ce que les filles d'un duc se doivent de faire. C'est ce que tout le monde dit.

Se marier. Avoir des enfants.

Lucy y réfléchit et étudia cette idée de manière rationnelle, comme à son habitude. Il était vrai que c'était ce que tout le monde attendait d'elles. C'était sans doute ce que leur mère aurait voulu. Elle était morte quand Alice et elle étaient en bas âge, mais tout le monde disait qu'elle avait été la perle de sa génération. Elle était la fille élégante du comte de Stratharnon, avait fait un excellent mariage et avait engendré la progéniture parfaite. Mairi, leur sœur aînée, avait dix-huit ans et était déjà mariée. Lucy n'avait rien contre cette idée mais elle était persuadée qu'elle devait rencontrer un homme plus intéressant qu'un livre pour sauter le pas, ce qui était plus difficile qu'il n'y paraissait.

— Lucy ! s'écria Alice d'une voix devenue plus aiguë. Regarde ! Oh ! regarde ces gentlemen qui viennent de sortir sur la terrasse avec leur brandy ! Lequel verrai-je en premier ? Ce sera lui, mon grand amour.

— Tu es complètement folle de croire à ces sornettes, dit Lucy.

Alice n'avait peut-être pas perdu la tête au sens strict du terme… mais elle n'écoutait jamais personne quand elle était excitée. Leur père donnait un dîner ce soir, mais comme elles n'étaient encore que des adolescentes elles n'avaient pas été invitées. Il y eut une pause. À travers la fenêtre ouverte, Lucy entendait le bruit des voix en contrebas mêlées à des rires d'hommes. L'odeur d'un cigare vint lui chatouiller les narines. Puis il y eut le tintement d'un verre tombant sur la pierre.

— Oh ! fit Alice d'un air intrigué. Qui est-ce donc ? Je ne vois pas très bien son visage…

— Ce doit être parce qu'il te tourne le dos, répondit Lucy avec humeur.

Elle essayait de dormir, mais avec sa sœur qui n'arrêtait pas de parler, c'était impossible.

— Rappelle-toi le sort, dit-elle. S'il te tourne le dos, cela veut dire qu'il ne sera pas sincère en amour.

Alice souffla d'un air dédaigneux.

— Il s'agit de l'un des fils de Lord Purnell, mais lequel ?

— Ils sont beaucoup trop âgés pour toi, dit Lucy en se roulant en boule pour se prémunir des bavardages de sa sœur. Personne ne doit te voir, ajouta-t-elle. Papa sera furieux s'il apprend que l'une de ses filles a été aperçue à la fenêtre en chemise de nuit. Ta réputation sera ruinée avant même ton entrée dans le monde.

Alice ne l'écoutait toujours pas. Elle ne le faisait jamais. Elle était pareille à un papillon aux ailes scintillantes, voletant avec insouciance au gré de ses envies.

— Il s'agit de Hamish Purnell, dit-elle enfin.

Elle paraissait déçue.

— Il est déjà marié, conclut-elle. Oh ! J'ai l'impression qu'ils se disputent.

L'excitation teinta de nouveau sa voix. Alice était aussi changeante qu'une girouette. Sa déception s'était évanouie en un instant. Elle regarda brièvement Lucy puis ouvrit la fenêtre en grand avant de se pencher sur l'embrasure en pierre.

— Lucy ! siffla-t-elle. Viens voir !

Lucy avait entendu le changement de ton sur la terrasse. Un instant plus tôt, les voix étaient douces et polies, et celui d'après, elles étaient teintées de colère, d'une violence qui sembla l'imprégner et lui donna la chair de poule. Elle se glissa hors du lit et s'avança à pas feutrés vers Alice, agenouillée sur la banquette près de la fenêtre, le corps tendu comme un arc pour mieux observer la scène qui se déroulait en contrebas.

Les deux hommes s'affrontaient sur la terrasse. Ils se tenaient sur le côté, si bien que Lucy ne pouvait voir leurs visages. Elle reconnut néanmoins la voix calme, aristocratique et légèrement méprisante de leur cousin Wilfred.

— Que faites-vous ici ce soir, Methven ? Vous n'êtes personne, juste un fils cadet. Je ne comprends pas pourquoi mon oncle vous a invité.

Son ton était condescendant et délibérément provocateur. Lucy entendit l'autre gentleman rire. Les autres hommes se rapprochèrent et encerclèrent les deux rivaux comme une meute de chiens sentant l'imminence d'une bagarre.

— Oh ! s'écria Alice. Wilfred est vraiment grossier et horrible ! Je le déteste !

Lucy haïssait elle aussi depuis toujours leur cousin Wilfred. Il avait dix-huit ans et était l'héritier du comté de Cardross. Il se vantait de son titre et des liens de sa famille avec le duc de Forres. Il venait de passer l'année à Londres et la rumeur disait qu'il avait gaspillé tout son argent dans le jeu, l'alcool et les femmes. Wilfred était snob, vaniteux et ennuyeux. Et ici, entouré de ses parents et de sa cour, il se donnait des airs d'homme courageux.

— Le duc m'a peut-être invité parce qu'il a plus d'éducation que son neveu, répondit l'autre homme.

Sa voix était plus rauque que celle de Wilfred, avec une pointe d'accent écossais. Il ne recula pas face aux intimidations de leur cousin. Il se retourna et Lucy aperçut soudain son visage à la clarté de la pleine lune. Il avait des traits forts, avec des pommettes bien dessinées, des sourcils et une mâchoire durs et inflexibles. Il était également très grand, avec de larges épaules. Pourtant, en l'observant de plus près, Lucy s'aperçut qu'il était encore jeune. Il devait avoir dans les dix-huit, dix-neuf ans – vingt ans tout au plus.

Un murmure parcourut l'assemblée réunie sur la terrasse. L'atmosphère changea. Elle était plus ouvertement agressive à présent, mais il y avait autre chose, comme une incertitude, presque de la peur.

Alice l'avait senti, elle aussi. Elle s'était recroquevillée derrière les épaisses tentures en velours qui habillaient la fenêtre.

— C'est Robert Methven, murmura-t-elle. Que fait-il ici ?

— Papa l'a invité, chuchota à son tour Lucy. Il dit que l'heure n'est plus aux querelles. Il pense qu'elles n'ont rien de civilisé.

Le clan des Forres et celui des Methven étaient traditionnellement ennemis. Les Forres et leurs proches parents, les comtes de Cardross, soutenaient la Couronne écossaise depuis des temps immémoriaux. Les Methven étaient autrefois des brigands, venus du grand Nord, et descendaient des comtes vikings des Orcades, ce qui leur conférait une certaine originalité. Lucy savait très peu de chose sur les Methven, hormis qu'ils étaient réputés pour être aussi farouches et sauvages que leurs ancêtres. Elle contempla le visage de Robert Methven, dont les traits se détachaient si clairement à la lueur de la lune, et sentit un frisson, comme un écho primitif, lui remonter le long du dos.

Ennemis depuis des générations… C'était dans le sang, dans les histoires qu'elle entendait depuis le berceau. Les guerres de clans appartenaient peut-être au passé, mais elles n'étaient pas si lointaines et les anciennes inimitiés étaient coriaces.

— Un jour, déclara Wilfred, je récupérerai les terres que votre famille a volées à notre clan, Methven, et je vous le ferai payer. Je vous le jure.

— Il me tarde de le voir, répondit ce dernier d'une voix amusée. En attendant, pouvons-nous boire encore un peu de cet excellent brandy que le duc nous a servi ?

Il passa devant Wilfred comme si cette conversation ne l'intéressait plus. Ce dernier, l'air bête, le bouscula pour passer devant lui et entrer le premier dans le salon. Methven haussa ses larges épaules d'un air indifférent.

Alice laissa le rideau reprendre sa place.

— J'ai froid, grommela-t-elle. Je vais me coucher.

Lucy se hissa sur la pointe des pieds pour fermer la fenêtre. Cela ressemblait bien à sa sœur de partir en lui laissant le soin de tout ranger. Voilà l'ennui, avec elle : elle était insouciante et irréfléchie, et Lucy devait toujours arranger les choses derrière elle.

— Hamish Purnell…, murmura Alice en se glissant sous les couvertures. Eh bien, je suppose qu'il est assez beau.

— Il est *marié*, lui rappela Lucy. De plus, il te tournait le dos lorsque tu l'as vu pour la première fois.

— Il s'est retourné, rétorqua Alice. Face à moi, dos à la mer. Le vrai amour. Peut-être que sa femme va mourir. Assure-toi de bien fermer la fenêtre, Lucy, ajouta-elle. Personne ne doit savoir que nous les regardions.

Lucy soupira en continuant de batailler avec la fenêtre qui refusait obstinément de se fermer. Soudain, le lourd pli en velours du rideau heurta un vase en porcelaine bleu et blanc sur l'étagère à côté d'elle. Elle le vit basculer par-dessus le rebord, comme au ralenti, et lui glisser des mains tandis qu'elle essayait de le rattraper, puis passer par la fenêtre ouverte avant de s'écraser en bas sur la terrasse. Pétrifiée, elle scruta l'obscurité. Rien ne bougea. Personne ne vint. Elle voyait les tessons qui brillaient au clair de lune, éparpillés au sol.

— Tu dois aller les ramasser, murmura Alice, paniquée. Sinon, ils les trouveront et ils sauront que nous les avons observés.

— C'est à toi de descendre, répondit Lucy avec humeur.

— Ce n'est pas moi qui ai fait tomber le vase, riposta sa sœur.

— Et moi non plus !

Malgré leur âge, la situation pouvait dégénérer en dispute puérile.

— C'est à toi d'y aller, dit Lucy. C'était *ton* idée de te pencher à la fenêtre comme une catin.

— Si jamais quelqu'un me surprend, j'aurai encore des ennuis, dit Alice.

Soudain, son visage lumineux prit un air enfantin et inquiet, et Lucy ressentit un pincement au cœur qui ressemblait étrangement à de la pitié.

— Tu sais bien que papa me dit toujours que maman aurait honte de voir à quel point je suis vilaine.

Lucy soupira. Elle se sentit flancher. Jamais elle n'attirerait d'ennuis à sa sœur. Cela faisait partie du pacte qu'elles avaient scellé, et qui faisait qu'elles étaient si proches. « Sœurs et amies pour la vie. » Lucy soupira de nouveau et s'empara de sa robe de chambre et de ses chaussons.

— Si tu descends par la Tour Noire, tu seras très vite en bas et personne ne te verra, dit Alice.

— Je sais ! répondit Lucy avec hargne.

Toutefois, alors qu'elle s'emparait d'une bougie, un frisson d'inquiétude la parcourut. Elle entrebâilla la porte, suffisamment pour se glisser en silence dans le couloir en direction de l'escalier de la tour. Non qu'elle fût effrayée par Forres Castle. Elle avait grandi dans ce château et en connaissait les moindres recoins, tous ses secrets et tous ses fantômes. C'était les êtres de chair et de sang qui l'effrayaient le plus, et non les créatures surnaturelles. Personne ne devait la surprendre. Elle ne s'était jamais attiré d'ennuis, ne faisait jamais rien de mal. Alice était la plus impétueuse des deux, celle qui cumulait bêtise sur bêtise. Lucy était une fille sage.

Pourtant, en tirant le verrou de la lourde porte en bas de l'escalier, elle se laissa quelques secondes pour profiter de la nuit. La brise, imprégnée du parfum de l'océan et des ajoncs, était douce sur son visage. Le bruit lointain des vagues se mêlait au murmure des pins. L'espace d'un instant, l'idée folle de courir à travers champs vers la mer, de sentir le sable froid sous ses pieds et l'eau fraîche sur ses jambes nues, lui traversa l'esprit.

Bien sûr, elle ne l'aurait jamais fait. Sa conduite était beaucoup trop irréprochable.

Elle se pencha pour ramasser les morceaux du vase bleu et blanc en soupirant. Les domestiques ne manqueraient pas de remarquer son absence et de le signaler. Leur père serait furieux car c'était l'un des bibelots préférés de leur mère, la défunte duchesse. Il y aurait des questions, des explications à fournir et des mensonges. Alice et elle ne pourraient que lui avouer l'avoir cassé, en omettant de lui dire que l'accident avait eu lieu parce qu'elles s'étaient penchées par la fenêtre pour observer à la dérobée les jeunes hommes. Lucy espérait que leur père ne serait pas trop déçu.

— Puis-je vous aider ?

Lucy sursauta et fit volte-face. Les tessons lui échappèrent des mains. Robert Methven se tenait debout devant elle, dos à la mer. À cette distance, il lui paraissait grand, aussi imposant que depuis sa fenêtre.

— J'ignorais qu'il y avait quelqu'un, balbutia Lucy en le voyant sourire.

— Je suis navré. Je ne voulais pas vous effrayer.

Il se pencha en avant et ramassa les tessons avant de les lui tendre d'un air grave.

— Pourquoi ne pas les poser sur la balustrade avant de les faire tomber de nouveau ? proposa-t-il.

— Oh ! non. Je dois m'en aller. Enfin…

Mais elle ne fit aucun geste pour battre en retraite vers la porte de la tour.

— Que faites-vous ici dans l'obscurité ? demanda-t-elle après quelques instants.

Il haussa les épaules avec indifférence.

— La compagnie n'est pas vraiment à mon goût.

— Vous parlez de Wilfred, je suppose. Je suis désolée. Il est vraiment horrible.

— Je me fiche de cet homme, mais je n'ai pas envie de passer du temps avec lui.

— Moi non plus et pourtant c'est mon cousin.

— Pas de chance. Je dois donc en déduire que vous êtes…

— Lucy. Lucy MacMorlan.

— Ravi de faire votre connaissance, Lady Lucy.

— Et vous devez être Robert Methven.

Il s'inclina pour la saluer.

— Vous êtes bien aimable, dit-elle.

Il sourit en entendant son ton surpris.

— Merci.

— Ne sommes-nous pas censés être ennemis ? demanda-t-elle.

Le sourire de Robert Methven s'élargit.

— C'est ce que vous voulez ?

— Oh ! non. C'est une vieille histoire.

— Les vieilles histoires sont parfois tenaces. Nos familles se détestent depuis des générations.

— Mon père pense que les querelles sont inutiles.

Les rayons de lune jouaient sur le visage de Robert Methven, accentuant certains traits et en cachant d'autres. Ce spectacle était étrangement fascinant. Au fond d'elle, Lucy se sentit ébranlée par une étrange émotion.

— C'est pour cela que je suis ici ce soir, expliqua-t-il. Pour laisser ces histoires derrière nous.

Il désigna de la tête le vase cassé dans ses mains.

— Comment est-ce arrivé ?

— Oh..., fit-elle en rougissant. La fenêtre était ouverte, le rideau l'a emporté et l'a fait basculer.

Methven partit à rire.

— Mon frère Gregor et moi nous attirons toujours des ennuis pour des choses similaires.

— Je ne vous crois pas.

Elle leva les yeux vers sa haute silhouette qui se détachait sur le ciel d'un bleu profond.

— Vous êtes beaucoup trop raisonnable pour vous attirer des ennuis, conclut-elle.

Robert Methven rit de nouveau.

— C'est peut-être ce que vous pensez mais mon grand-père est un vrai tyran. Nous enfreignons sans cesse ses règles.

Lucy s'aperçut que les arêtes aiguës des tessons s'enfonçaient dans ses paumes et qu'elle avait les pieds gelés dans ses chaussons en soie. Que diable faisait-elle donc là, en chemise de nuit, à parler avec un homme qu'elle connaissait à peine ?

— Je dois m'en aller, dit-elle de nouveau.

Il ne fit aucun geste pour la retenir mais il lui sourit.

— Bonne nuit, alors, Lady Lucy.

Arrivée devant la porte, elle fit une pause et se tourna.

— Vous n'allez pas me dénoncer, n'est-ce pas ? demanda-t-elle prudemment. Je n'ai pas envie de m'attirer des ennuis.

— Jamais je ne vous dénoncerai, dit-il en riant.

— Promis ?

Il la rejoignit en deux pas. Elle sentit l'odeur de fumée et d'air frais qu'il dégageait, et son sourire dévoila une rangée de dents blanches. Sans savoir pourquoi, Lucy éprouva un léger vertige.

— Je vous le promets.

Puis il se pencha vers elle et l'embrassa. Son baiser fut léger et bref, mais il lui coupa le souffle et la bouleversa. L'espace d'un instant, elle resta interdite, allant jusqu'à oublier la morsure des tessons dans ses mains.

— Est-ce votre premier baiser ? demanda Robert d'une voix amusée.

— Oui, répondit-elle sans réfléchir, trop honnête et innocente pour mentir.

— Vous l'avez aimé ?

Lucy fronça les sourcils. Ses sensations étaient trop inédites et troublantes pour qu'elle pût facilement les décrire, mais elle savait que ce qu'elle ressentait relevait de bien autre chose.

— Je n'en sais rien.

— Voulez-vous recommencer afin de pouvoir vous prononcer ? demanda-t-il en riant.

La sourde excitation qui venait de l'envahir lui souffla la réponse.

— Oui, murmura-t-elle.

Il lui prit les tessons des mains très délicatement et les posa sur la balustrade en pierre. Puis il l'enlaça et l'attira vers lui. Les mains de Lucy reposaient à présent sur son torse. Le tissu de sa veste était doux sous ses doigts. Soudain, elle fut prise d'une immense timidité. Elle aurait dû s'écarter mais juste à ce moment-là, il l'embrassa et sa gêne s'évanouit, perdue dans un nuage de douceur et de chaleur qui la fit frémir d'excitation. Prise de vertige, elle se retint au revers de sa veste. Son cœur tambourinait dans sa poitrine. Elle se sentait fragile et tremblait sans pouvoir s'en empêcher.

Puis, beaucoup trop vite, tout fut terminé. Robert Methven recula et la lâcha doucement. L'espace d'une seconde, la lune éclaira son expression surprise, perplexe même. Une lueur indéchiffrable, incompréhensible pour elle, brilla dans son regard. Pourtant, lorsqu'il prit la parole, il paraissait le même.

— Merci, dit-il.

Lucy ignorait ce qu'il convenait de faire après avoir embrassé un homme. Elle se sentit de nouveau extrêmement mal à l'aise. Elle s'empara des tessons du vase, marmonna un « bonne nuit » et s'enfuit si rapidement que ses pieds faillirent se prendre dans l'ourlet de sa chemise de nuit et la faire trébucher. Elle monta en courant l'escalier en colimaçon sans vraiment sentir les marches en pierre. Son esprit était trop envahi par le baiser de Robert Methven pour qu'elle puisse songer à autre chose.

Alice dormait paisiblement lorsqu'elle revint dans leur chambre. En contemplant son visage serein, Lucy ne put retenir un sourire. Elle ne pouvait jamais en vouloir à sa jumelle bien longtemps. Elle aimait beaucoup trop cette sœur si différente d'elle de tant de façons, et pourtant aussi unie à elle que les doigts de la main.

Elle reposa prudemment les morceaux de vase sur l'étagère et se glissa dans son lit avant de s'abandonner à sa chaleur et de s'endormir. Elle rêva de la lune qui brillait sur la mer et de la force magique des baisers de Robert Methven. Elle était certaine qu'il ne la dénoncerait pas. Ils étaient liés l'un à l'autre désormais.

Chapitre 1

Forres Castle, Écosse, février 1812

— J'ai besoin que tu me rendes un service, Lucy.

La plume de Lady Lucy MacMorlan ripa sur le papier et y laissa une grosse traînée d'encre. Elle effectuait un calcul mathématique particulièrement complexe quand son frère Lachlan était entré en trombe dans la bibliothèque. Une rafale d'air froid l'accompagnait et souleva les tapisseries qui ornaient les murs. Le feu craqua et siffla tandis que de la neige fondue tombait dans la cheminée. Les précieux calculs de Lucy volèrent de la table et glissèrent au sol.

— S'il te plaît, ferme la porte, Lachlan, dit-elle poliment.

Son frère s'exécuta et vint s'asseoir dans l'un des vieux fauteuils qui trônaient devant la cheminée.

— J'ai besoin de ton aide, répéta-t-il.

Lucy s'efforça de réprimer son irritation. Pourquoi diable Lachlan, pourtant de deux ans son aîné, avait-il toujours besoin d'elle pour se sortir des ennuis ? Il était doté d'une charmante insouciance et semblait toujours persuadé que quelqu'un d'autre l'aiderait à régler ses problèmes. Ce quelqu'un d'autre était toujours *elle*.

Dans la famille, tout le monde avait un rôle. Angus, l'héritier, était triste et ennuyeux. Christina, la sœur aînée de Lucy, était une vieille fille qui s'était consacrée à élever ses frères et sœurs après le décès de leur mère. Maintenant, elle s'occupait du foyer de leur père. Mairi, l'autre sœur de

Lucy, était veuve. Lachlan faisait n'importe quoi. Et du haut de ses vingt-quatre ans, Lucy était toujours la gentille fille parfaite.

Quel bébé parfait, disaient autrefois les gens en se penchant sur elle pour l'admirer. Plus tard, tout le monde avait dit qu'elle était une jeune fille parfaite, puis une débutante parfaite. Tout de suite après ses études, elle avait même célébré des fiançailles parfaites avec un gentleman plus âgé qu'elle, qui était à la fois un noble et un érudit. Lorsqu'il était mort, juste avant leur mariage, elle était devenue parfaitement inaccessible pour quiconque.

Autrefois, elle avait été une sœur et une amie parfaite, aussi. Elle avait eu une sœur jumelle avec laquelle elle partageait tout. Elle croyait alors que sa vie était un havre sûr, mais elle s'était trompée. Juste à cet instant, Lucy ferma très fort les yeux, comme si la porte en chêne avait claqué. Elle n'aimait pas penser au passé.

— Lucy ? appela Lachlan d'une voix impatiente.

Il passa une jambe par-dessus le bras du fauteuil et se cala dans son siège en lui souriant. Elle l'observa d'un air méfiant.

— Sur quoi travailles-tu ? demanda-t-il en désignant les feuilles éparpillées sur le bureau.

— Sur le dernier théorème de Fermat.

Lachlan la contempla d'un air perplexe.

— Et pourquoi cela ?

— Parce que j'aime les défis.

— Je ne voudrais jamais faire des mathématiques, sauf si je n'avais pas le choix.

— Tu ne choisirais rien du tout si tu n'y étais pas obligé, rétorqua Lucy.

Le sourire de Lachlan s'élargit. Elle avait l'impression de lui avoir fait un compliment.

— C'est vrai.

Il la fixa de ses yeux noisette qui pétillaient.

— Ton manuscrit progresse ?

— Je travaille sur un guide destiné aux ladies pour trouver le gentleman parfait, répondit Lucy d'un air très digne.

Elle savait que Lachlan se moquait d'elle. Il trouvait ridicule qu'elle écrive. Cette activité le laissait perplexe. Toutes les filles du duc de Forres écrivaient. Elles avaient hérité cet intérêt pour la littérature de leur mère, qui était un écrivain remarquable. À l'inverse, les fils n'étaient pas studieux. Lucy aimait beaucoup ses frères – enfin, elle aimait Lachlan même si elle le trouvait exaspérant, tout comme elle essayait d'aimer aussi le très guindé Angus – même s'ils n'étaient pas des intellectuels.

Comme pour le lui prouver, son frère poussa un sifflement moqueur.

— Un guide pour trouver le parfait gentleman ? Que connais-tu du sujet ?

— J'ai été fiancée à un homme, rétorqua-t-elle sèchement.

— Oui, je le sais bien.

Son regard se voila.

— Duncan MacGillivray n'était pas vraiment le gentleman parfait. Il n'était pas non plus l'homme idéal pour toi. Il était trop âgé.

Lucy sentit son cœur se serrer.

— Quelle grossièreté ! dit-elle avec humeur.

— Non. Je dis la vérité. Tu as accepté de l'épouser uniquement parce que notre père voulait que tu te maries. À cette époque, tu pleurais encore la mort d'Alice et tu n'avais pas les idées en place.

Alice…

Un courant d'air froid se faufila sous la porte et lui remonta le long du dos. Elle frissonna et serra son châle sur ses épaules. Alice était morte depuis huit ans, mais il ne se passait pas un seul jour sans qu'elle pense à sa sœur jumelle. Alice avait laissé un grand vide en elle. Lucy se demanda si elle se sentirait toujours aussi creuse, comme si on lui avait retiré une partie d'elle-même. L'absence de sa jumelle était une souffrance constante, une ombre qui planait sur son cœur. Même après tout ce temps, la douleur était si vive que parfois, elle lui coupait le souffle. Son enfance s'était terminée le jour où Alice était morte.

Elle chassa ces idées sombres, comme à son habitude. Elle ne voulait pas parler de sa sœur.

— Je sais très bien comment doit se comporter un gentleman et mieux encore, dit-elle en toisant son frère, comment il ne doit pas le faire.

— Tu sais aussi de quoi est faite la pornographie française et italienne, répliqua Lachlan en souriant, et tes récits érotiques sont beaucoup plus rentables et couronnés de succès que tes autres écrits. Je me demande pourquoi tu n'en écris pas plus.

Lucy fronça farouchement les sourcils.

— Tu sais très bien pourquoi je ne le fais pas. Ce n'est pas le sujet, Lachlan. Tu te souviens ? Tout cela appartient au passé et personne ne doit être au courant. Tu veux que ma réputation soit ruinée ?

Lachlan la regarda d'un œil noir, et frère et sœur revinrent à leurs chamailleries d'enfants un bref instant.

— Bien sûr que non, je n'ai rien dit à personne.

Lucy soupira de soulagement. Il était injuste de rejeter la faute sur son frère alors que c'était elle qui avait été stupide et naïve. Mais elle savait qu'il n'était pas fiable. Un an plus tôt, Lachlan était venu lui demander un service, un peu comme aujourd'hui. Il avait besoin qu'elle l'aide à écrire une lettre. Il fallait que celle-ci soit extrêmement romantique et sensuelle, assez pour séduire la dame de ses rêves.

Lucy avait désespérément besoin de gagner de l'argent et, comme elle s'exprimait mieux que son frère, elle avait accepté. Elle s'était inspirée de Shakespeare et avait ajouté de la poésie de son cru. Lachlan avait ri, soutenant qu'il lui fallait une prose plus excitante.

Lucy s'était alors souvenue des livres érotiques cachés dans la bibliothèque du château. Cette dernière avait toujours été une mine d'or pour elle, et elle en avait écumé les étagères depuis qu'elle savait lire. Elle avait dévoré les grandes collections que son grand-père avait rapatriées de la Grande Tour. Un jour, au milieu des épais volumes d'histoire politique et des classiques, elle avait découvert des ouvrages beaucoup plus sulfureux : plusieurs recueils de dessins d'hommes et de femmes dans des poses érotiques extraordinaires. Certains de ces dessins avaient paru à Lucy impossibles sur le plan anatomique, mais elle avait trouvé très intéressant de les regarder sur le plan éducatif. Elle les avait observés avec une vive curiosité intellectuelle, n'hésitant pas à tourner les livres dans tous les sens pour être sûre de bien comprendre les détails.

Ces mêmes dessins étaient également accompagnés de textes vivants et sensuels tout aussi intéressants pour son esprit curieux et académique. Lorsque Lachlan lui avait demandé quelque chose de plus excitant que Shakespeare, c'est là qu'elle avait puisé son inspiration. Peut-être avait-elle un peu exagéré dans sa prose. Mais son frère n'avait pas reçu de plaintes. Il s'était même confié à ses amis et plusieurs d'entre eux lui avaient ensuite demandé une aide similaire pour courtiser des femmes. Lucy avait accepté.

Et puis tout s'était aggravé. La première fois que Lucy avait entendu parler du scandale, c'était à une réunion de la Highland Ladies Blue Stockings Society. Tout le monde parlait d'un mystérieux écrivain qui aidait les jeunes mâles d'Édimbourg à séduire les femmes de leur entourage. D'après ce qu'elle savait, Lachlan avait une aventure torride avec une danseuse de l'opéra, tandis que ses amis mettaient également la ville en émoi avec leurs comportements licencieux. L'un avait mis enceinte la fille d'un aubergiste avant de l'abandonner, et un autre s'était enfui avec l'épouse du régisseur du château d'Édimbourg ! Dans les deux cas, ces femmes avaient été séduites grâce à de fausses promesses et de la prose érotique.

Lucy se sentait si horriblement coupable et naïve de ne pas avoir interrogé Lachlan sur ses intentions lorsqu'elle avait écrit ces lettres, ni d'avoir réfléchi à leurs conséquences ! Son besoin d'argent l'avait aveuglée et elle n'avait pensé à rien d'autre. Elle ne pouvait qu'espérer que personne ne découvrirait jamais l'identité du mystérieux auteur de ces messages, sans quoi sa réputation serait ruinée. Elle s'était promis de ne plus jamais écrire de poésie provocante. Une héritière bienséante ne pouvait se comporter ainsi. Par la suite, elle avait donc dû trouver un autre moyen de gagner de l'argent.

Lachlan la contempla d'un œil calculateur qui exacerba les soupçons de Lucy.

— Oublions tout cela et parlons plutôt de moi, dit-il avec un sourire engageant.

Il se passa une main nerveuse dans les cheveux et cela lui donna un air merveilleusement désinvolte. Quel dommage que ses amies ne soient pas là, songea Lucy. Elles trouvaient toutes que Lachlan était charmant, même si les qualificatifs « égoïste » et « superficiel » semblaient aussi avoir été inventés pour lui.

— Je suis tombé amoureux, dit celui-ci avec l'air de quelqu'un faisant une grande déclaration.

— Encore ! s'écria Lucy. Et qui est l'heureuse élue, cette fois ?

— Dulcibella Brodrie. Je l'aime, elle m'aime, et nous voulons nous marier.

Lucy fit une pause. Miss Dulcibella Brodie n'était pas la belle-sœur rêvée. Elle était belle mais aussi extrêmement désarmante, au point d'en être irritante. C'était ce qui avait dû séduire Lachlan, mais dans la mesure où il était lui-même désarmant, la combinaison des deux ne pouvait que conduire au désastre.

— Dulcibella est… une femme très douce, dit prudemment Lucy.

Elle se félicita d'être aussi polie et fut heureuse de trouver quelque chose de positif à dire. Dulcibella était certes un peu trop gâtée et égocentrique, et très attirée par les miroirs, mais en cherchant bien, elle devait certainement avoir de belles qualités.

Le visage de Lachlan prit soudain un air tragique de chien battu.

— Mais elle n'est pas libre. Elle est déjà promise à Robert Methven. Tout est arrangé pour le mariage.

Robert Methven.

Lucy laissa les feuilles lui glisser des mains, puis elle se redressa lentement.

— Tu en es sûr ? demanda-t-elle, le ventre serré.

Ses doigts tremblaient. Elle avait les joues brûlantes. Elle lissa machinalement les feuilles de papier.

Heureusement pour elle, Lachlan n'était pas très observateur et était beaucoup trop tourné vers ses propres sentiments pour remarquer les siens.

— Évidemment, j'en suis sûr. C'est un désastre, Lucy. J'aime Dulcibella. J'étais prêt à lui faire ma demande mais Methven m'a devancé.

— Lord Brodrie veut certainement plus pour son unique fille qu'un fils cadet, répliqua Lucy.

Elle se garda bien de regarder Lachlan dans les yeux et prit une inspiration pour se ressaisir.

— Mais je suis moi-même le fils cadet d'un duc ! protesta son frère.

— Et Lord Methven est marquis... Il représente un meilleur parti.

Sa voix était assez calme à présent, même si son pouls s'était accéléré. Son corps était brûlant et elle se sentait bouleversée.

Robert Methven allait se marier.

Sans savoir pourquoi, cette nouvelle lui donna le vertige. Pourtant, elle ne connaissait pas bien Lord Methven. Huit ans plus tôt, peu de temps après avoir fait sa connaissance sur la terrasse du château de son père, il s'était disputé avec sa propre famille et avait quitté l'Écosse. Il était parti au Canada et la rumeur disait qu'il avait fait fortune dans le commerce du bois. C'était peu de temps avant la mort d'Alice, et Lucy n'avait pas prêté une grande attention à ces nouvelles. Elle avait très peu de souvenirs de cette époque, à l'exception de son chagrin et de sa douleur après la perte de sa sœur.

Puis le grand-père de Robert Methven était mort et ce dernier avait hérité du titre. Il était revenu en Écosse. Lucy l'avait vu plusieurs fois cet hiver-là à Édimbourg, mais la camaraderie qu'ils avaient partagée cette fameuse nuit à Forres s'était évanouie. Ils s'étaient contentés d'échanger des banalités.

Lucy le trouvait physiquement intimidant. Tous les hommes de sa famille étaient eux aussi grands et minces, mais Lord Methven avait en plus une carrure imposante. Il avait des muscles puissants, une mâchoire volontaire et des prunelles qui avaient l'éclat dur d'un saphir. Tout en lui respirait la virilité. Lucy n'avait jamais rien vu de tel chez aucun homme.

Il avait aussi changé par bien d'autres aspects. Il était devenu d'humeur sombre et la lueur dans son regard avait disparu. La puissance et l'autorité que Lucy avait perçues ce premier soir étaient toujours là, mais en plus fortes et plus sombres. Les tragédies retiraient aux personnes leur lumière. Lucy le savait mieux que quiconque. Mais qu'était-il arrivé à Robert Methven pour le changer de la sorte ?

Aujourd'hui, elle et lui n'avaient plus rien en commun. Et pourtant… Lucy serra les poings. Il y avait en lui quelque chose d'étrange qui la mettait mal à l'aise. Quand elle y pensait, son sang se mettait à bouillonner, elle frissonnait et manquait d'air. C'était vraiment très étonnant.

Elle s'assit devant son bureau et lissa les feuilles de papier d'une main légèrement tremblante. Elle avait conscience de ces émotions inhabituelles, de cette curieuse sensation dans le creux de son ventre, qui ressemblait à de la jalousie.

Je ne suis pas jalouse, songea Lucy avec humeur. *Je ne suis* jamais *jalouse de rien ni de personne. La jalousie est un sentiment déplacé, indigne d'une lady.*

Et pourtant, elle devait se rendre à l'évidence : elle était bel et bien jalouse de Dulcibella.

Lucy prit une inspiration. C'était insensé. Elle ne pouvait pas éprouver un tel sentiment. Dulcibella n'avait rien d'enviable à ses yeux. Lucy ne voulait pas se marier et, même si cela avait été le cas, Lord Methven ne correspondait pas à l'idée qu'elle se faisait du mari idéal. Il était trop intimidant et beaucoup trop viril.

— Que faire, Lucy ? demanda Lachlan en levant les mains en signe d'impuissance. Dulcibella n'osera jamais s'opposer à la volonté de son père. Elle est beaucoup trop délicate pour cela.

Lucy n'aurait pas choisi ce terme. Non, Dulcibella était surtout faible et n'avait pas de cran.

— Tu ne peux rien y faire, dit-elle vivement. Je suis désolée, Lachlan.

Mais tu tomberas amoureux d'une autre lady en un clin d'œil, aurait-elle voulu ajouter.

— J'ai besoin que tu écrives une lettre, dit-il avec insistance en s'asseyant à côté d'elle. J'ai besoin de toi pour la convaincre. S'il te plaît, Lucy.

— Oh ! non. Pas encore. N'as-tu rien écouté de ce que je t'ai dit, Lachlan ?

— Je suis désolé pour la dernière fois.

Il eut au moins la décence de la regarder d'un air honteux.

— Je n'en crois rien.

Lachlan haussa les épaules, reconnaissant son mensonge.

— Très bien. Mais mes intentions sont louables, cette fois, Lucy. J'aime Dulcibella et je sais que tu voudrais nous voir heureux. Je veux l'épouser. S'il te plaît, Lucy…

Il laissa sa voix mourir comme s'il avait le cœur brisé. *Quel acteur*, songea-t-elle.

— Non, dit-elle encore. Et puis, je ne pense pas que Dulcibella puisse être convaincue par ce genre de lettre. C'est une jeune femme qui a été très couvée.

— Eh bien, il te suffira de les édulcorer un tout petit peu.

— *Non*, répéta encore Lucy.

Elle pensait à Robert Methven.

— Ils sont fiancés, Lachlan. Ce ne serait pas correct.

Son frère l'implora d'une voix plus suppliante cette fois :

— J'aime vraiment Dulcibella, dit-il en tendant la main.

Comment pourrait-elle être heureuse avec Methven ? Cet homme est un sauvage ! Il n'est pas comme moi.

— C'est vrai, dit Lucy. Il n'est certainement pas comme toi.

Robert Methven n'avait rien du raffinement de Lachlan. Il possédait une rudesse qui avait irrité les sens de Lucy ces trois derniers mois, comme de l'acier sur de la soie. Une fois encore, un frisson d'excitation lui parcourut les nerfs.

— Je ne peux pas t'aider, Lachlan. Tu ferais mieux de t'en aller.

Son frère prit la même expression butée que lorsqu'il n'obtenait pas ce qu'il voulait quand il était enfant.

— J'ignore pourquoi tu refuses de m'aider, insista-t-il. Personne n'en saura rien.

— Parce que ce n'est pas bien, répondit sèchement Lucy.

Un frisson lui hérissa la peau. Elle savait qu'elle devait refuser, même si les sentiments de Lachlan étaient sincères. Il n'était pas juste de saboter les fiançailles de Robert Methven. De plus, mieux valait ne pas fâcher un homme comme lui. Il était dur et dangereux, et elle aurait été stupide de se le mettre à dos. Si jamais il découvrait la vérité, elle s'attirerait de vrais ennuis.

— Je sais que tu as besoin d'argent, dit soudain Lachlan. Je t'ai entendue dire à ta bonne l'autre jour que tu avais déjà dépensé ta rente trimestrielle.

Lachlan disait vrai. Dès qu'elle avait été payée, elle avait tout donné à l'orphelinat de Greyfriars et au Foundling Hospital. Lachlan l'ignorait, évidemment. Il la croyait aussi dépensière que lui et ne s'en cachait pas. Il ne savait pas que les remords qu'elle éprouvait pour la mort d'Alice la poussaient à donner tout l'argent qu'elle avait pour racheter son immense culpabilité.

— Je t'offrirai ce chapeau avec les rubans verts que tu as vu hier sur Princess Street, ajouta son frère en se penchant vers elle.

— Je préfère de l'argent liquide.

L'espace d'un instant, elle songea à tout ce qu'elle pourrait acheter : des nouveaux vêtements et des chaussures pour les enfants, des livres et aussi des jouets.

Elle ressentit un pincement de culpabilité en comprenant qu'elle allait accéder à la demande de Lachlan. Elle s'efforça de l'ignorer. Il n'y avait aucun risque que Robert Methven découvre ce qu'elle avait fait car Lachlan signerait de sa main les lettres. Tant que son frère tenait sa langue, personne ne se douterait de rien. Elle pourrait alors acheter des médicaments pour les enfants de l'hôpital également. Les bronchites étaient particulièrement virulentes et mauvaises cet hiver.

— Combien ? demanda son frère en se levant.

— Dix shillings par lettre, répondit-elle sèchement.

Lachlan lui lança un regard noir.

— Je préfère les écrire moi-même.

— Bonne chance alors, dit-elle en lui souriant.

Ils se fixèrent longuement sans ciller. Lucy savait que Lachlan céderait le premier. Sa volonté à elle était beaucoup plus forte.

— Tu pourrais le faire par amour, grommela-t-il.

Lucy se détourna de lui. L'amour n'était pas une monnaie d'échange pour elle.

— Je préfère l'argent sonnant et trébuchant.

— Cinq shillings alors. Et à ce prix-là, il vaut mieux qu'elles soient bonnes.

— Sept shillings. Et elles le seront.

En attendant que Lachlan parte chercher l'argent, Lucy ouvrit le tiroir d'où elle sortit une plume neuve, taillée d'une main d'expert, et remplit le pot d'encre. Elle conseillerait à son frère de les recopier avec de l'encre verte. Il fallait qu'elles aient l'air aussi romantiques que leur contenu.

Une rafale de neige s'abattit sur la fenêtre. L'encadrement trembla. Le vent hurla dans la cheminée. Lucy frissonna. Elle ressentait toujours cette excitation au fond d'elle. Elle voyait les traits de Robert Methven, son visage dur comme le roc, ses yeux bleus aussi froids qu'un torrent de montagne.

Ce n'était pas correct d'aider Lachlan à lui ravir Dulcibella. Elle le savait. Non seulement c'était immoral, mais cela ne ferait que raviver les tensions qui existaient entre leurs clans, des tensions qui ne s'étaient jamais vraiment éteintes. Elle avait entendu dire qu'un procès en justice opposait le marquis de Methven et leur cousin Wilfred, comte de Cardross. Si Lachlan ravissait la fiancée de Robert Methven, cela ne ferait que jeter de l'huile sur le feu.

Elle aurait dû envoyer promener sa plume et s'en aller, mais elle avait désespérément besoin d'argent pour le Foundling Hospital. Elle commença donc à écrire. Tout allait bien se passer, songea-t-elle. Elle ne risquait rien. Robert Methven ne découvrirait jamais ce qu'elle avait fait.

Chapitre 2

Deux mois plus tard, avril 1812

La future mariée était en retard.

Robert, marquis de Methven, passa furtivement un doigt dans le nœud un peu trop serré de sa cravate, à l'instar de sa chemise d'un blanc immaculé tendue par ses larges épaules. Il avait chaud dans cette petite église des Highlands noire de monde. Un parfum de lys flottait dans l'air mais pour Robert, ces fleurs convenaient mieux aux enterrements.

Des fleurs de circonstance...

Les invités commençaient à s'impatienter. Pour Dulcibella, l'heure n'était plus à la coquetterie. Elle s'était fait assez attendre. Sa seule excuse aurait pu être un accroc à sa robe ou un décès dans sa famille. Mais Robert ne croyait ni à l'une ni à l'autre de ces explications.

Dulcibella. Quel prénom ! Pendant les deux mois de ses fiançailles, il n'avait pas été certain de pouvoir s'y faire. Mais manifestement, il n'allait pas avoir l'occasion d'essayer.

Il se retourna. L'église était bondée. C'était le premier mariage de la saison. Deux cents nobles écossais avaient fait le déplacement vers cette minuscule église au nord des terres de Brodrie pour voir la fille du lord épouser l'homme qui avait rejoint leurs rangs de manière aussi scandaleuse qu'il les avait quittés huit ans plus tôt.

— Je crois bien que ta fiancée t'a abandonné, mon ami, marmonna son cousin et témoin, Jack Rutherford.

Ce crétin souriait ! Robert se rembrunit. Il se fichait de l'humiliation subie mais ne voulait surtout pas perdre Dulcibella. Elle était la clé de son héritage.

Soudain, une lady assise au fond de l'église attira son attention.

Lady Lucy MacMorlan ?

Il sentit son pouls s'accélérer, comme à chaque fois qu'il la voyait. Sa simple vue suffisait à l'exciter, ce qui était très inconvenant dans une église, alors même qu'il s'apprêtait à épouser une autre femme.

Il ignorait d'où provenait cette attirance pour le moins déplacée. Il devait avoir développé à son égard une sorte de tendresse lorsqu'ils étaient encore adolescents, et celle-ci ne l'avait jamais quitté. Le baiser qu'il lui avait donné à Forres Castle avait été impulsif, mais la réaction de Lady Lucy avait été si forte et inattendue qu'il avait aussitôt reculé, sous peine de s'attirer de graves ennuis. Puis la tragédie l'avait éloigné de l'Écosse et il n'y avait plus pensé. Mais à son retour, lorsqu'il avait revu la jeune femme, cette étincelle qui sommeillait en lui s'était rallumée pour s'enflammer.

Il avait changé et elle aussi. La jeune lady ouverte et sans artifice était devenue beaucoup plus réservée. Elle était toujours charmante, mais parée du vernis de la sophistication. À sa grande surprise, il avait eu envie de découvrir ce que cachait cette façade.

Il avait bien d'autres pulsions impérieuses à l'égard de Lady Lucy, mais il ne pourrait jamais y céder.

À présent, celle-ci était assise au fond de l'église, entre ses sœurs et son père, le duc de Forres, ainsi que son cousin, l'horrible Wilfred, comte de Cardross, qu'il ne supportait pas. Lucy paraissait minuscule, exquise et voluptueuse avec sa formidable chevelure cuivrée et ses prunelles lavande si vives. C'était surtout ses cheveux couleur feu qui avaient causé la perte de Robert. Il rêvait de les toucher. Lady Lucy avait aussi un visage en forme de cœur et des lèvres rouges, une peau de porcelaine et de charmantes taches de rousseur.

Robert rêvait de goûter ces lèvres et de découvrir toutes les taches de rousseur de son corps.

Lucy était la perfection incarnée. Tout le monde le disait. Elle était une jeune femme parfaite, une lady parfaite, et ferait un jour une épouse parfaite. Robert savait qu'elle s'était fiancée à la fin de ses études avec un noble âgé qui était mort avant leur mariage. Depuis, elle avait repoussé toutes les autres demandes sous prétexte que personne ne pouvait égaler la perfection de son fiancé. Robert trouvait cet argument étrange, mais il en fallait pour tous les goûts…

Il observa de nouveau le profil parfait de Lady Lucy. Quel dommage qu'il n'ait pas pu la demander en mariage. Mais il était complètement assujetti aux conditions de son héritage. Dulcibella Brodrie était l'une des rares femmes – la seule, même – à remplir ses critères.

Il s'aperçut alors qu'il fixait toujours Lucy. Il n'avait rien d'un gentleman au sens où on l'entendait d'habitude, mais il savait qu'il était inconvenant de dévisager une lady qui n'était pas sa fiancée le jour de son propre mariage.

— Regarde devant toi, Methven, aboya sa grand-mère.

La marquise douairière était assise seule sur le premier banc, parée de soie rouge et de diamants. Lorsque le grand-père de Robert l'avait congédié sans un mot, elle avait été la seule à garder foi en lui pendant son séjour à l'étranger. Elle s'était opposée à son mari et avait envoyé son cousin Jack le rejoindre au Canada. Robert adorait sa grand-mère mais se gardait bien de le lui dire. Jack et elle étaient la seule famille qui lui restait.

Soudain, la porte de l'église s'ouvrit avec fracas. L'orgue joua *L'Arrivée de la reine de Saba*. Robert vit le soulagement du pasteur. L'église bruissa d'impatience tandis que les invités se tordaient le cou pour apercevoir la mariée.

Puis la musique se tut d'un coup. Lord Brodrie, le père de Dulcibella, remontait seul l'allée, sans la mariée à son bras.

Lord Brodrie était un homme constamment en colère ou presque. Il avait le visage rouge, ses cheveux blancs étaient tout ébouriffés et ses yeux bleus étincelants témoignaient de sa rage. Il tenait à la main des feuilles de papier. L'une d'elle tomba aux pieds de Robert.

— Elle s'est enfuie, déclara Brodrie.

— Je te félicite pour ta perspicacité, Jack, murmura Robert.

Les invités, rendus muets par le choc, poussèrent des exclamations révoltées. Tout le monde parlait en même temps et gesticulait en échangeant sur la nouvelle scandaleuse.

Robert se pencha vers la feuille. Ce n'était une lettre ni d'explication, ni d'excuse, mais d'amour.

Je ne peux plus le supporter. Je suis tourmenté nuit et jour. Je ne parle pas. Je ne mange pas. L'idée de vous savoir dans les bras d'un autre homme, dans son lit, m'est intolérable. Penser que Methven puisse vous faire l'amour alors que vous m'appartenez… Vous êtes mon souffle, ma vie ! Partez avec moi avant qu'il ne soit trop tard…

La suite était dans la même veine, mais Robert n'en lut pas plus. Son estomac était déjà retourné. Dulcibella semblait avoir été séduite par ces mots, étant donné que son auteur avait réussi à la convaincre de s'enfuir avec lui.

— Qui a écrit cela ? demanda Jack en essayant de lire par-dessus l'épaule de Robert.

— La lettre est signée Lachlan.

— Il doit s'agir de Lachlan MacMorlan. Il était follement épris de Miss Brodrie. Mais je le croyais trop fainéant pour faire cela.

— Je vais l'étriper ! s'écria le vieux lord avec rage.

Son visage était à la fois rouge et blême à présent, comme s'il était sur le point d'avoir une attaque. Il secouait la main qui serrait les lettres.

— Dire qu'il a débauché ma fille avec de la poésie romantique ! rugit-il. Le lâche ! S'il la voulait, pourquoi ne s'est-il pas battu pour elle comme un homme ?

Robert froissa la lettre dans sa main.

— Cette méthode semble avoir mieux fonctionné,

murmura-t-il. Je n'avais pas remarqué que Miss Brodrie était de nature romantique.

Robert comprit alors qu'il ne connaissait rien de Dulcibella. Il était un peu tard pour s'en préoccuper, à présent. Il ne s'était pas intéressé à elle, au-delà du rôle qu'elle jouerait pour qu'il puisse percevoir son héritage. Il avait besoin d'une femme et d'un héritier de toute urgence. Il avait remarqué qu'elle était jolie, mais son rire et sa frivolité l'irritaient. Leur relation se résumait à cela.

— La petite imbécile était toujours en train de lire, continua Brodrie. Elle tenait cela de sa mère. Je n'y ai jamais prêté attention mais je me souviens à présent qu'elle aimait lire des romans d'amour.

Tout commençait à devenir clair dans l'esprit de Robert.

— Je ne pense pas que MacMorlan ait écrit ces lettres, avança soudain Jack. J'étais à l'école avec lui. Il n'était pas du tout un bon élève.

— Il était peut-être trop timide pour te lire ses poèmes, dit Robert sur un ton sarcastique.

Il parcourut de nouveau le feuillet.

— Il a du talent, ajouta-t-il.

— Si Lachlan est timide, alors je suis le pape, rétorqua Jack.

— Messieurs…

Le pasteur se balançait d'un pied sur l'autre, l'air anxieux.

— Doit-on poursuivre la cérémonie ?

— Évidemment non, dit Robert. Si Miss Brodrie m'avait confié ses sentiments, elle aurait pu se tenir ici avec Lord Lachlan à ma place.

Lord Brodrie et le pasteur le regardaient d'un air perplexe. Ils devaient se demander comment il pouvait se montrer aussi froid et indifférent. Robert n'éprouvait pas le moindre sentiment pour Dulcibella. Il s'inquiétait surtout de perdre son héritage. Les invités s'agitaient à présent et essayaient de savoir ce qui se passait. Ils affichaient un air tantôt choqué, tantôt scandalisé ou amusé, selon les personnes et leurs dispositions. Wilfred Cardross ne fit rien pour cacher sa joie. Le cousin de Lady Lucy était le premier à désirer le voir échouer afin de pouvoir mettre la main sur ses terres.

Robert serra les poings. Il ne le laisserait pas lui prendre Golden Isle et ses terres du Nord, qui constituaient la partie la plus ancienne de son patrimoine. Si nécessaire, il était prêt à avoir recours à la force pour les garder !

Soudain, il croisa le regard de Lucy MacMorlan, qui le fixait ouvertement. Elle ne paraissait ni choquée, ni scandalisée, ni amusée.

Lucy avait l'air coupable.

Ce détail éveilla l'intérêt de Robert. Il savait que celle-ci était proche de son frère. Il les avait souvent observés en société et avait constaté qu'ils partageaient une franche camaraderie. Lachlan avait dû lui confier ses projets. Lucy était certainement au courant de quelque chose.

Robert soutint son regard un long moment. Elle rougit et se mordit les lèvres. Puis elle détourna les yeux délibérément et se pencha pour prendre son sac à main rebrodé de perles vertes assorti au ruban de son chapeau. Elle toucha le bras de son père pour lui signifier son départ. Les invités s'étaient levés et déambulaient dans les allées en attendant d'être informés de la situation.

— Eh bien ? demanda Brodrie. Allez-vous vous lancer à leur poursuite, oui ou non ?

— Milord, votre fille a provoqué un énorme scandale en refusant de m'épouser. Il serait déplacé de ma part de lui courir après.

Il fourra la lettre dans la main de Jack.

— Dis à tous les invités qu'ils sont les bienvenus au repas de mariage, Jack. Il serait dommage de gâcher toute cette nourriture et de ne pas faire la fête.

Il avait lui-même payé la noce car Brodrie était à court d'argent.

— La fête ? s'étrangla ce dernier. Vous voulez fêter le fait que ma fille s'est enfuie avec un autre homme, milord ?

— Nous avons déjà donné plus que de quoi nourrir les commérages, répondit Robert avec un rire amer. Je refuse de jouer le fiancé au cœur brisé. De plus, le repas est déjà prêt et payé. Et votre fille est mariée à l'heure qu'il est. Enfin, je l'espère pour elle. Allons fêter ça.

Il s'inclina devant Lord Brodrie.

— Pardonnez-moi. Je vous rejoins sous peu mais je dois d'abord m'acquitter d'une certaine tâche.

— Seigneur, quel être impitoyable, souffla Brodrie à Jack.

L'homme paraissait à la fois admiratif et incrédule.

Robert n'entendit pas la réponse de Jack mais il aurait difficilement pu le contredire.

Lachlan s'était enfui avec Dulcibella Brodrie. La rumeur enfla parmi les invités comme une vague. Lucy, assise au fond de l'église entre son père et ses sœurs, fut presque la dernière à l'entendre.

« Ils sont partis à Gretna Green… Ce matin… Elle s'est enfuie avec Lachlan MacMorlan… »

Lucy sentit monter un frisson d'appréhension. Maudit Lachlan ! N'aurait-il pas pu le faire plus tôt ? Il lui avait fallu presque vingt lettres pour convaincre Dulcibella d'abandonner Robert Methven et cette écervelée avait choisi ce moment précis pour abandonner son fiancé devant tous ses invités.

Lucy se sentait horriblement coupable. Elle ne s'attendait pas à se sentir aussi mal. Jusqu'à cet instant, elle était plutôt satisfaite. Le refus obstiné de Dulcibella de succomber aux avances de Lachlan lui avait rapporté gros. Elle avait pu offrir des couvertures, des médicaments et de nouveaux vêtements aux enfants. Mais il y avait toujours un prix à payer. Et Robert Methven en faisait les frais maintenant. Lucy avait le sentiment de l'avoir trahi, peut-être parce qu'il ne l'avait jamais dénoncée et n'avait jamais dit à personne qu'il l'avait vue sur la terrasse, cette nuit-là, à Forres. Pourtant, cela faisait huit ans qu'elle n'y avait pas pensé.

— Papa, dit Lucy en touchant le bras de son père. Nous allons devenir aussi populaires qu'un renard dans un poulailler, murmura-t-elle. Lachlan s'est enfui avec la fiancée.

Le duc de Forres remonta ses lunettes sur son nez, l'air perplexe. Son père était un érudit, un reclus qui donnait toujours l'impression d'avoir l'esprit perdu dans ses livres.

— Lachlan ? répondit-il distraitement. Vraiment ? Je me demandais où il était.

— Il semblerait qu'il se dirige tout droit vers Gretna Green, déclara Mairi. C'est Lachlan tout craché. Il veut toujours ce qui appartient aux autres.

Lucy leva les yeux et aperçut Robert Methven s'entretenir avec son témoin et Lord Brodrie. Il se tourna légèrement vers elle et elle distingua une feuille de papier dans sa main qui ressemblait étrangement aux lettres que Lachlan avait envoyées à Dulcibella. Un frisson glacé parcourut le dos de Lucy.

Soudain, sans crier gare, Robert Methven tourna son regard vers elle. Ses prunelles azur brillaient de détermination. Elle avait l'impression qu'un lien invisible les attirait l'un vers l'autre. Lucy sentit la violence de ce contact l'ébranler.

Il savait.

Son cœur tambourinait dans sa poitrine. Elle sentit la panique lui couper le souffle. Comment Robert Methven pouvait-il savoir qu'elle avait joué un rôle dans cette situation ? C'était un mystère et pourtant, ses conclusions ne faisaient aucun doute.

Elle vit ce dernier baisser le regard vers les lettres, puis lever la tête pour la regarder droit dans les yeux. Il s'adressa à son témoin et fit un pas en direction de Lucy. Il fallait qu'elle s'en aille.

— Papa, pardonnez-moi. J'ai besoin d'un peu d'air. Je vous retrouve à la voiture.

— Bien sûr, ma chérie, murmura le duc. Seigneur, j'ignore quoi dire à Methven. Lachlan s'est si mal comporté.

— Pardonnez-moi, répondit à la hâte Lucy.

Elle commença à se faufiler entre les bancs. Du coin de l'œil, elle vit Robert Methven remonter la nef dans leur direction. Elle l'imagina jetant son gant par terre et provoquant son père le duc en duel pour le déshonneur jeté sur son nom et sur sa famille. Un siècle plus tôt, cette idée n'aurait pas été aberrante. Elle ne l'était pas non plus à cet instant, d'autant que Wilfred souriait de toutes ses dents sans cacher son plaisir de voir Methven humilié.

— Personne ne le mérite plus que lui, déclara son cousin. J'offrirai à Lachlan un verre de whisky la prochaine fois que je le verrai.

— Oh ! tais-toi, Wilfred, répondit Lucy avec humeur. Il faut toujours que tu fanfaronnes.

— Bien sûr, dès qu'il s'agit de voir Methven à terre, dit-il avec un large sourire. S'il ne parvient pas à remplir les conditions pour percevoir son héritage, la moitié de ses terres lui seront confisquées. Pour me revenir.

Lucy le contempla avec un profond dégoût. Ces derniers mois, depuis son retour de Londres, Wilfred avait fait plusieurs mystérieuses allusions à ce propos. Elle savait qu'il y avait un procès qui l'opposait à Robert Methven. Mais dans la mesure où celui-ci était en cours de traitement, Wilfred n'en avait pas fait état. Mais s'il disait juste et que l'héritage de Robert Methven dépendait de son mariage, il risquait d'être encore plus furieux d'avoir été abandonné. Soudain, Lucy éprouva une telle nervosité qu'elle en eut le souffle coupé.

Elle s'était attiré de gros ennuis.

Elle passa à toute vitesse devant son cousin et remonta l'allée, désormais envahie par les invités.

— Pardonnez-moi, dit-elle pour la troisième fois en s'efforçant de gagner la porte.

Elle regarda par-dessus son épaule. Plusieurs personnes empêchaient Robert Methven d'avancer, sans doute pour l'interroger. Il leur répondit avec courtoisie mais son regard furieux était braqué sur elle. Soudain, elle vit une lueur grave et narquoise éclairer ses prunelles azur. Il savait qu'elle le fuyait et il venait droit sur elle.

Lucy ne comprit son erreur qu'en atteignant la porte de l'église, le souffle court et le cœur battant. Elle aurait dû rester à l'intérieur, entourée de tous les autres invités. Robert Methven n'aurait pas pu la questionner. Elle aurait été en sécurité. Sauf qu'il n'aurait pas hésité à l'emmener dehors pour lui parler en privé, foulant aux pieds les conventions.

Galvanisée par cette idée, Lucy hâta le pas vers l'entrée du cimetière. La route était bloquée par les voitures. Le petit village n'avait plus vu de manifestation de l'ampleur de ce mariage depuis celui de Lord Brodrie trente ans plus tôt.

— Lady Lucy.

Lucy se figea. Elle aurait voulu courir mais cela aurait été indigne d'elle. Avec les chaussons en soie qu'elle avait aux pieds, Robert Methven aurait été plus rapide qu'elle.

— Lord Methven, dit-elle en se tournant lentement vers lui.

Le moment de la confrontation était arrivé trop vite. Elle n'était pas du tout prête.

— Je suis désolée, dit-elle. Désolée pour votre…

Elle s'interrompit.

— Perte ? suggéra Robert Methven d'un air ironique. Ou désolée que votre frère soit suffisamment canaille pour s'enfuir avec la fiancée d'un autre homme ?

Sa voix tranchante mit les nerfs de Lucy à vif. Aucun homme éduqué, aucun gentleman ne s'exprimait avec un accent écossais, mais la voix de Robert Methven contenait quelque chose d'aussi abrasif que lui. Son séjour à l'étranger lui avait peut-être retiré un peu de son vernis civilisé. Lucy frissonna malgré elle.

Il lui bloquait le passage et ne fit rien pour s'écarter. Comme toujours, elle se sentit écrasée par sa haute taille, sa carrure imposante et sa force virile. Mais cette fois, elle ne devait pas se laisser impressionner.

— Lord Methven, dit-elle en lui décochant un sourire à la fois calme et compatissant qui ne laissait rien transparaître, espérait-elle, de sa grande nervosité. Je sais que Lachlan s'est très mal comporté…

— C'est le moins que l'on puisse dire. Votre frère est un voyou.

Il avait raison, mais son discours était un peu trop direct pour un gentleman.

Lucy se sentit rougir. D'ordinaire, elle avait beaucoup

trop confiance en elle pour se laisser troubler par un homme. Mais la franchise de Robert Methven la déstabilisait. Heureusement pour elle, il semblait incriminer Lachlan à cause des lettres. Elle ne risquait donc rien. Il ignorait qu'elle les avait écrites.

— Vous paraissez rongée par la culpabilité, dit-il d'un air nonchalant. Pourquoi cela ?

Soudain, Lucy eut l'impression de se trouver en terrain glissant.

— Veuillez m'excuser, dit-elle brusquement. C'est mon air habituel.

Il esquissa un sourire narquois. Lucy se sentait mortifiée. Elle ne perdait jamais son sang-froid et n'était jamais grossière avec personne. Mais Robert Methven semblait avoir le pouvoir de l'agacer.

— J'aime l'air que vous affichez, dit-il, la choquant un peu plus.

Il lui caressa la joue du dos de la main. Lucy sentit l'étau se serrer dans sa poitrine, l'empêchant de respirer. Elle avait les joues en feu.

— Je croyais que vous vous sentiez coupable parce que vous étiez au courant pour la fugue de votre frère, et même que vous aviez aidé l'heureux couple.

Lucy faillit s'étrangler. Sous l'intensité de son regard, elle se sentait vulnérable, incapable de dissimuler ses émotions et ses réactions.

Elle ouvrit la bouche sans savoir quoi répondre. Le regard froid de Methven la transperça. Elle avait l'impression d'être mise à nu.

Elle inspira profondément et posa la main sur ses côtes pour apaiser les battements de son cœur. Elle détestait mentir. Ce n'était pas bien. Elle essaya de se persuader qu'elle n'avait joué aucun rôle dans cette évasion. Pas directement, du moins.

— Je n'ai rien à voir dans cette histoire, déclara-t-elle, les joues rouges de honte et de culpabilité. En fait…

Elle bafouilla tandis que Robert Methven la regardait

en silence. Son calme, semblable à celui d'un lion face à sa proie, était terrifiant.

— Je savais que Lachlan était amoureux de Miss Brodrie, avoua-t-elle.

Elle eut de nouveau l'impression d'être au bord d'un gouffre, d'en avoir trop dit.

— C'est tout, ajouta-t-elle. Je n'étais pas au courant pour la fugue, ni pour les lettres d'amour…

Elle s'interrompit et fut prise de vertige en prenant conscience de ce qu'elle venait de dire, de ce qu'elle avait fait. Un frisson d'effroi la parcourut.

— Je n'ai jamais parlé de lettres d'amour, dit-il.

Son ton était très doux mais son regard s'était durci. Une fois de plus, un lourd silence s'abattit sur eux. Lucy entendait le vent souffler dans l'herbe. Elle était hypnotisée par les yeux de Robert Methven, tétanisée par son regard franc et direct.

— Je…

Elle était incapable de réfléchir, de trouver une porte de sortie.

— J'ai entendu dire que votre frère n'était pas un érudit, ajouta-t-il d'une voix plus dure. Mais vous, Lady Lucy… vos talents d'écrivain sont connus, n'est-ce pas ?

Lucy se sentit gagnée par la panique en entendant ses accents de colère.

— Je…

— Vous n'êtes plus aussi bavarde, ironisa-t-il.

— Methven, mon cher ami.

Le duc de Forres se précipitait vers eux, suivi des sœurs de Lucy. Les invités sortaient à leur tour de l'église.

— Mon brave garçon, répéta le duc. Je ne sais pas quoi vous dire. Je m'excuse pour la grossièreté de mon fils qui s'est enfui avec votre future femme. Ses manières sont horriblement mauvaises.

Son intervention venait de la sauver. Lucy prit une courte inspiration et partit se réfugier près de sa sœur. Elle tremblait.

Le regard de Robert Methven resta braqué sur son visage.

— S'il vous plaît, n'y pensez plus, Votre Grâce. Je suis certain de trouver un moyen de réclamer un dédommagement.

Il s'inclina vers Lucy.

— Nous poursuivrons cette petite conversation plus tard, milady.

Pas si elle pouvait l'éviter.

Lucy le suivit des yeux tandis qu'il s'en allait à grands pas, sans même un regard en arrière.

— Cet homme est très poli, dit le duc, manifestement surpris.

Évidemment, il n'avait pas perçu la menace qui tendait les propos de Robert Methven ! Mais Lucy n'était pas dupe. Il n'y avait rien de courtois chez ce dernier, ni dans sa vengeance. Cette histoire était loin d'être terminée.

Chapitre 3

Lucy voulut refuser d'assister au repas du mariage mais, pour une fois, son père avait été catégorique :

— Methven nous a invités, avait-il dit d'une voix ferme. Le moins que nous puissions faire pour limiter le scandale provoqué par ton frère et atténuer les animosités entre nos deux familles est de le soutenir.

Lucy n'avait pas le choix. Elle était très mal à l'aise. Elle n'avait pas d'appétit et ne pouvait rien avaler. Elle supporta les commérages sur Lachlan, les regards en coin et les murmures déplaisants, en se plaquant un sourire aussi radieux que factice sur le visage. L'appréhension lui vrillait le ventre. Elle était assise très loin de Robert Methven, mais elle sentait peser sur elle son regard insistant. Pourtant, lorsqu'elle se risquait à l'observer à son tour, il regardait toujours ailleurs. Seul le poids de sa culpabilité pouvait la rendre aussi nerveuse.

Le repas prit fin et les danses commencèrent. Le vin qui coulait à flots avait égayé les invités. La fuite de Dulcibella avec un autre homme était presque oubliée.

— Quelle belle fête, marmonna un invité éméché. C'est le meilleur mariage de l'année.

Lucy était assise sur une chaise contre le mur de la grande salle de Brodrie Castle avec sa marraine et d'autres chaperons. Elle se sentait seule et embarrassée. À vingt-quatre ans, pourquoi diable avait-elle encore besoin d'un chaperon, sous prétexte qu'elle était célibataire ?

C'était ridicule. Ces règles sociales ne faisaient que l'infantiliser. Et comme elle n'avait pas l'intention de se marier, elle risquait d'être chaperonnée jusqu'à ses trente-cinq ans au moins.

Elle attendait désespérément la fin de cette fête, mais elle semblait être la seule dans ce cas. Tous les invités avaient l'air de beaucoup s'amuser. Sa sœur Mairi tourbillonnait avec enthousiasme dans le quadrille. Elle était très extravertie et certains disaient d'elle qu'elle était une séductrice. Personne n'avait jamais dit cela de Lucy. Elle était trop sérieuse, trop sage, et la mort tragique de son fiancé avait ajouté une touche de mélancolie à sa réputation.

Son autre sœur, Christina, avait aussi dansé. Cette dernière n'avait rien d'une séductrice, elle non plus. Elle était une célibataire endurcie qui officiait comme gouvernante et maîtresse de maison auprès de leur père. Malgré cela, elle virevoltait sur la piste de danse alors que Lucy faisait tapisserie. Ce phénomène s'était souvent produit ces dernières années. Elle était connue pour avoir rejeté de nombreux prétendants. Depuis, les gentlemen s'étaient fatigués d'elle, comprenant qu'ils ne pourraient jamais égaler le défunt Lord MacGillivray. Et c'était vrai, car aucun autre fiancé n'aurait accepté un mariage de complaisance.

Lucy refusait d'envisager toute intimité avec un homme. Elle refusait de commettre la même erreur qu'Alice. Elle devait se protéger. Duncan MacGillivray lui était apparu comme le fiancé idéal : il ne désirait nullement partager sa couche. Il possédait déjà un héritier, un autre fils, et ne s'intéressait pas au sexe.

Le regard de Lucy se posa de nouveau sur Mairi, qui tourbillonnait sur la piste, passant de main en main, avec sa silhouette fine et son sourire radieux.

Parfois, elle lui rappelait Alice, si joyeuse, si charmante, si rayonnante de bonheur. Mais sa défunte sœur avait aussi eu la fâcheuse habitude d'ignorer les conseils et les ennuis avec indifférence, et d'user de son charme pour se sortir des difficultés. Finalement, ses ennuis étaient devenus trop graves pour qu'elle puisse les régler. Lucy frissonna. Les piliers en pierre et l'imposante majesté de la grande salle se diluèrent pour céder la place à d'autres temps et d'autres lieux. Alice s'accrochait à elle, le visage maculé de larmes.

— *Aide-moi, Lucy! J'ai tellement peur...*

Lucy avait cherché à la secourir sans savoir quoi faire. Elle n'avait que seize ans. Elle était choquée, terrifiée et impuissante. Alice s'était furieusement accrochée à elle en murmurant d'une voix brisée :

— *Je l'aime tellement fort... je ferai n'importe quoi pour lui...*

Finalement, elle avait appelé l'homme de son cœur à son secours, mais il n'était pas venu. C'était Lucy qui avait tenu la main d'Alice jusqu'à la fin, Alice qui murmurait à quel point elle était désolée de ne pas s'être confiée à elle plus tôt.

— *J'avais peur de m'attirer des ennuis,* s'était-elle défendue. *Ne le dis à personne, Lucy! Aide-moi...*

Mais il était beaucoup trop tard pour le faire. Lucy avait cru qu'elles n'avaient pas de secrets l'une pour l'autre, mais elle s'était trompée. La terrible nuit où Alice était morte, Lucy avait mesuré l'ampleur du secret de sa sœur et celle du prix à payer pour l'amour.

Elle frémit violemment et la grande salle se matérialisa de nouveau sous ses yeux, avec sa musique et ses danseurs. Rien n'avait changé, mais son cœur était toujours empli de cette froideur qui l'envahissait chaque fois qu'elle se souvenait d'Alice.

Lady Kenton, sa marraine, s'adressa à elle :

— Si personne ne t'invite à danser, tu ne trouveras jamais de mari. C'est très frustrant.

Hélas pour Lucy, Lady Kenton estimait qu'il était de son devoir de lui trouver un époux. Plus le temps passait et plus sa marraine était motivée.

— Je devrais parler à ton père. Il a été négligent avec toi depuis la mort de Lord MacGillivray. Il est temps que nous te trouvions un nouveau prétendant.

Lucy prit une inspiration. Son père était très indulgent

avec elle, et jamais il ne la forcerait à épouser qui que ce soit contre sa volonté. Sept ans plus tôt, il avait voulu qu'elle se marie au plus vite, comme pour effacer le souvenir terrible de la disgrâce de sa sœur, de sa honte et de sa mort. Mais aujourd'hui, le duc avait trouvé un remède à sa mélancolie dans l'étude et les livres, et s'enfermait le plus clair de son temps dans sa bibliothèque.

Lady Kenton se raidit soudain sur sa chaise et effleura le bras de Lucy.

— J'ai l'impression que Lord Methven va t'inviter à danser, déclara-t-elle, tout excitée. Que c'est étrange. Il n'a pas dansé de toute la soirée.

— Il a peut-être pensé que cela était déplacé dans la mesure où sa fiancée s'est enfuie.

Lucy sentit sa gorge s'assécher et son cœur bondir furieusement dans sa poitrine en le voyant fendre avec détermination la foule dans sa direction. Il ne voulait pas danser mais terminer quelque chose qu'il avait commencé. C'était évident. Il voulait l'interroger sur les lettres d'amour, comme il avait menacé de le faire.

Soudain, un homme vint s'interposer entre elle et Robert Methven.

— Cousine Lucy.

Un frisson radicalement différent la secoua. Elle n'avait aucune envie de danser avec Wilfred. Il s'inclina exagérément devant elle, secouant les dentelles qui lui ornaient le cou et les poignets. Des diamants brillaient à ses doigts et dans les plis de sa cravate. Lucy ne put s'empêcher de lui trouver des airs de dinde dodue. À l'odeur de brandy qu'il dégageait, il semblait avoir trop bu.

Il avait un sourire rusé qui dévoilait des dents jaunes. Son regard brillait comme celui d'un prédateur.

— Ma très chère cousine, dit-il en portant la main de Lucy à ses lèvres. Vous ai-je dit à quel point vous étiez ravissante aujourd'hui ? Voulez-vous me faire l'honneur de danser avec moi ?

Lucy n'en avait strictement aucune envie, mais tout le

monde la regardait et Lady Kenton l'encourageait de la main à aller vers la piste de danse. De plus, Wilfred lui servirait de bouclier contre Robert Methven.

Vingt minutes plus tard, elle dut revoir son jugement. Tout au long de cette danse longue, lente et lourde, son cousin n'avait cessé de l'abreuver d'un exaspérant bavardage qui laissait croire à une proximité entre eux qui n'existait pas. Certes, ils étaient des cousins éloignés et se connaissaient depuis qu'ils étaient enfants, mais leur relation n'avait jamais rien eu de romantique. Pourtant, Wilfred ne rata pas une occasion de lui murmurer à l'oreille à quel point elle était divine, encore et encore, jusqu'à ce qu'elle ait envie de hurler. Puis il lui serra les doigts et osa poser la main dans le creux de son dos, un geste aussi désagréable que possessif.

Lucy ignorait comment expliquer son changement d'attitude. Il avait toujours été obséquieux, mais il ne lui avait jamais donné l'impression qu'il existait entre eux la moindre connivence.

— Ma très chère cousine, dit-il alors que la danse touchait à sa fin, j'aimerais que nous passions plus de temps ensemble à l'avenir.

Rien n'aurait pu lui déplaire plus et elle commençait à se douter que son cousin convoitait sa fortune. La rumeur disait qu'il n'avait plus un sou et elle avait entendu son père dire que Wilfried cherchait à se marier très vite avec une femme riche afin de calmer ses créanciers. Mais Lucy était loin de se douter qu'il pouvait avoir des vues sur elle.

— Ce ne serait pas une mauvaise idée d'épouser ton cousin Wilfred, déclara Lady Kenton alors que Lucy venait de décliner l'invitation de ce dernier pour une nouvelle danse. C'est un très bon parti et cette union renforcerait les liens entre nos familles. J'en parlerai à ton père.

— Non, s'il vous plaît, tante Émilie, protesta Lucy. Je ne le supporte pas. En réalité, je le déteste, même.

Lady Kenton ne répondit rien, mais Lucy sentit passer un vent froid indiquant que, dans sa situation, elle n'était pas en position de faire la difficile.

Aucun autre gentleman ne vint l'inviter à danser. Le temps passait. Les danses se succédaient et une demi-heure plus tard, Lucy sentit le regard aiguisé des autres jeunes femmes et le triomphe déguisé de leurs chaperons.

Elle était peut-être jolie, la fille d'un duc et une héritière, mais personne ne voulait danser avec elle. Robert Methven s'était de nouveau volatilisé. Lucy aurait dû se sentir rassurée, mais elle était tendue et fatiguée, ne souhaitant que rejoindre son auberge à Glendale où ils passeraient la nuit avant de revenir à Édimbourg.

— Excusez-moi quelques instants, ma tante, dit-elle à Lady Kenton en se levant. Je dois m'entretenir avec Lord Dalrymple. Il donne une conférence sur l'économie politique à Édimbourg dans une quinzaine de jours, et je lui ai promis d'y assister.

Lady Kenton soupira bruyamment.

— Ne laisse personne t'entendre, ma chère, ou cela nuira à ta réputation. Tu sais que j'encourage tes études, mais tout le monde n'apprécie pas les femmes savantes.

Lucy alla parler avec Lord Dalrymple puis se retira dans le salon prévu à cet effet. Il était vide, à l'exception d'une bonne qui bâillait sur une chaise. Lucy se passa les mains et le visage à l'eau, et se contempla dans un miroir. Avec cette tête, pas étonnant qu'elle effraie les gentlemen.

En sortant de la pièce, elle aperçut la silhouette imposante de Robert Methven qui traversait le hall, en grande conversation avec le bel homme qui lui avait servi de témoin. Lucy se réfugia derrière une armure médiévale. Elle était certaine de n'avoir fait aucun bruit mais Methven releva brusquement la tête. Son regard perçant scruta le hall et se posa *exactement* à l'endroit où elle était cachée. Elle le vit échanger quelques mots avec son compagnon avant de s'avancer vers elle d'un pas aussi déterminé qu'un peu plus tôt dans l'église.

Malgré la panique qui s'était emparée d'elle, elle réfléchit à toute vitesse. Elle saisit la poignée de la première porte qu'elle trouva et s'y engouffra. C'était un couloir en pierre utilisé par les domestiques et faiblement éclairé.

À mi-chemin, regrettant déjà de s'être enfuie, elle entendit le bruit sourd de la porte s'ouvrir et se fermer. Robert Methven s'était lancé à sa poursuite, elle en était certaine.

Elle n'avait plus d'échappatoire.

Elle accéléra le pas, tout en entendant le martellement régulier des bottes de Methven. Son cœur s'emballa, ce qui ne fit qu'accroître sa panique. Il était trop tard pour se retourner et l'affronter. Elle se sentait ridicule de s'être enfuie, embarrassée, confuse et nerveuse. Elle aurait pu miser sur son culot mais à présent, c'était impossible.

Le couloir bifurqua brusquement et, l'espace d'un terrible instant, Lucy redouta d'être prise au piège dans une impasse, avant d'apercevoir dans un coin un petit escalier en colimaçon. Elle ouvrit à la hâte la porte et monta les marches aussi vite qu'un écureuil, jusqu'à atteindre une lourde porte en bois. Elle était fermée. Lucy faillit se tordre le poignet en tournant la clé en fer forgé et se précipita sur les remparts du château.

Dès qu'elle sortit, le vent s'engouffra dans ses cheveux et la fit frissonner. La nuit était tombée et le ciel était clair. La chaleur de la journée était partie, remplacée par une brise fraîche et printanière.

Lucy se dirigea à la hâte vers la porte de la tourelle en face d'elle. Elle tourna la poignée. Le battant resta obstinément clos. Elle tira plus fort. Rien ne bougea. La clé devait se trouver à l'intérieur, comprit-elle.

Elle fit volte-face et aperçut la silhouette de Robert Methven qui s'avançait sur les remparts. Il ne se déplaçait pas vite, mais sa démarche ressemblait à celle d'un prédateur ayant repéré sa proie. Lucy fit demi-tour et pressa les mains contre la porte en chêne, qui céda brusquement. Elle faillit tomber en trébuchant. Sans plus tarder, elle dévala l'escalier, parcourut un dédale de couloirs éclairés de torches vacillantes, puis revint dans la grande salle en courant, le cœur battant et haletante.

Elle s'arrêta derrière une fougère, appuyée contre le flanc dur d'une armure pour reprendre son souffle et se calmer.

Elle venait de passer de longues minutes à parcourir Brodrie Castle mais au moins, elle avait semé Robert Methven.

— La nuit est froide pour se promener sur les remparts.

Lucy fit volte-face et sursauta si brusquement que l'armure cliqueta.

Robert Methven se tenait juste devant elle, un sourire narquois aux lèvres.

— J'ignore de quoi vous parlez, dit-elle.

Il tendit la main en silence. Nichées au creux de sa paume se trouvaient plusieurs épingles à cheveux ornées d'une perle.

— Oh ! s'écria Lucy en portant la main à sa chevelure.

Elle ne s'était pas aperçue que le vent l'avait décoiffée.

— Merci, dit-elle. Heu, oui… je suis allée sur les remparts. Je me suis toujours intéressée à l'architecture du XVe siècle.

— Le moment est curieusement choisi, dit Methven. Si j'avais su, j'aurais organisé une visite. Plutôt de jour.

Il se balança d'un pied sur l'autre.

— Dire que je croyais que vous essayiez de me fuir.

— Non, pas du tout…, protesta Lucy, avant de voir le cynisme obscurcir le regard de Methven.

Il avait deviné qu'elle mentait.

— Très bien, dit-elle avec humeur. J'essayais de vous fuir.

— Voilà qui est mieux. Et pourquoi cela ?

— Parce que je ne vous aime pas, et que je n'avais pas envie de parler avec vous.

Methven partit à rire.

— Voilà qui est encore mieux ! Qui aurait imaginé chez vous une telle franchise ?

— Généralement, je m'efforce plutôt d'être polie et non de blesser les personnes en étant trop directe.

— Ne vous gênez pas pour moi. Je préfère la franchise.

— Franchise ou pas, je ne pense pas que nous devrions avoir la moindre conversation, répondit-elle sur un ton glacial.

— Dans ce cas, vous n'êtes pas aussi intelligente que je le pensais. Très bien, commençons dès maintenant.

Il tendit la main comme pour lui prendre le bras mais juste à cet instant, un individu débraillé s'avança vers elle et faillit renverser l'armure.

— Lady Lucy ! Quelle bonne surprise !

Methven paraissait contrarié par cette interruption. Lucy reconnut Lord Prestonpans, un ami de son frère. Il paraissait très éméché. Il avait les joues rouges, les cheveux en bataille et il sentait très fort l'alcool. Il se pencha vers elle comme pour se confier, et elle s'écarta vivement pour s'esquiver.

— Je vous ai cherchée toute la soirée, milady. J'ai besoin de votre aide. Je veux que vous écriviez pour moi l'une de vos lettres.

Lucy se figea. Elle sentait le regard poli, amusé et inquisiteur de Robert Methven braqué sur elle.

— L'une de vos lettres ? répéta-t-il doucement.

Catastrophe. Un frisson glacial la parcourut. Comment réduire Prestonpans au silence ou empêcher Methven de les écouter ? Elle avait le corps couvert de sueurs froides. Elle voyait déjà sa réputation réduite en lambeaux.

— Bien sûr, milord, dit-elle très vite en prenant Lord Prestonpans par le bras pour l'entraîner avec elle. Une lettre à votre avocat ? Je serai ravie de vous aider. Venez me voir la semaine prochaine à Édimbourg.

Elle lui adressa un sourire et commença à s'éloigner dans l'espoir que Prestonpans comprendrait le message, mais il n'en fit rien. À la place, il la suivit comme un petit chien. Lucy accéléra le pas en direction de la salle de bal. Prestonpans, qui courait derrière elle, haussa le ton et déclara d'une voix horriblement claire :

— Non, pas l'une de vos lettres officielles, brailla-t-il.

Il essaya de la rattraper et glissa légèrement sur le sol ciré.

— L'une de vos *autres* lettres. Votre frère m'a dit que vous écriviez des lettres spéciales… érotiques.

— Veuillez m'excuser, dit-elle en haussant le ton pour couvrir sa voix.

Pourvu que Lord Methven n'ait pas entendu, pria-t-elle tout bas dans un élan désespéré.

— Mon chaperon doit se demander où je suis…

— Je viendrai vous voir ! lança Prestonpans en la saluant joyeusement de la main, avant de retourner dans la salle où l'on servait des rafraîchissements. Je vous paierai bien !

Il y eut un long silence. Lucy n'entendait rien d'autre que les battements de son cœur qui tambourinaient dans ses oreilles. Elle se raidit en voyant Robert Methven s'avancer lentement vers elle. Il attendit quelques instants avant de lui dire :

— Des lettres érotiques ? demanda-t-il sur un ton faussement doux.

— Vous avez dû mal entendre, répondit Lucy, au comble du désespoir. Lord Prestonpans parlait de lettres *exotiques*. Des lettres inhabituelles, écrites avec…

— Avec de l'encre verte ? proposa Methven. Ce serait en effet très original.

De l'encre verte. Lucy se souvint avoir conseillé à Lachlan d'utiliser cette couleur pour que ses lettres paraissent plus romantiques.

— Ou alors, continua Methven, Lord Prestonpans parlait peut-être de lettres écrites dans un *langage* exotique ? Des lettres poétiques, des lettres d'amour…

Il restait impassible, comme s'il attendait d'entendre son prochain mensonge.

À travers la porte entrebâillée, Lucy vit que les danseurs prenaient place pour un quadrille écossais. L'orchestre accordait ses instruments. Des personnes passèrent devant eux pour rejoindre la piste. Lucy avait l'impression d'être dans un autre monde, un monde qu'elle n'était pas prête à rejoindre, encore moins depuis que Robert Methven lui avait pris le bras. Impossible pour elle de se dégager sans faire une scène.

— Je pense qu'il est grand temps que nous ayons une petite discussion, vous et moi, dit-il.

— Nous ne pouvons pas parler ici, protesta Lucy en se plaquant sur le visage un sourire destiné à rassurer les regards curieux des noceurs.

Mais derrière cette façade, son cœur battait à tout rompre. Il n'existait qu'une seule chose encore plus grave que le fait que Robert Methven soit au courant de ses talents d'écrivain : que tout le monde l'apprenne. Elle serait discréditée, elle, la parfaite Lady Lucy MacMorlan, pas si parfaite, finalement.

— Allons ailleurs, alors, proposa Methven. Je vous laisse libre du choix.

Ce n'était pas une invitation mais un ordre.

Lucy sentit sa gorge s'assécher.

— Il ne serait pas correct que je reste seule avec vous, se défendit-elle.

Mais le rire de Methven l'arrêta.

— Vous écrivez des poèmes érotiques, Lady Lucy, et vous m'opposez un tel argument ? Vous avez une idée étrange de ce qui est correct, conclut-il en l'entraînant vers l'une des portes de la grande salle.

Lucy essaya de lui résister, mais ses chaussons glissaient sur le parquet en bois ciré comme des patins à glace. Elle planta les talons dans le sol, sans plus de succès.

— Je peux vous porter si vous préférez, dit Methven à voix basse, non sans une pointe menaçante d'espièglerie.

— Non, dit-elle en se ressaisissant un peu. Je trouverais ce geste un peu surfait.

Il ne fallait pas qu'il voie à quel point elle se sentait nerveuse. Elle s'efforça d'analyser toutes les possibilités, de trouver une porte de sortie. Elle pourrait lui dire qu'elle voulait aller aux toilettes, puis escalader la fenêtre et monter dans sa voiture pour retourner à l'auberge…

— Je vous déconseille d'essayer de vous enfuir, dit Methven d'un air grave, la prenant au dépourvu par sa perspicacité. Faites le tour des remparts si cela vous chante mais l'issue sera la même.

Bon sang. Elle n'avait pas d'échappatoire. Elle allait devoir l'affronter, tout lui avouer à propos des lettres et implorer son silence. À cette idée, Lucy était terrifiée. Robert Methven n'avait guère le profil d'un homme compréhensif.

— Prenez mon bras si vous voulez éviter une scène,

prévint ce dernier. Nous pouvons parler dans la bibliothèque. Lord Brodrie ne s'y rend jamais. Je ne sais même pas s'il a déjà ouvert un livre dans sa vie.

Lucy hésita, la main en suspens au-dessus de la manche de Methven. Elle redoutait l'idée dangereuse de le toucher, tout en se maudissant de ressentir une telle excitation en sa présence. Les joues en feu, elle posa avec légèreté la main sur son bras. Elle se tint suffisamment à distance pour que leurs corps ne se touchent pas. Pourtant, malgré tous ses efforts, elle sentait un courant passer entre eux, sombre et tumultueux. Elle essaya de l'ignorer, sans succès.

Elle était incapable d'ignorer Robert Methven.

Il la conduisit dans la bibliothèque. Il connaissait manifestement le château, sans doute depuis qu'il avait fait sa cour à Dulcibella, cour qu'elle-même avait si habilement sabotée. Elle sentit son cœur se serrer. Non, Methven ne risquait pas de se montrer compréhensif. Il ne fallait pas être un génie pour le savoir. Elle avait participé à la ruine de son mariage et de tous ses projets pour protéger son héritage. Robert Methven ne serait pas d'humeur à lui pardonner.

Il ferma doucement la porte derrière eux, ce qui étouffa le bruit du bal ainsi que les voix et la musique. Soudain, le silence les enveloppa et Lucy ressentit encore plus la présence de Methven. Il s'approcha d'elle, au point qu'elle entendait son souffle couvrir le sifflement du feu dans la cheminée.

Elle huma son léger parfum d'eau de Cologne au milieu de l'odeur des bûches de pin qui se consumaient.

— C'est vous qui avez écrit les lettres dont votre frère s'est servi pour séduire Miss Brodrie et la pousser à me quitter, déclara Methven.

Voyant que Lucy ne répondait pas, il insista :

— Eh bien ?

La sécheresse de son ton la fit sursauter.

— Je suis navrée, dit-elle. J'ignorais qu'il s'agissait d'une question.

Elle fit une pause et prit une inspiration.

— Oui, dit-elle. C'est moi qui ai écrit les lettres de Lachlan.

Chapitre 4

Face à ses aveux coupables, un éclair de satisfaction éclaira le regard de Robert Methven. Le cœur de Lucy battait très fort dans sa poitrine. Avait-elle l'air aussi effrayée qu'elle l'était, elle qui allait devenir l'objet de tous les ragots d'Édimbourg pendant des mois ? Elle détestait l'idée que son nom soit synonyme de scandale.

Mais Methven ne pouvait pas la trahir. Un gentleman ne bafouait jamais la confiance d'une dame.

— Savez-vous ce que vous avez fait ? demanda-t-il, son regard furieux braqué sur elle.

Elle voyait bien qu'il se contrôlait, mais une menace planait dans ses paroles.

— Comprenez-vous les conséquences de vos actes, Lady Lucy ?

Ses prunelles azur brillaient à présent de mépris.

— Vous avez détruit mon mariage.

— Ce n'est pas tout à fait exact, corrigea-t-elle. *Dulcibella* a détruit votre mariage en s'enfuyant avec Lachlan. Elle a fait son choix. Peut-être ne voulait-elle pas vous épouser.

Methven ne paraissait pas du tout impressionné par sa logique. Il abattit son poing si fort sur le manteau de la cheminée que Lucy battit des paupières.

— Vous ne reconnaissez donc pas votre responsabilité ? Vous vous croyez donc innocente ?

— J'ai effectivement écrit ces lettres, répondit-elle calmement. J'en endosse la responsabilité.

Elle savait que ses paroles n'avaient rien d'apaisant, mais elle n'était pas prête à aller dans son sens pour le calmer. En s'exprimant ainsi, elle ne voulait pas le provoquer, mais quelque chose chez Robert Methven l'irritait.

— Pourquoi avez-vous fait cela ? grogna-t-il sans détourner d'elle son regard d'un bleu aussi intense que sa colère.

— Parce que Lachlan m'a payée, répondit-elle en le toisant d'un air de défi.

Methven écarquilla les yeux de surprise.

— Vous l'avez donc fait contre de l'argent ? rugit-il d'une voix méprisante qui claqua comme un fouet.

— Vous me faites passer pour une courtisane, se récria-t-elle. Vous vous trompez.

Soudain, le sourire de Methven s'élargit, creusant une fossette dans sa joue. Elle sentit alors une douce chaleur l'envahir et elle se mit à trembler un peu.

— À votre manière, vous vous êtes vendue, souligna-t-il. Je vous prie de m'excuser, mais c'est ainsi.

Lucy ne répondit rien. Elle refusait d'avouer à un homme aussi cynique que l'argent des lettres était destiné à des œuvres de charité. Elle ne voulait pas trop se dévoiler ni lui montrer ce qui était important pour elle, pas même pour se dédouaner. Elle ne parlait jamais d'Alice. Le sujet était trop douloureux. De plus, Robert Methven n'aurait fait que se moquer d'elle. Et aurait refusé de la croire.

— Je n'ai pas d'argent, expliqua-t-elle, il faut bien que j'en gagne.

— Vous êtes une héritière, souligna-t-il.

— Une héritière est une personne qui héritera un jour, répliqua-t-elle, et non une personne qui possède déjà de l'argent. Une héritière peut très bien être sans le sou.

— Belle justification, convint Methven, mais ce n'est toujours pas une excuse. J'imaginais vous entendre dire que vous aviez aidé votre frère parce que vous croyez en l'amour.

Lucy frémit.

— Je n'ai pas le temps de songer à l'amour.

Il scruta longuement son visage.

— Nous avons alors quelque chose en commun.

Un pli amer lui déforma la bouche.

— J'aimais ce que Miss Brodrie pouvait m'apporter, cependant.

Il soupira avant de se redresser.

— Saviez-vous que votre cousin Wilfred Cardross et moi sommes en procès ?

Il avait adopté un ton neutre mais son regard était perçant, et soudain, Lucy eut le sentiment que la réponse à cette question était plus importante que tout le reste.

— Oui, dit-elle, sincère.

Le mépris et le dégoût revinrent envahir son regard.

— Vous l'avez donc fait pour aider votre cousin aussi, conclut Methven. Vous vouliez l'aider à me déposséder de mon patrimoine.

Il lui tourna le dos. La ligne de ses épaules et tout son corps étaient raides de fureur contenue et pourtant, Lucy sentit autre chose : de la frustration, un esprit protecteur très puissant mais contrarié, comme s'il désirait fortement obtenir quelque chose qu'il ne pouvait pas avoir. Ce sentiment était si palpable qu'elle tendit la main vers lui avant de se raviser.

— Vous faites erreur, dit-elle d'une voix un peu rauque. Je n'ai rien fait pour aider mon cousin Wilfred. Je ne lui donnerais même pas l'heure, et encore moins mon aide. Si ce que j'ai fait lui a profité, alors j'en suis navrée.

Methven se tourna vivement vers elle et la prit par les épaules. Ses doigts lui brûlèrent la peau à travers sa robe.

— Est-ce vrai ?

Son regard enflammé la fit frémir. Il le sentit et la lâcha.

— Vous dansiez avec lui tout à l'heure, ajouta-t-il froidement, comme si cette chaleur ne lui ressemblait pas.

— Pas par plaisir. Je ne le supporte pas. Déjà, quand nous étions enfants…

Elle s'interrompit. Ses souvenirs d'enfance étaient déplacés dans le cas présent. Methven scruta son visage de son regard pénétrant.

— Vous n'êtes donc vraiment pas au courant, dit-il d'une

voix neutre. Vous avez rendu à Cardross le plus grand des services en brisant mon mariage, et vous ne saviez rien.

Un frisson d'appréhension la parcourut.

— Je ne comprends pas, murmura-t-elle.

Methven ne répondit pas tout de suite. Il se dirigea vers la table et servit deux verres de vin. Il lui en tendit un et leurs doigts se touchèrent. Distraite par ce contact, elle ne vit pas tout de suite qu'il lui faisait signe de s'asseoir. Elle prit place dans un fauteuil en velours élimé. Methven s'assit en face d'elle, les coudes sur les genoux, le corps penché en avant.

— Wilfred Cardross et moi sommes impliqués dans une querelle de clans qui remonte à l'époque du roi Jacques IV, dit-il en levant les yeux vers elle. Vous savez que les Methven et les Cardross ont toujours été ennemis ?

— Ainsi que les MacMorlan. Nous en avions parlé lors de notre première rencontre.

Le sourire de Robert Methven éclaira brièvement ses prunelles, comme un rayon de soleil sur l'eau.

— En effet, dit-il d'une voix douce.

Lucy éprouva soudain une grande chaleur. Elle détourna les yeux et lissa ses jupes.

— Cardross fait resurgir de vieilles inimitiés, dit-il. Lui et moi…

Il haussa les épaules.

— Il a attendu le bon moment pour revendiquer des terres qui, d'après lui, lui appartiennent. À la mort de mon grand-père, j'étais au Canada. J'ai tardé à revenir et à réclamer mon héritage. Il a trouvé l'occasion qu'il cherchait.

— Je ne vois pas en quoi j'ai joué un rôle dans cette…

Mais Methven l'interrompit sur un ton sec qui rappela à Lucy à quel point sa patience était à bout.

— Je vais y venir. D'après le traité d'origine, les Methven se sont vus attribuer des terres retirées au comté de Cardross. Ces terres représentent la moitié de mon patrimoine.

Lucy sentit son estomac chavirer.

— Je comprends que Wilfred n'ait pas apprécié, dit-elle.

Le sourire de Methven ne contenait aucune chaleur.

— En effet. À l'origine, cet accord a été conclu car le clan des Methven s'est distingué de celui de Cardross au cours d'une bataille. Le roi Jacques IV a imposé les règles de cet accord au XVe siècle, mais celles-ci sont toujours en vigueur.

Le feu rugit et craqua lorsqu'une rafale de vent s'engouffra dans la cheminée.

— La seule condition, ajouta-t-il en soutenant le regard de Lucy, était que les marquis ne devaient pas mettre plus de douze mois à revendiquer leur héritage, et devaient remplir certains critères sous peine de perdre ces terres. Je me suis manifesté au bout de *treize* mois.

— Pourquoi avez-mis autant de temps à revenir ? Pourquoi êtes-vous parti au Canada, vous, l'héritier des Methven ?

Elle vit une lueur briller dans ses yeux, un éclair sombre et douloureux porteur de lourds secrets.

— Cela ne vous regarde pas, dit-il d'une voix sèche, comme s'il venait de lui claquer la porte au nez. J'ai tardé à revendiquer mes terres et mon titre. Cardross a donc invoqué ce vieux traité, qui m'oblige à me marier dans l'année et à engendrer un héritier sous deux ans.

Il s'interrompit une fraction de seconde.

— Vous comprenez mieux ce que vous avez fait en faisant fuir ma fiancée.

Oui, Lucy le comprenait. Elle avait détruit tout ce qu'il avait mis en place pour se protéger. Elle avait mis la sécurité de ses terres et de son clan en danger. L'espace d'un instant, les conséquences de ses actes lui donnèrent le tournis.

— Je ne sais pas… Vous pouvez vous trouver une autre fiancée, bégaya-t-elle avant d'être réduite au silence par la virulence de son regard méprisant.

— Je ne vous ai pas dévoilé la partie la plus cocasse de ce décret, répondit-il poliment. Le roi Jacques, dans son désir de voir des ennemis jurés se rallier, a exigé que j'épouse une descendante des comtes de Cardross.

— Oh.

Lucy tenta désespérément de se souvenir de l'arbre généalogique de Wilfred. Il n'avait pas de sœurs, et de toute manière leur père leur aurait sans doute interdit d'épouser Robert Methven s'il en avait eu. Dulcibella était une cousine éloignée. Tout comme elle, bien sûr, du côté de sa mère. Elle ne voyait personne d'autre. Wilfred n'avait presque pas de parents.

Ce qui n'était pas une bonne nouvelle pour Lord Methven.

— Je suis désolée.

Elle savait que ces paroles ne suffisaient pas. Elle se sentait déjà assez coupable, mais maintenant qu'elle mesurait l'ampleur des dégâts, elle se sentait encore plus misérable.

— Vous pensez bien que vos regrets me touchent, dit-il brusquement en posant son verre de vin intact sur la table.

— Inutile d'être sarcastique, protesta Lucy.

Une rougeur honteuse lui teinta les joues.

— Je suis réellement désolée. J'ignore comment…

— L'ignorance n'est pas une excuse, dit-il brutalement. Ce n'est pas comme si les lettres que vous avez écrites pour le compte de votre frère n'avaient pas de précédent.

Inquiète, Lucy sentit sa peau se hérisser. Absorbée par le récit de l'héritage des Methven, pétrie de culpabilité, elle avait oublié l'espace d'un instant que Lord Prestonpans lui avait attiré de sérieux ennuis avec ses propos inconsidérés.

— Vous ne niez pas, dit Methven après quelques minutes. C'est que ce doit être vrai. Vous êtes l'auteur des lettres érotiques qui ont scandalisé la bonne société l'année dernière.

Il se leva, se dirigea vers la cheminée et posa un bras sur le manteau en marbre. Tous ses gestes témoignaient d'une puissance et d'une autorité naturelles. Lucy se sentait intimidée, et tout aussi déterminée à ne rien laisser transparaître. Elle se leva car en restant assise, elle se sentait à son désavantage.

Elle frotta ses paumes humides sur sa jupe.

— Je ne savais pas comment les amis de Lachlan utilisaient ces lettres.

— Vous avez déjà essayé de vous défendre en invoquant l'ignorance, répondit Methven aimablement. Ce n'est pas un motif valable. Votre crédulité a déjà coûté très cher, vous ne trouvez pas, Lady Lucy ? Comment espériez-vous que ces personnes utilisent vos lettres érotiques ?

Lucy avait les joues en feu.

— Je conviens que ma naïveté est grande, dit-elle entre ses dents.

Methven s'écarta de la cheminée et avança vers elle. Il lui prit doucement les avant-bras et la tourna face à la lumière. Il ne la lâcha pas. Ses mains étaient chaudes sur sa peau nue à la lisière de ses gants, et son regard lui donnait le sentiment d'être trop exposée.

— Êtes-vous vierge ? demanda-t-il.

— Milord ! s'écria-t-elle, véritablement choquée.

Elle s'empourpra de plus belle.

— Au regard des circonstances, la question est légitime, dit Methven.

Il ne semblait pas ému par son indignation et paraissait même amusé.

— Les lettres érotiques témoignent d'une expérience bien plus grande que celle d'une quelconque débutante.

Il la détailla d'un air pensif.

— Non pas que vous soyez quelconque, loin de là.

— Mon expérience ou mon manque d'expérience ne vous regarde pas, milord. Cette question est scandaleuse. Aucun gentleman ne la poserait.

Methven se pencha vers elle avec un sourire ironique.

— Dans ce cas, je ne suis pas un gentleman. Et j'aimerais bien connaître la réponse. Peut-on écrire ce genre de lettres sans savoir de quoi il retourne ? Je ne pense pas.

— Mes écrits ne témoignent nullement d'une expérience personnelle, se défendit Lucy.

Elle se sentait toute chose. Elle avait la tête lourde et le tournis, comme si elle avait bu du champagne. Des picotements avaient envahi sa peau à l'endroit où les mains de Methven étaient posées. Il fallait qu'elle lui demande de la lâcher car ce contact si simple était beaucoup trop troublant. Il caressa alors la peau fine à l'intérieur de son coude, et elle retint son souffle en sentant son pouls s'accélérer.

— Vous devez avoir une imagination débordante, dit-il doucement.

— Je n'ai aucune imagination, répondit Lucy en essayant de se concentrer. L'écriture se résume à un exercice académique pour moi.

Il parut surpris par sa réponse. Ses mains se figèrent et il la dévisagea d'un air curieux et songeur.

— La pureté n'est pas ce qui qualifie le mieux votre écriture, dit-il en plissant les yeux. Êtes-vous sincère lorsque vous soutenez que de telles paroles ne vous affectent en rien ?

— J'ignore ce que vous voulez dire, répondit Lucy avec impatience.

Elle haussa les épaules en feignant l'indifférence.

— Lachlan voulait des lettres d'amour. J'ai donc fait des recherches et je les ai écrites. Je comprends que ces écrits puissent stimuler les sens de certaines personnes mais…

Elle s'interrompit. Elle refusait de lui avouer qu'elle avait étranglé ses propres désirs depuis très longtemps pour ne pas souffrir.

— Mais… ?

— Je ne les trouve pas le moins du monde excitants, déclara-t-elle, sincère.

Methven hocha lentement la tête. Son regard était indéchiffrable.

— Très intéressant. Ainsi, ces lettres ne sont pas du tout inspirées de votre expérience personnelle.

— Certainement pas. Tout cela provient de la bibliothèque de mon grand-père.

Il sourit et Lucy vit se profiler une occasion. Methven semblait plus clément à son égard. C'était le moment de prendre un risque.

— Allez-vous me laisser partir ? demanda-t-elle.

Mieux valait jouer franc-jeu.

Car il était hors de question qu'elle l'implore. Elle était certes désespérée, mais pas faible. Pour une fois, Methven tarda à lui répondre. Il était pensif.

— Vous auriez dû songer aux conséquences de vos actes, Lady Lucy, dit-il enfin.

Évidemment, il avait raison. Maintenant, elle se demandait si elle avait été naïve ou délibérément inconsciente. Car au fond de son cœur, elle savait les ennuis qu'elle s'attirerait si la vérité sur les lettres éclatait au grand jour. Et pourtant, elle les avait écrites. Elle ignorait toutefois pourquoi, hormis que ces lettres étaient une forme de petite rébellion, excitante et dangereuse. Elle s'était élevée contre les règles rigides qui régissaient son existence, et ce sentiment était exaltant. De plus, elle s'était crue en sécurité, pensant que personne ne la démasquerait.

— Vous avez raison, marmonna-t-elle. C'était stupide de ma part.

— C'était téméraire et dangereux, dit-il sur un ton inflexible et peu compatissant. Vous avez interféré dans la vie de plusieurs personnes et avez causé beaucoup de dégâts.

Lucy se sentait comme une écolière réprimandée par son maître.

— J'avoue que ce n'était pas bien, dit-elle en lui décochant de nouveau ce petit sourire candide qui faisait fondre habituellement les hommes. Je suis désolée.

Son stratagème ne fonctionna pas car Methven lui répondit par un sourire grave.

— Vous essayez de me manipuler. Je ne suis pas aussi influençable, Lady Lucy, sachez-le. Je pense…

Il fit une pause.

— Je pense que les personnes que vous avez trompées devraient être informées.

— Non ! s'écria-t-elle, paniquée.

Implorer n'était peut-être pas une mauvaise idée, après tout. Elle s'efforça de garder son calme.

— Vous ne pouvez pas prouver que je les ai écrites, lança-t-elle d'un air de défi.

Le sourire de Methven s'élargit.

— Je me ferais un plaisir d'essayer. Oui vraiment, cela me ravirait.

La plus petite trace de soupçon serait suffisante pour ruiner sa vie et Lucy le savait.

— S'il vous plaît..., supplia-t-elle, sans la moindre candeur cette fois. Je sais que je mérite de...

— D'être punie ?

Ces paroles l'ébranlèrent. Lucy n'avait jamais rien éprouvé de tel, et ce sentiment était si vif, si violent, qu'elle s'étrangla. Une chaleur choquante, un frisson de plaisir lui secouèrent le corps. Elle leva vivement la tête vers Methven et croisa le feu de son regard. Il poussa un grognement étouffé, et l'instant d'après, elle était dans ses bras et il l'embrassait.

Lucy n'avait plus jamais embrassé personne depuis cette nuit à Forres Castle. Ce n'était pas le genre de comportement qu'elle encourageait. Jamais elle n'avait désiré être embrassée de nouveau, ni éprouvé la moindre curiosité intellectuelle à ce sujet.

Ce baiser n'avait rien à voir avec celui que Robert Methven lui avait donné des années plus tôt. Il était fougueux, brûlant et complexe, sans concession pour son inexpérience.

Elle sentit sa langue s'inviter entre ses lèvres et elle les ouvrit pour lui. Il prit alors entièrement possession de sa bouche. Il la goûta comme si elle était du miel et elle sentit un brasier dévastateur s'enflammer en elle. Aussitôt, elle comprit qu'elle était perdue, qu'elle allait basculer. C'était trop pour elle, trop de plaisir, trop charnel, trop bouleversant, impossible à comprendre. C'était arrivé beaucoup trop vite. La peur et le choc s'emparèrent d'elle tout aussi vite.

Comment pouvait-elle ressentir tant de passion, tant de désir, après ce qui était arrivé à Alice ? La culpabilité s'abattit aussitôt sur elle, accompagnée d'une terreur familière, et elle se figea dans les bras de Robert Methven.

Il sentit sa tension et s'écarta en marmonnant un juron. Apeurée par ses émotions qu'elle ne comprenait pas, elle rêvait de s'enfuir mais il la serra dans ses bras. Elle avait posé la joue sur l'épaule de Methven et il lui embrassait les cheveux. Peu à peu, la peur disparut. Dans l'intimité de ses bras, elle se sentait en sécurité, protégée, comme si elle avait de nouveau seize ans et qu'elle serrait cette promesse contre son cœur. Cette sensation l'aida à se détendre, elle poussa un doux soupir et son corps se détendit.

Il prit alors la parole :

— Je suis navré, dit-il d'une voix inhabituellement rauque.

Mais cela ne l'effraya pas. Elle savait qu'il n'était pas en colère après elle. Il la lâcha mais elle se sentait incapable d'affronter son regard. Sa soudaine timidité la paralysait. Il lui saisit doucement le menton et l'obligea à lever les yeux.

— Je suis désolé. Je suis allé trop loin, trop vite.

Il y avait du regret et de la douceur dans son regard, et Lucy sentit le sol se dérober sous ses pieds et son estomac chavirer. Methven la lâcha. Elle était confuse car elle savait qu'elle l'avait trahi et qu'il ne pouvait que la détester. Pourtant, quelque chose s'était passé entre eux, quelque chose de dangereux et qu'elle ne comprenait pas.

— Je pense que vous devriez vous en aller, dit-elle d'une toute petite voix.

Il la contempla longuement, d'un air sombre, indéchiffrable. Puis il hocha sèchement la tête, s'inclina devant elle et partit. Lucy entendit la porte se fermer. Elle se laissa tomber dans un fauteuil en bois de cerisier, puis se dirigea vers le buffet pour se servir un autre verre de vin. Elle avait besoin d'un remontant. La chaleur de l'alcool dans sa gorge l'apaisa. Elle vida son verre d'un trait et se resservit dans la foulée.

Le feu de la cheminée était trop vif. Elle se dirigea vers la fenêtre et posa la main contre les vitres biseautées. Son corps brûlait, il était trop sensible, les nerfs à vif, comme s'il désirait quelque chose.

— Lucy ?

Elle n'avait pas entendu la porte de la bibliothèque s'ouvrir, mais elle aperçut sa sœur Mairi qui la regardait. Celle-ci posa aussitôt les yeux sur le verre qu'elle tenait et haussa les sourcils.

— J'ai vu Lord Methven s'en aller, ajouta-t-elle.

— Nous parlions littérature, répondit Lucy avant de reprendre une gorgée de vin.

— Évidemment, dit sa sœur, dubitative. La littérature est un sujet si passionnant qu'il me laisse toujours aussi hébétée que toi à cet instant.

— C'est à cause du vin, se défendit Lucy.

— À cause du baiser, plutôt. Tu devrais te voir.

Lucy contempla son reflet dans le grand miroir suspendu au-dessus de la cheminée. Ses prunelles étaient plus sombres, et ses lèvres étaient rouges et gonflées. Elle posa les doigts sur elles et sentit la sensation résonner dans tout son corps. Elle avait les cheveux en bataille. Elle ignorait comment tout cela était arrivé, ou ce qui la dérangeait le plus : le baiser ou ce moment de tendresse dans les bras de Robert Methven, où elle s'était sentie protégée, en sécurité.

Maintenant, elle savait ce qu'Alice avait ressenti.

Aussitôt, un frisson de peur glacial la parcourut. C'était impossible. Elle n'avait jamais éprouvé de désir physique, pas même en lisant des écrits érotiques, pas même en écrivant des poèmes sensuels. Pourtant, une minute dans les bras de Lord Methven avait suffi à éveiller en elle des émotions insoupçonnées, des sentiments qui la terrifiaient car elle savait où ils pouvaient mener.

Elle n'en voulait aucun. Lucy s'affaissa, envahie par le froid. Alice s'était abandonnée à l'amour et à la passion, elle avait donné son cœur, son être, son corps et son âme. Elle avait fini dans la honte, la misère et la douleur. Lucy ne ferait jamais la même erreur que sa sœur jumelle. Jamais.

— Il ne faut plus jamais que cela se reproduise, dit-elle à voix haute.

Les yeux de Mairi pétillaient d'une lueur amusée et cynique.

— Que tu peux être naïve, dit-elle en prenant doucement Lucy par le bras pour l'entraîner vers la porte. Lorsque cela s'est produit une fois, cela ne peut que recommencer. Reste à savoir quand.

Chapitre 5

— Maintenant que son premier choix s'est évanoui dans la nature, Robert doit se trouver une nouvelle fiancée.

La marquise douairière de Methven, vibrante d'énergie et de désapprobation, s'assit avec précaution sur la chaise que Robert lui tendait. Elle avait l'habitude de parler des personnes à la troisième personne. Robert avait presque le sentiment de ne pas avoir son mot à dire.

Une semaine s'était écoulée depuis le jour du mariage. Mr Kirkward, l'avocat de la famille, avait fait le voyage jusqu'à Methven Castle pour les conseiller. Il était installé sur un canapé or et crème très inconfortable de la bibliothèque, face à Lady Methven. Jack prit place à côté d'elle.

Robert préférait rester debout. En regardant par la fenêtre, il aperçut une brume grise et humide planer au loin sur les montagnes et plomber la journée. Le château de son grand-père était depuis toujours une bâtisse triste et humide. Du temps de sa tendre jeunesse, c'était son grand frère Gregor qui avait amené de la joie en ce lieu mais aujourd'hui, il avait disparu. Comme toujours, Robert sentit sa poitrine se serrer à ce souvenir. La mort de Gregor avait changé sa vie et son avenir. Il avait pris sa place d'héritier, lui, le frère cadet.

« Methven n'aurait jamais dû t'appartenir », avait déclaré son grand-père, qui n'avait pas cherché à cacher que Robert était un piètre remplaçant de son aîné.

— C'est vraiment très fâcheux que Miss Brodrie se soit

enfuie, convint Mr Kirkward d'une voix sèche et claire. Son geste risque de contrarier fortement nos plans.

— Il valait mieux qu'elle le fasse avant le mariage qu'après, intervint Robert sur un ton laconique.

L'avocat cligna rapidement les yeux derrière ses épais verres de lunettes. Tout comme Lord Brodrie et le pasteur, il devait le prendre pour un homme froid et insensible.

— C'est vrai, répondit Mr Kirkward en fouillant dans ses documents.

Robert sentit son malaise. L'homme ne savait pas comment se comporter devant lui. Ses manières brusques, son manque de chaleur en intimidaient beaucoup. Il le savait mais n'avait jamais vu l'intérêt de changer. Le charme était un concept qui lui était complètement étranger.

— Tu as des préférences pour ta prochaine fiancée, Rob ? plaisanta Jack.

Ce dernier lui lança un regard espiègle. Robert ne l'intimidait pas du tout. Son cousin le connaissait mieux que quiconque.

— Je ne peux pas me permettre ce luxe, dit-il, laconique. Si je comprends bien, il n'existe plus de fiancée éligible. Je dois épouser une descendante du premier comte de Cardross et malheureusement, sa lignée n'a pas été très fertile. Il n'y avait que Miss Brodrie et une autre cousine qui répondaient à ces critères.

— Il s'agit de Lady Annabel Channing, intervint Lady Methven. Elle est jolie fille, mais trop légère. Tu ne pourrais jamais être certain que ton héritier est bien le tien.

Mr Kirkward faillit s'étrangler. Il retira ses lunettes et les nettoya fiévreusement à l'aide d'un mouchoir.

— Cela ne me dérangerait pas d'épouser une dévergondée, lança Jack. Cela a ses avantages.

Robert accordait de l'importance à la moralité de sa future épouse, même s'il n'y pouvait pas grand-chose.

— Mes efforts pour trouver une femme convenable ont échoué, dit-il. Je peux tout aussi bien en choisir une moins convenable dans la mesure où il s'agit de la dernière femme éligible qu'il me reste.

Si seulement il n'avait pas embrassé Lucy MacMorlan ! Depuis ce jour, il rêvait de l'emmener dans son lit, alors qu'il était contraint d'en épouser une autre. Pourtant, il n'aimait pas beaucoup Lucy. Ses ingérences lui avaient coûté très cher. Et il lui faisait encore moins confiance. Mais le fait d'aimer n'avait pas grand-chose à voir avec le désir – et il la désirait très fortement.

— Tu ne feras rien d'aussi inconvenant pour notre famille que d'épouser une dévergondée, Robert, protesta sa grand-mère.

— Je ferai ce qu'il faut, répondit-il d'un air lugubre. Grand-mère, je n'ai pas le choix.

Il était prêt à tout pour conserver ses terres.

— J'ai le regret de vous informer que Lady Annabel s'est mariée le mois dernier à Londres, déclara Mr Kirkward d'un air guindé.

— Dans ce cas, nous avons un sérieux problème, dit Robert.

Voyant que le destin s'acharnait sur lui, il sentit monter en lui une violente fureur. Toute sa vie, il s'était battu comme un forcené pour avoir le contrôle de son existence. Être incapable de protéger son patrimoine et l'avenir de son clan à cause d'un décret vieux de trois siècles était pour lui une chose intolérable.

— Nous ne pouvons pas laisser cet horrible Wilfred Cardross s'emparer des terres de Methven, dit sa grand-mère d'une voix plaintive, comme si elle soupçonnait Robert de baisser les bras. C'est un homme répugnant. Il dépossédera les gens de leurs terres, détruira leurs communautés, vendra tout ce qu'il pourra avant de tout dilapider au jeu.

— Je n'ai nullement l'intention de laisser Cardross s'emparer des terres de Methven, dit Robert.

Le comte était connu pour sa dureté. Il chasserait les fermiers de leurs maisons et de leurs champs. Les familles qui s'étaient battues pour le clan Methven depuis des générations seraient laissées dans la pauvreté. Elles seraient divisées et leur esprit de communauté finirait par disparaître. Celles qui vivaient dans les îles du Nord qui lui appartenaient mourraient de faim en ces temps de difficultés économiques.

Robert ne pouvait pas le permettre ! En tant que seigneur de ces terres, il était de son devoir de veiller au bien-être de ses gens. Il ne céderait pas devant le premier obstacle. D'ailleurs, c'était par sa faute qu'ils se trouvaient dans cette situation. S'il n'avait pas tourné le dos à son domaine et à ses devoirs en tant qu'héritier depuis tant d'années, il n'aurait pas été au Canada à la mort de son grand-père et n'aurait pas tant tardé à réclamer son héritage.

Non, songea-t-il en serrant les poings. Il ne laisserait pas Wilfred Cardross triompher. Mais comment l'en empêcher ? Mr Kirkward se racla la gorge.

— Milord, si je puis me permettre..., avança-t-il timidement.

Cet homme avait-il vraiment peur de lui ? Sa réputation ne pouvait pas être aussi terrible !

— Je vous écoute, monsieur Kirkward.

L'homme fouilla fébrilement dans ses documents et Robert vit qu'il tenait en main un arbre généalogique.

— Nous l'avons découvert il y a plusieurs semaines, mais comme vous étiez déjà fiancé à Miss Brodrie, il ne paraissait plus d'actualité...

Il posa le parchemin sur la table et le lissa du plat de la main.

— Il y a un léger problème, milord, mais dans la mesure où vous êtes, pardonnez-moi, désespéré...

Robert se sentit irrité de le voir tourner autour du pot. Il préférait de loin la franchise.

— Parlez, Kirkward.

— Vous seriez contraint de devenir le beau-frère de l'homme qui s'est enfui avec votre fiancée, murmura Kirkward. Un petit sacrifice, étant donné que la moitié du patrimoine des Methven est en jeu...

Robert le coupa sèchement :

— Je ne vois pas du tout où vous voulez en venir, Kirkward.

— Nous avons analysé les conditions de ce décret royal de manière très stricte en recherchant les descendants directs du comte de Cardross du côté masculin de sa lignée. Toutefois, en analysant la lignée féminine, nous avons découvert d'autres descendants.

Robert chassa une mèche de cheveux de son front d'un geste impatient.

— Remplirions-nous les termes du traité d'origine ? demanda-t-il très vite.

Mr Kirkward soupira comme un homme à bout.

— Tous les hommes de loi que j'ai consultés ont dit que cela remplirait bien nos critères, milord.

Robert sentit monter une bouffée d'espoir. Puis il se souvint des précédentes paroles de l'avocat.

— Quand vous dites que cela m'obligerait à devenir le beau-frère de l'homme qui m'a volé ma fiancée...

— Mr Kirkward fait allusion à Lachlan MacMorlan, intervint Lady Methven en observant méticuleusement l'arbre généalogique, la tête penchée en avant. Les filles du duc de Forres sont apparentées à Cardross.

Robert leva brusquement la tête.

— Je savais que les Forres étaient des parents, mais je croyais qu'ils étaient trop éloignés.

Mr Kirkward secoua la tête.

— La lignée remonte directement à la fille cadette du premier comte de Cardross. Il existe toutefois des conditions, ajouta l'avocat.

— Évidemment, répondit ironiquement Robert. Pourquoi les choses seraient-elles simples ?

— Tu ne peux pas épouser une lady de plus de trente ans ni une veuve, murmura Jack en citant le décret original. Pas de lady en dessous de dix-sept ans, ni d'étrangère, et surtout pas de lady avec du sang anglais...

— Je n'ai pas besoin de ces rappels, protesta Robert avec humeur.

Dire qu'en lisant les conditions strictes du traité royal, la première fois, Jack et lui en avaient ri…

— Lady Christina MacMorlan a trente et un an, dit Lady Methven. Et Lady Mairi est veuve. Aucune des deux n'est éligible.

Il ne restait plus que Lady Lucy.

Lady Lucy était sa dernière chance.

Lady Lucy, qui écrivait des lettres érotiques comme une dévergondée et qui embrassait comme une innocente. Lady Lucy qui avait ruiné son mariage, qui lui avait menti et qui provoquait scandale sur scandale, était menteuse et manipulatrice. Et elle avait fait tout cela pour de l'argent.

Lady Lucy, pour laquelle il éprouvait un désir brûlant qu'il ne comprenait pas.

— Et soudain, c'est ton jour de chance, Rob, déclara Jack avec un sourire narquois.

Un lourd silence s'installa dans la pièce. Tous les regards étaient braqués sur Robert.

— Que voulez-vous dire, Jack ? demanda Lady Methven.

— Que Rob apprécie beaucoup Lady Lucy MacMorlan, répondit Jack, avec un large sourire cette fois.

— Merci pour ton intervention, Jack, l'interrompit sèchement Robert en se levant. Tu te trompes. Je n'apprécie pas du tout Lady Lucy et je n'ai nullement confiance en elle.

Lady Methven paraissait scandalisée.

— Robert ! s'écria-t-elle. C'est une si gentille fille.

— C'est une coquine et une manipulatrice, dit-il brusquement.

Il avait le droit d'être en colère mais il se sentait toujours attiré par elle. Il songea au goût de ses lèvres et à son corps souple dans ses bras. Elle était peut-être menteuse, mais une flamme brûlait entre eux. Cette chaleur et ce désir étaient exactement ce qu'il avait souhaité partager avec la femme à qui il passerait la bague au doigt.

Si seulement il avait pu se fier à elle !

Mr Kirkward se racla la gorge.

— Lady Lucy possède une dot de soixante mille livres, qui lui sera donnée à son mariage.

Jack laissa échapper un long sifflement.

— C'est une belle somme. Mais ce n'est pas comme si tu avais besoin d'argent, Rob.

En effet, Robert avait amassé une grande fortune au Canada grâce au commerce du bois, mais épouser une héritière n'était pas une si mauvaise chose.

— Elle fait également beaucoup d'œuvres de charité, poursuivit Mr Kirkward.

Surpris, Robert leva aussitôt la tête.

— Avec quel argent ? demanda-t-il, confus.

— Grâce aux gains de ses écrits, milord. Lady Lucy fait bénéficier le Foundling Hospital et le Greyfriars Orphanage de ses dons. Elle donne de manière anonyme, mais je n'ai pas eu beaucoup de difficulté à le découvrir.

— Vos talents d'enquêteur m'impressionnent, monsieur Kirkward.

Lucy lui avait effectivement dit qu'elle écrivait pour gagner de l'argent, mais elle avait omis de justifier ses actes en lui disant qu'elle participait à des œuvres de charité. Pour quelles raisons ?

— Vous voyez ! s'écria Lady Methven d'un air triomphant. Je vous avais dit que c'était une gentille fille généreuse.

Elle soupira.

— J'avoue toutefois que Mairi aurait fait une meilleure fiancée, ajouta-t-elle. Elle est plus âgée, elle est veuve et ne se fait donc aucune illusion sur le mariage…

— Merci, grand-mère, pour ce vote de confiance, dit Robert.

Lady Methven claqua des doigts.

— Tu sais ce que je veux dire, Robert. De plus, Lady Lucy est très singulière. Après deux Saisons à Londres et trois à Édimbourg, elle a refusé tous les prétendants qui se sont présentés à elle.

Elle fronça le nez.

— D'après la rumeur, Lady Lucy a eu le cœur brisé

par la mort de son fiancé. Elle n'a jamais rencontré d'autre homme capable de l'égaler, mais personnellement je pense que toute cette histoire est ridicule. Duncan MacGillivray était un vieil homme délabré qui ne convenait pas du tout à une jeune fille. Quoi qu'il en soit, elle a décliné plusieurs demandes en mariage.

— Elle n'aura pas l'occasion de refuser la mienne, dit Robert d'une voix douce. Je ne peux pas me permettre un refus.

Il se passa la main dans les cheveux. Il n'avait pas le choix : il devait épouser Lucy.

— Savez-vous si Lady Lucy est retournée à Forres, ou bien est-elle allée à Édimbourg après le mariage, grand-mère ?

Mr Kirkward se racla délicatement la gorge.

— Milord, je me suis discrètement renseigné sur les déplacements des filles du duc dès que j'ai compris que l'une d'elles était éligible…

Il fouilla dans ses documents.

— Apparemment, elles font partie d'un club, la Highland Ladies Blue Stockings Society, qui réunit l'élite des ladies écossaises possédant des titres académiques. Ce club se réunit dans un château différent tous les mois.

— La Highland Ladies Blue Stockings Society est célèbre autant pour son côté secret que pour ses intérêts intellectuels, convint Robert.

Aucune personne étrangère au club ne pouvait assister à leurs réunions et personne ne savait de quoi elles étaient faites. Robert imaginait un groupe ésotérique de ladies assises en cercle pour parler toute la journée de sujets arides, comme l'histoire ou la littérature, avant de se changer pour dîner et se livrer à d'autres débats intellectuels.

— Malheureusement, poursuivit Mr Kirkward, je ne connais pas avec certitude le lieu de leur prochaine rencontre. L'information est tenue secrète.

— Grand-mère ? demanda Robert en se tournant vers la vieille femme.

Lady Methven lissa ses jupes.

— Vraiment, Robert, dit-elle, gênée. La Blue Stockings Society est un club secret. Tout tient dans le mot « secret ». Tu ne peux pas me demander de te le dévoiler.

— Même pour sauver le domaine ? insista Robert. Je dois retrouver Lady Lucy rapidement pour lui faire ma demande.

— Que c'est romantique ! railla Lady Methven. Tu devrais lui faire la cour, Robert, et non pas la forcer à t'épouser !

— Je n'ai pas le temps d'être romantique, répliqua-t-il.

— J'aimerais bien te voir essayer, murmura Jack dans sa barbe.

Lady Methven soupira très fort.

— Bon, très bien, mais ne dis à personne que c'est moi qui te l'ai dit car je risque d'être chassée d'Édimbourg.

Robert se contenta de hausser les sourcils.

— Elles se réunissent à Durness Castle.

Robert parvint à retenir un juron qui aurait pu offenser sa grand-mère. Elle le prenait déjà pour un homme grossier. Mais Durness était loin, tout au nord de l'Écosse. Il lui faudrait plusieurs jours pour s'y rendre, à condition que le temps lui soit clément. Pire encore, Wilfred Cardross possédait les terres adjacentes à Durness. C'était plus qu'une coïncidence. Il avait vu Cardross faire la cour à Lucy chez Brodrie et se demandait ce que le comte avait derrière la tête.

— Les dames de la Highland Ladies Blue Stockings Society aiment voyager, expliqua Lady Methven. Elles disent que les voyages ouvrent l'esprit.

Robert soupira. Une partie de ses terres, dont la forteresse de Golden Isle, se trouvait dans la même région. Il ne s'y était pas rendu depuis la mort de Gregor. Soudain, la journée lui parut plus sombre, avec ses nuages gris qui s'amoncelaient pour se transformer en pluie.

— Ce serait une bonne idée que tu épouses un membre de la Highland Ladies Blue Stockings Society, déclara sa grand-mère d'un air songeur. Une femme éduquée aura une bonne influence sur tes manières et ton esprit après toutes ces années passées dans les contrées sauvages du Canada. Elle pourrait t'enseigner les raffinements de la société et toutes les matières intellectuelles qui te font défaut : la littérature, les mathématiques, l'astronomie, la géographie, les bonnes manières…

Robert entendit Jack rire derrière lui et se promit de menacer d'étrangler son cousin si jamais des bribes de cette conversation arrivaient un jour dans les auberges et les clubs d'Édimbourg. Il s'attendait presque à ce que sa grand-mère commence à lui donner des conseils sur la façon de remplir les autres conditions du traité, à savoir engendrer un héritier sous deux ans. Mais cela aurait été aller trop loin.

En ce qui le concernait, Lucy MacMorlan lui offrirait bien mieux que son érudition : la possibilité de revendiquer son héritage sans que personne ne vienne le menacer, et protéger celui-ci. Pour ce faire, il lui suffisait de la convaincre de l'épouser.

Lady Lucy lui devait une fiancée. Il allait maintenant réclamer sa dette.

Chapitre 6

La Sheep's Head Alehouse, en bas de Candlemaker Row, n'était pas le genre d'auberge fréquentée par l'aristocratie qui, en majorité, avait fui les ruelles surpeuplées de la vieille ville d'Édimbourg depuis des années. Le lieu était sombre, exigu, et sentait fortement le tabac et la bière. Un homme n'aurait pas reconnu sa propre mère tant il y faisait sombre – sans compter le choc de la trouver là. C'était pour cette raison que Wilfred Cardross l'avait choisie. Il avait également troqué les beaux vêtements qu'il avait l'habitude de porter contre une tenue moins voyante, ce qui le mettait de mauvaise humeur car il détestait ne pas être le centre de l'attention.

L'autre raison de sa contrariété était que son invité était en retard. Un homme comme lui, de si haut rang, ne pouvait pas supporter d'attendre. Ainsi, lorsque Mr Stuart Pardew prit place en face de lui, Wilfred l'accueillit en contemplant ostensiblement sa montre à gousset et ne lui proposa pas de rafraîchissement.

Mr Pardew paraissait complètement indifférent à la mauvaise humeur du comte. Il secoua la pluie de son manteau et étendit les jambes devant le feu avec un soupir satisfait. Puis il appela une serveuse et commanda une chope de bière. Il contempla enfin le verre à moitié vide de Wilfred et ne lui proposa pas de le remplir.

Aussitôt la serveuse partie, ce dernier repoussa son verre et se pencha en avant, les coudes sur la table.

— Eh bien ? demanda-t-il.

Mr Pardew le regarda platement. Il avait un visage rond et ouvert plutôt sympathique. C'était un atout dans sa vie de criminel car son air honnête le plaçait au-dessus de tous soupçons.

— Methven a l'intention d'épouser l'une des sœurs MacMorlan, dit-il.

Wilfred pinça les lèvres.

— Est-ce recevable face aux juges ?

— D'après Kirkward, oui, répondit l'homme en haussant les épaules. La descendance vient de la lignée féminine. Il est certain de pouvoir avoir gain de cause.

Il but une longue gorgée de bière et claqua les lèvres d'un air appréciateur. Wilfred affichait une mine fermée. Un lourd silence s'installa. Pardew mesurait chaque bribe d'information à sa valeur. Wilfred fouilla dans la poche de son manteau et sortit une bourse. Les pièces tintèrent doucement en atterrissant sur la table. Les yeux de Pardew brillèrent quelques instants, révélateurs de sa cupidité.

— Quelle sœur ? demanda Wilfred en se penchant plus près.

Pardew prit son temps pour lui répondre.

— Lady Lucy. Aucune autre n'est éligible d'après les termes du traité.

Wilfred s'adossa à son siège, l'air soulagé.

— Lucy n'acceptera jamais. Elle est opposée au mariage. Tout le monde sait qu'elle a refusé de nombreux prétendants.

Pardew bâilla.

— Dans ce cas, Methven fera tout ce qu'il peut pour la persuader. Il veut à tout prix protéger son héritage. Vous le savez.

En effet, dès que Robert Methven était revenu pour prendre possession de ses terres, il s'était évertué à récupérer celles que son grand-père avait perdues. Maudit soit-il ! Le vieux marquis avait été tellement négligent que les hommes de Wilfred n'avaient eu aucun mal à s'emparer du bétail et à annexer quelques terres. Ils avaient brûlé des villages et pillé des récoltes sans qu'on leur demande réparation. Puis Robert Methven était revenu. Le raid suivant avait été violemment contré, à tel point que les hommes du clan Cardross étaient revenus la queue entre les jambes.

— Il faut faire quelque chose, dit Wilfred à voix haute. Le destin ne privera pas Methven de sa fiancée une deuxième fois.

— C'est trop risqué, objecta Pardew, le regard rivé sur la bourse pleine d'argent.

— C'est vrai. Je ne peux rien faire de trop visible, répondit Wilfred d'une voix plaintive, accablé par les soucis que Robert Methven lui causait. Le duc de Forres est un homme riche et influent. Je ne peux pas me le mettre à dos.

— Vous pourriez peut-être épouser Lady Lucy vous-même. À condition d'y arriver.

Wilfred lui lança un regard acéré, mais ne décela en son interlocuteur aucune pointe de sarcasme.

— Lady Lucy n'acceptera jamais. Elle me déteste.

Pardew soupira.

— Quel dommage.

Wilfred crut apercevoir une lueur moqueuse dans ses prunelles.

— J'ai bien peur que vous deviez vous habituer à vous salir les mains, milord. Au nom d'un intérêt plus grand, bien sûr.

Wilfred haussa les épaules. Il n'était pas du genre à se salir les mains, dans le sens littéral ou métaphorique du terme. Mais Pardew avait sans doute raison.

— Trouvez des hommes capables d'organiser son enlèvement, des hommes qui ont l'habitude de…

— De la violence, milord ? demanda Pardew d'un air affable.

Wilfred secoua la tête. Pardew aimait le provoquer.

— Des hommes habitués aux kidnappings, mais capables de se contrôler pour… ne pas abîmer la marchandise.

— Ah, je vois, dit Pardew, l'air compréhensif.

Il fit une pause et contempla de nouveau la bourse.

— Cela va vous coûter très cher, milord. Le kidnapping est une chose facile, mais la maîtrise de soi est très onéreuse.

— Évidemment, dit Wilfred d'un air las.

Il poussa la bourse en direction de l'homme, qui la rangea vivement dans sa poche, telle une araignée fondant sur sa proie.

— Merci, milord, dit Pardew avec une fausse déférence.

— Methven a-t-il manifesté son intention de se rendre à Golden Isle ?

Pardew posa sa chope de bière. Soudain, ses prunelles devinrent plus brillantes et aiguisées.

— Non, milord.

— J'ai besoin d'informations pour mon contact sur place.

— Ah, dit Pardew, l'air résigné. Il va falloir d'autres… financements. Les officiers du roi veillent de très près aux personnes en qui ils placent leur confiance.

Wilfred étouffa un juron. Encore de l'argent. Tout tournait autour de cela. Il poussa avec réticence une autre bourse sur la table puis pivota de sorte à tourner le dos à la salle. Il desserra le lien et les pièces en or brillèrent doucement.

— Le compte y est, dit-il d'une voix irritée. Mais si vous souhaitez vérifier comme un vulgaire usurier, ne vous gênez pas.

— Cela ne sera pas nécessaire.

Pardew lui adressa un sourire cordial. La deuxième bourse disparut dans sa poche avec la première.

— C'est parfait, milord. J'aurai des informations à donner à votre contact très bientôt, conclut-il en vidant sa chope avant de se lever. C'est un plaisir de faire des affaires avec sa seigneurie.

Après le départ de Pardew, Wilfred commanda un autre brandy et contempla le feu de cheminée dans un état de semi-ébriété. Il avait pitié de lui-même. Après avoir dilapidé sa fortune au jeu, il en était réduit à vendre des secrets aux Français afin de pouvoir payer ses dettes. Il ne savait pas très bien comment il s'était mis dans cette situation. Mais il était encore plus injuste que ses activités annexes dans les îles du Nord, consistant à enrôler de force les hommes et les garçons dans la marine et à faire de la contrebande, soient mises en péril par Robert Methven, si jamais ce dernier choisissait de remettre la main sur ces mêmes territoires. Wilfred vivait tous les jours dans cette peur.

S'il épousait Lady Lucy MacMorlan, non seulement il déjouerait les projets de Methven, mais il mettrait également la main sur les soixante mille livres de dot de celle-ci. Sa cupidité prit de nouveau le pas. Il avait besoin d'argent.

Il le méritait.

Mais il allait devoir agir vite. Heureusement, il avait eu la présence d'esprit de placer un espion à sa solde dans le château du duc de Forres, il y avait très longtemps. L'heure était venue pour cette femme de gagner de l'argent.

— Ma chère, il n'y a absolument rien d'inconvenant à cela, déclara Lady Kenton en posant une main rassurante sur le bras de Lucy. La pratique des massages a une longue et noble histoire derrière elle comme traitement médical et thérapeutique. Toutes les civilisations les plus anciennes y ont eu recours.

Elle se pencha plus près et baissa la voix de sorte que les autres membres de la Highland Ladies Blue Stockings Society ne puissent pas les entendre. Elles prenaient le thé dans le jardin d'hiver de Durness Castle. Le tintement de la porcelaine et le murmure des conversations s'élevaient vers la verrière et emplissaient l'air.

— Anton, mon praticien, a été formé par un médecin suédois, le Dr Ling, ajouta Lady Kenton. C'est un expert. Je vous le recommande.

Puis elle s'adossa à son siège et sirota son thé.

Lucy manipula nerveusement sa cuiller tout en évitant le regard de Lady Kenton. Sa marraine était tout comme elle membre de la Highland Ladies Blue Stockings Society. C'était une femme hautement respectable, ce qui était rassurant, mais Lucy n'arrivait pas à se débarrasser de l'idée que le massage était un acte indécent. Imaginer les mains d'un homme qui n'était pas son mari sur son corps était vraiment choquant. Sauf que son épaule et son dos lui faisaient souffrir le martyr à force d'écrire, et elle cherchait désespérément un remède à ses maux.

— Il possède une formation médicale, vous avez dit ? demanda-t-elle prudemment.

— Tout à fait, répondit Lady Kenton, tout sourire. Il est pratiquement médecin. Et si vous nourrissez d'autres inquiétudes, ma chère, sachez qu'Anton n'est pas un homme…

Elle s'interrompit avec délicatesse.

— … intéressé par les femmes, si vous voyez ce que je veux dire. De plus, votre bonne sera présente pour garantir la bienséance. Je peux vous l'envoyer dès ce soir, si vous voulez. Il m'accompagne partout.

— Merci, dit Lucy. Cela me serait d'une grande aide.

La suite de Lady Kenton lors de ses déplacements était légendaire. À chaque réunion de la Highland Ladies Blue Stockings Society, sa marraine se déplaçait avec son propre pâtissier, sa blanchisseuse, sa manucure, sa coiffeuse et maintenant, son masseur.

— J'avoue que j'ai beaucoup de mal à tenir ma plume, reconnut Lucy. Mon épaule me fait souffrir constamment.

— Qu'écrivez-vous en ce moment ? demanda Lady Kenton.

Elle remplit leurs tasses de thé et en tendit une à Lucy.

— La dernière fois, vous travailliez sur un traité portant sur des sonnets de Shakespeare. Vous avez bien avancé ?

— Mr Walsh a accepté de l'éditer cet hiver dans la *History Review*, dit Lucy.

— Merveilleux ! s'écria Lady Kenton, ravie. Il a toujours été un très bon ami et se plaît à publier nos travaux.

Lady Kenton était elle aussi écrivain, connue pour ses histoires sur le folklore des Highlands. De nombreux membres de leur club étaient auteurs ou poètes, publiés dans plusieurs journaux. Lucy était fière d'être la plus jeune d'entre elles.

— Avez-vous réfléchi à l'idée de vous fiancer avec votre

cousin Wilfred Cardross ? demanda Lady Kenton. Je suis sûre que votre chère mère aurait approuvé ce mariage.

Sa marraine était de nouveau revenue à son sujet de prédilection. Lady Kenton était le genre de femme à se sentir investie d'une mission.

— Je ne peux pas épouser Wilfred, dit Lucy, tout en sachant que son côté direct pouvait heurter sa marraine, mais elle préférait la franchise aux tergiversations. Je vous l'ai déjà dit, je ne l'aime pas.

Le visage rond de Lady Kenton se plissa de contrariété.

— Vous vous accrochez au fantôme de Lord MacGillivray, dit-elle sur un ton désapprobateur. Votre père a été idiot d'accepter un tel mariage et de vous promettre à un vieillard érudit mais gâteux, assez âgé pour être votre grand-père ! Franchement, Lucy, dire que vous avez failli gâcher votre vie avec un homme qui avait déjà un pied dans la tombe ! Je suis heureuse qu'il soit mort avant votre mariage car votre nuit de noces l'aurait certainement achevé, et cela aurait été scandaleux et fort déplaisant pour vous.

Lucy sentit ses joues s'empourprer. Comment avouer à sa marraine que Lord MacGillivray et elle avaient prévu de passer leur nuit de noces à débattre des poèmes épiques de James MacPherson ? Elle ouvrit son éventail et l'agita pour se rafraîchir. Elle avait l'impression que son corset était trop serré, impression qui revenait chaque fois que quelqu'un abordait le sujet de ses fiançailles.

Soudain, la porte du jardin d'hiver s'ouvrit et Robert Methven pénétra dans la pièce. C'était bien la dernière personne que Lucy s'attendait à voir. Elle crut qu'elle allait s'étrangler. L'air lui manqua. La chevauchée de Robert semblait avoir été rude. Son manteau était couvert de pluie, et il l'ôta d'un mouvement d'épaules, dévoilant une veste coupée à la perfection. Il ne semblait pas avoir sa place dans cette pièce. Il était trop nerveux, trop présent physiquement pour rester assis confortablement au milieu de cet élégant mobilier, des robes pâles des ladies, du tintement des tasses de thé et du bourdonnement poli des conversations.

— Que diable faites-vous ici ? s'écria Lucy, trop ébranlée pour manifester sa courtoisie habituelle.

Les gentlemen n'étaient invités aux réunions de la Highland Ladies Blue Stockings Society que s'ils étaient d'éminents érudits. Lucy était certaine que la présence de Robert Methven n'avait rien d'officiel.

Et pourtant, en voyant Lady Durness s'avancer vers lui pour l'accueillir, et prendre chaleureusement son bras sous le sien, Lucy comprit qu'elle se trompait. Methven embrassa galamment la main de leur hôtesse et le flot des conversations se tarit quelques instants, avant d'enfler de nouveau et de se muer en babillages excités.

Methven parcourut la pièce des yeux et les posa durement sur Lucy. Le cœur de celle-ci bondit dans sa poitrine. Son éventail glissa de ses doigts tremblants et atterrit à ses pieds sur le tapis.

— Ah, s'écria Lady Kenton, l'air ravi. Voici le professeur que nous attendions cet après-midi.

— Le professeur ! répéta Lucy, en se baissant vivement pour ramasser son éventail et cacher ses joues cramoisies.

— Permettez-moi de vous aider, Lady Lucy.

Robert Methven avait posé un genou à terre pour ramasser l'éventail et le lui tendit d'un air grave. Une lueur amusée éclaira son regard lorsqu'il vit ses joues rouges.

— Merci, répondit-elle sans la moindre amabilité.

Elle lui arracha l'éventail des mains et veilla à ce que leurs doigts ne se touchent pas. Robert se leva et la salua.

— Puis-je me joindre à vous ? demanda-t-il.

Lucy était au comble de la confusion.

— Il serait sans doute préférable que vous alliez vous changer après ce pénible voyage, dit-elle en braquant les yeux sur ses bottes crottées. Vous n'êtes pas vraiment habillé pour un salon.

Methven tira vers lui une chaise.

— Heureusement que nous nous trouvons dans le jardin d'hiver, alors. Je suis convaincu que vous pardonnerez ma mise défaite.

Vibrante de contrariété, Lucy écarta ses jupes des offensantes bottes. Lady Kenton fit signe à un valet qui s'empressa d'aller chercher à Methven une tasse de thé.

— Comment aimez-vous votre thé, Lord Methven ? demanda Lady Kenton.

— Chaud et fort, répondit ce dernier en regardant Lucy, furieuse de se sentir de nouveau rougir.

— J'ai entendu dire que vous alliez animer notre réunion de cet après-midi, Lord Methven. Je trouve cela bien étrange.

— Vous ne pensez pas que je suis qualifié pour vous apprendre quelque chose, Lady Lucy ? répondit-il d'une voix douce. Ou peut-être que mon enseignement ne sera pas à la hauteur ?

Il allongea ses longues jambes devant lui et elle ne put détourner le regard de ses muscles sous son pantalon mouillé. Jusqu'à cet instant, elle ne s'était pas aperçue qu'elle regardait fixement ses cuisses.

C'était très inconvenant de sa part.

— Vous êtes en bonne compagnie, dans ce cas, ajouta-t-il. Ma grand-mère me prend pour un parfait imbécile.

— Je ne ferai pas de commentaire avant de savoir de quoi vous comptez nous entretenir, dit Lucy. Mais nous avons effectivement des critères très élevés à la Highland Ladies Blue Stockings Society.

— Me voilà dûment prévenu, dit Methven, et je promets de ne pas vous décevoir.

Lucy attendit mais il ne l'informa pas du sujet de son intervention. Son silence eut de nouveau le don de l'irriter. Il était très conscient qu'elle voulait savoir et refusait délibérément de lui donner cette information. Sa curiosité était sans doute vulgaire et le fait d'avoir sous-entendu qu'il n'était pas assez qualifié pour leur donner un cours était grossier, mais elle ne pouvait s'en empêcher. Methven menaçait sa sérénité.

— Comment avez-vous entendu parler de la Highland Ladies Blue Stockings Society, milord ?

Methven lui sourit.

— Que de questions, Lady Lucy. Votre intérêt pour moi me flatte.

— Je ne m'intéresse pas à vous mais à la source de vos informations.

— Ah, répondit-il, amusé. Parce que votre club est secret ?

— On peut dire les choses ainsi.

— Soyez assurée de ma discrétion, alors.

De nouveau, il ne répondait pas, et Lucy se sentit contrariée par ses esquives délibérées. Il termina son thé, posa sa tasse, puis se leva et s'inclina devant elle.

— Pardonnez-moi. Je dois aller préparer mon intervention. J'espère que vous y assisterez, Lady Lucy.

— Tout dépendra du sujet.

Il partit à rire.

— Êtes-vous toujours aussi impatiente ? Je l'ignorais.

Il posa la main sur le dossier de sa chaise et se pencha si près d'elle que ses lèvres lui effleurèrent l'oreille.

— Parfois, dit-il à voix basse, l'attente est ce qu'il y a de mieux.

Puis il se redressa et s'éloigna à grands pas.

— Cet homme est tellement provocant ! s'indigna Lucy.

D'ordinaire, elle n'aurait jamais imaginé donner ainsi son avis sur quelqu'un, encore moins en public, mais Robert Methven avait ébranlé ses défenses. Lorsqu'il se tourna vers elle, son excitation monta en flèche, comme s'il avait allumé une flamme incandescente. Son pouls s'était accéléré et bouillonnait comme jamais auparavant.

— Je me demande pourquoi vous le détestez tant, dit Lady Kenton.

Elle regarda Lucy d'un air pensif.

— C'est plutôt le contraire, se défendit-elle en agitant sa cuiller dans la tasse, tout en évitant le regard de Lady Kenton. C'est lui qui ne m'aime pas.

— Il est un peu direct, c'est vrai, convint celle-ci. Pas comme vos galants d'Édimbourg. Mais je n'ai rien vu chez lui indiquant qu'il ne vous apprécie pas. Loin de là.

— Je ne me sens pas à l'aise avec cet homme, dit Lucy.

C'était ce qu'elle avait trouvé de mieux pour ne pas avouer que Robert Methven la fascinait et la troublait tout à la fois. Ou plus précisément, c'étaient ses réactions *à elle* quand elle était en sa présence qui la gênaient.

— Vous avez trop vécu parmi les érudits, dit Lady Kenton. Un homme de bon goût avec de l'éducation n'est pas une mauvaise chose, mais cela doit être tempéré par quelque chose de plus fort, de plus viril. Robert Methven est un homme, un vrai. Il est riche, il présente bien, il est intelligent, et je suis prête à parier qu'il est très vigoureux au lit. Je pense qu'il est capable de donner à une femme beaucoup de plaisir.

Lucy ferma les yeux et frémit. Lady Kenton était d'une génération qui ne mâchait pas ses mots. Mais entendre sa marraine parler aussi franchement des prouesses sexuelles du marquis de Methven alors qu'il était présent dans la pièce était extrêmement dérangeant.

— Je ne cherche pas un mari vigoureux, tante Emily. Je cherche une connexion des esprits, pas des corps. Lord MacGillivray était modéré dans sa conduite et versé dans les études.

Lady Kenton étouffa un bâillement.

— Je le sais très bien, ma chérie, et je le prenais pour un homme ennuyeux à mourir. De mon temps, nous aspirions à tellement plus de choses. Nous voulions un héros sorti tout droit du champ de bataille, l'épée à la main. Les jeunes d'aujourd'hui ne leur arrivent pas à la cheville.

Un héros, sorti tout droit du champ de bataille…

Oui, c'était bien cela. Il y avait quelque chose de primitif chez Lord Methven. Quelque chose de troublant qui rappelait les guerriers du siècle précédent, les hommes farouches des îles du Nord avec du sang viking dans les veines, mêlé à celui de leurs virulents ancêtres écossais. Un long frisson lui hérissa la peau. Ce n'était pas ce qu'elle voulait, non. Elle n'avait jamais souhaité vivre une passion. Sa vie était calme et ordonnée, exactement comme elle devait l'être et exactement comme elle devait le rester.

Chapitre 7

Le cours de Robert sur l'astronomie et la navigation, agrémenté d'anecdotes issues de ses voyages, fut applaudi avec beaucoup d'enthousiasme. Les ladies du club l'invitèrent à dîner. Puisque l'auberge de Durness n'avait rien d'autre à lui offrir qu'un repas froid et un lit cabossé, Robert s'empressa d'accepter. Sa cour auprès de Lady Lucy MacMorlan ne pourrait que mieux progresser.

Il y avait longuement pensé mais pour l'heure, il n'avait aucun plan. Il préférait de loin la franchise, mais demander directement à Lady Lucy de l'épouser ne pouvait que se solder par un refus direct. Il avait également envisagé de l'enlever. L'idée était plus que séduisante, surtout après les moments brûlants qu'ils avaient partagés à Brodrie Castle. Mais ces temps-ci, les enlèvements étaient mal vus. Lucy risquait d'être encore moins disposée à l'épouser, et forcer une femme au mariage n'était pas dans ses habitudes. Mais les circonstances n'avaient rien d'habituel.

Les ladies assistèrent à un autre cours avant le dîner. Elles avaient le choix entre deux classes, mais Robert n'y fut pas convié. Il ignorait sur quoi elles portaient et sa curiosité était piquée au vif. En errant dans les couloirs luxueusement meublés de Durness Castle, il entendit des bribes de musique qui provenaient d'un salon. C'était un air exotique venant d'Orient, et ponctué d'éclats de voix et de rires. Il se dirigea vers ce bruit et aussitôt, un valet solidement charpenté lui barra le passage.

— Puis-je vous aider, milord ? demanda l'homme d'un air qui démentait sa courtoisie.

Ses bras fermement croisés sur sa poitrine et sa posture agressive indiquaient clairement que Robert n'était pas près de découvrir ce qui se passait derrière cette porte close. Les activités de la Highland Ladies Blue Stockings Society ressemblaient à un livre fermé qui exacerbait sa curiosité.

Il se dirigea vers la terrasse. L'air était froid et annonciateur de neige malgré le printemps qui approchait. Les volets étaient fermés pour éloigner les regards curieux mais Robert distingua derrière eux de la lumière et des ombres mouvantes. Il entendit quelqu'un battre le rythme d'une musique aux notes sensuelles, pleine de magie, de tentations et de promesses. Robert, qui ne voulait pas être taxé de voyeur, partit se réfugier dans la bibliothèque. Mais la porte était également fermée. Un autre valet de grande taille se matérialisa devant lui et l'informa que ces dames prenaient un cours de dessin. Même s'il ne comprenait pas pourquoi ce cours nécessitait qu'elles ferment la porte, Robert saisit le message et se retira dans sa chambre.

Dans le salon, avant le dîner, toutes les ladies paraissaient d'excellente humeur. Robert n'était pas le seul gentleman présent. Il fit la connaissance d'un homme enjoué et bien en chair avec une luxuriante moustache grise nommé Mr Florence, le professeur d'art, et deux très beaux jeunes hommes dont le rôle était plutôt vague. L'espace d'un instant, Robert se demanda si les réunions de ce club étaient tenues secrètes parce que certaines de leurs activités étaient considérablement plus osées que d'autres. Contrairement à ce qu'il croyait, ces femmes ne lisaient peut-être pas que des traités intellectuels arides.

Il trouva Lady Lucy assise à côté de sa sœur, Lady Mairi MacLeod, sur une méridienne en velours argenté.

— Puis-je me joindre à vous, mesdames ?

Lucy semblait sur le point de refuser mais Mairi, quant à elle, paraissait très heureuse de le voir. Elle tapota le siège à côté d'elle.

— Nous avons tellement apprécié votre conférence, Lord Methven, dit-elle, le regard brillant. Lucy était tout particulièrement impressionnée. Elle a dit qu'elle ne croyait pas que vous puissiez être si intéressant.

Robert vit Lucy pincer fortement les lèvres et il lui sourit.

— Je suis toujours heureux de pouvoir déjouer les préjugés, Lady Lucy.

Il se tourna vers les deux jeunes hommes entourés par une nuée de ladies très enthousiastes.

— J'espère que vous avez autant apprécié le cours suivant que le mien. C'était un cours de modèle vivant, n'est-ce pas ?

Les prunelles de Lucy brillèrent en croisant les siennes.

— Je n'ai pas assisté au cours de dessin, avoua-t-elle. Je suis très mauvaise dans cette activité.

— Raison de plus pour pratiquer, dit Mairi, surtout avec des sujets aussi plaisants.

Elle porta à sa bouche une dragée et la croqua.

— Vous ne trouvez pas, Lord Methven ?

— Je suis certain que les gentlemen concernés se sont montrés à leur avantage, dit-il, et cela devait être suffisant pour inspirer n'importe quelle lady.

Mairi gloussa mais Lucy ne paraissait guère convaincue.

— Le modèle vivant est un art très sérieux, dit-elle. C'est une quête intellectuelle.

— Et très divertissante, aussi, corrigea Mairi en détaillant Robert de la tête aux pieds. Si vous désirez poser un jour pour nous, Lord Methven, nous serions ravies.

Mairi MacLeod était une séductrice, songea-t-il. Elle avait l'assurance des veuves avec le sexe masculin, une assurance née sans aucun doute de l'expérience. À l'opposé, Lucy ne cherchait pas à plaire, mais elle n'était pas non plus une débutante naïve. Robert songea à la réponse maladroite mais fougueuse de celle-ci à son baiser avant de le regretter, car Mairi contemplait avec insistance son pantalon. Il s'agita sur son siège, mal à l'aise.

— Je serais honoré que vous m'invitiez à venir poser pour vous. Toutefois, je crains de ne pas être à la hauteur.

— Vous ne devriez pas avoir beaucoup de craintes à ce sujet, Lord Methven, répondit Mairi sans détourner les yeux de son pantalon. Vous me paraissez tout à fait compétent de bien des manières.

Robert lui sourit et se tourna vers Lucy.

— Si vous n'avez pas assisté au cours de dessin, Lady Lucy, je suppose que vous avez appris la danse orientale ?

Elle écarquilla les yeux. À cet instant, elle avait l'air d'une débutante effarouchée.

— Comment le savez-vous ? demanda-t-elle. Vous nous avez regardées ?

— Je ne vous ai pas espionnées par le trou d'une serrure, je vous le promets, répondit-il. J'ai reconnu le genre de musique et j'ai imaginé que vous deviez danser. Cela vous a-t-il plu ?

Il était curieux de voir si elle allait rougir.

— C'était… différent.

— Du formalisme du quadrille ?

— Oui, et même de l'énergie du quadrille écossais.

Lucy fit une pause et s'empourpra violemment.

— J'ai toujours cru que pour écrire de la musique, il fallait avoir des compétences mathématiques. Pourtant, avec celle-ci…

Ses iris couleur lilas brillèrent d'un éclat vif et incandescent avant de se détourner.

— Cette musique était étrangement sensuelle, conclut-elle.

À cet instant, Robert aurait préféré que Lady Mairi ne fût pas là. Il aurait aimé se trouver avec Lucy ailleurs, dans un lieu chaud, confortable, où ils auraient pu poursuivre cette conversation là où elle les aurait menés. L'approche froide, brusque et intellectuelle de Lucy sur tout ce qui avait trait à la passion était à la fois naïve et étrange. Déjà, à Brodrie Castle, il avait trouvé qu'elle avait une vision de la vie plus rationnelle qu'émotionnelle. Sa perception de la musique aujourd'hui, une expérience qui aurait pu être grisante, vivante et sensuelle, semblait avoir été la même.

Il était grand temps d'éveiller Lady Lucy MacMorlan

à toutes les possibilités intéressantes qu'offrait la passion. Mais le moment n'était pas venu, songea-t-il avec une pointe de frustration. La pièce grouillait de monde. Comme si elle avait perçu ses sentiments, Mairi se leva brusquement et marmonna qu'elle devait s'entretenir avec Lady Kenton avant le dîner. Lucy leva la main, comme pour retenir sa sœur. Elle ouvrit la bouche pour protester. Puis elle se leva à demi, comme si elle était sur le point de le laisser, elle aussi.

— J'espère que vous n'allez pas m'abandonner à la merci de toutes ces dames, Lady Lucy.

— Je suis certaine que vous vous débrouillerez à la perfection. Vous saurez vous en débarrasser très facilement.

— Ce que je cherche exactement à éviter. Je risquerais de me montrer grossier et de les offenser.

Lucy faillit sourire, puis se détendit et s'adossa de nouveau à son siège.

— Je croyais que vous n'aviez aucun scrupule à être franc, même si cela doit offenser la personne.

— Je dois moi-même me fixer des limites. Je pense que vous ne vous sentez pas très à l'aise en ma compagnie, et que c'est pour cette raison que vous cherchez à vous enfuir.

Elle le toisa d'un air parfaitement neutre.

— Je vous assure que je me sens à l'aise avec tout le monde, répondit-elle froidement.

— Il n'y a donc rien de particulier avec moi ? Que c'est rassurant, dit-il en la contemplant d'un air pensif. Je croyais qu'après notre dernière rencontre…

Elle rougit de plus belle et détourna les yeux. Soudain, tous ses airs de femme sophistiquée s'envolèrent et elle parut affligée.

— Je suis navrée. Je regrette profondément d'avoir gâché votre mariage.

Elle paraissait sincère, vulnérable. Ses épaules s'affaissèrent et ce mouvement fit monter en lui une étrange bouffée de tendresse. Jusqu'à cet instant, il se fichait de savoir si elle regrettait son acte ou même s'il la croyait. Savoir s'il lui avait pardonné était sans importance. Pourtant, face à sa vulnérabilité, il se sentait différent. Protecteur.

Il ne se fiait jamais aux sentiments, qui ne faisaient que compliquer les choses. Il n'avait pas le temps pour cela. Il voulait seulement s'assurer de se marier.

— Je ne suis pas fâché après vous, dit-il sur un ton brusque.

Elle écarquilla les yeux.

— Vous avez toutes les raisons de l'être.

— Sans doute.

Il haussa les épaules et braqua les yeux sur la foule qui emplissait le salon. Mieux valait éviter de regarder de nouveau Lucy et ressentir cette étrange émotion.

— Je me suis dit que je pouvais vous aider, ajouta-t-elle en se penchant vers lui. Je pourrais écrire des lettres afin de vous aider à courtiser une autre lady…

Elle s'interrompit et Robert se tourna vers elle. Elle avait ce même regard enthousiaste, attirant, et il eut l'impression d'être un voyou car il savait *exactement* comment elle pouvait l'aider.

— Mieux vaut vous abstenir, répondit-il.

Le visage de la jeune femme se décomposa.

— Oui, je comprends. C'était très maladroit de ma part.

Elle se mordit les lèvres.

— Si jamais vous avez une idée…, proposa-t-elle.

— Je vous le ferai savoir, soyez-en assurée, dit Robert en lui souriant, avant de changer délibérément de sujet. Lord Brodrie était très contrarié de découvrir que son meilleur vin rouge avait disparu.

Il haussa les sourcils.

— Je suppose que vous l'avez bu. Je m'excuse si mes baisers vous ont poussée à boire. Ce n'était pas le but recherché.

Lucy joua avec les fils des glands argentés qui ornaient les coussins, ce qui trahissait son malaise.

— Est-ce nécessaire d'en parler ?

— L'expérience était si désagréable ?

Elle leva vivement les yeux vers lui.

— J'ai bu le vin car j'étais choquée.

— De pire en pire. J'ignorais que ma technique manquait à ce point de délicatesse.

— Je vous demanderai de n'en parler à personne, dit-elle en parcourant la foule du regard d'un air accablé. Ma réputation…

— … risquerait d'en pâtir si jamais les gens savaient que vous prenez des cours de danse orientale ou de modèle vivant. Quel club intéressant ! Je comprends maintenant pourquoi ses activités sont secrètes.

Les joues de Lucy s'empourprèrent. Sa contrariété lui allait à ravir.

— Les Highland Ladies ont à cœur d'apprendre et d'élargir leurs expériences. Nos activités sont entièrement à but pédagogique.

— On peut les qualifier ainsi.

— Comme vos critères sont fluctuants ! Personne ne critique Rubens lorsqu'il peint des nus. Personne ne critique les activités des gentlemen qui fréquentent les clubs d'Édimbourg. Mais les gens sont prompts à juger les femmes.

Robert la détailla d'un air songeur. Lucy était exquise ce soir avec sa robe en soie blanche et argent de débutante timide, sa chevelure flamboyante retenue par des épingles en diamants. Si élégante, si discrète.

— C'est étrange de voir que vous renvoyez l'image d'une femme convenable sous tous les aspects, dit-il lentement, alors que vous écrivez des poèmes érotiques, que vous buvez du vin et que vous trouvez que la musique et la danse sont des activités sensuelles. Votre respectabilité n'est-elle qu'une apparence ?

Il venait de la provoquer. Il le vit à l'éclair de colère qui traversa son regard, et à autre chose de différent. De la surprise, de la panique ?

— Je suis une femme très convenable, se défendit-elle en tortillant son éventail. Une lady parfaite. Tout le monde le dit.

— Tout le monde *croit* que vous êtes une lady convenable, corrigea Robert. Sauf que, bien évidemment, vous

vous mentez à vous-même et aux autres, et vous pensez sincèrement que vous n'éprouvez pas la moindre passion.

Il se pencha vers elle. Ses doigts effleurèrent son bras nu au-dessus de son gant et il la sentit frémir. Il sourit. Lady Lucy niait ses propres désirs, c'était évident, et il se ferait un plaisir de les lui révéler.

— Dites-moi, ajouta-t-il, que rechercheriez-vous chez un homme si vous décidiez de vous marier ?

Elle parut surprise, puis baissa pudiquement les yeux.

— Pourquoi cette question ?

— Simple curiosité, dit Robert en comprenant qu'elle refusait d'aborder le sujet. Faites-moi plaisir. Dites-moi pourquoi vous avez refusé autant de prétendants.

L'expression de Lucy changea. Soudain, elle prit un air absent, comme si elle venait d'ériger une barrière pour l'empêcher de lire ses émotions.

— Il est vrai que l'on me prend pour une originale. J'ai été fiancée, autrefois. Lord MacGillivray était l'idée même que je me faisais du gentleman idéal. Je ne cherche plus à me marier car jamais je ne trouverai d'homme qui puisse l'égaler.

Elle s'était exprimée d'une voix douce, comme si elle avait répété ces paroles de nombreuses fois auparavant. Mais pourquoi ne la croyait-il pas ? Quelque chose dans son discours sonnait faux. Elle ne mentait pas au sens strict du terme, mais semblait plutôt tellement habituée à servir aux autres cette histoire qu'elle avait fini par y croire.

— L'homme idéal ? répéta-t-il d'un air sceptique malgré lui. Pardonnez-moi, mais c'est la plus grosse ânerie que j'aie jamais entendue. L'homme idéal et parfait n'existe pas.

Lucy se raidit. Il vit la surprise se refléter dans son regard, ainsi que la confusion. Il était évident que personne ne l'avait jamais contredite à ce sujet.

— Merci de partager vos opinions avec moi, Lord Methven, dit-elle d'une voix tranchante après quelques instants. J'avais oublié à quel point vous pouviez être mordant.

— Parce que je suis honnête ?

— Parce que vous êtes grossier et brutal, corrigea Lucy. Vos manières ne sont ni élégantes ni polies.

— Dans ce cas, dit-il d'un air amusé, j'imagine que je suis loin de l'idée que vous vous faites du mari idéal.

— En effet, répondit-elle d'un air pincé. Vous êtes trop franc et trop peu raffiné.

— Et quoi d'autre ? Je dois bien avoir d'autres défauts ? demanda-t-il en l'invitant d'un haussement de sourcil à continuer.

Il l'observa se débattre entre ses bonnes manières et son désir de le rabrouer vertement. Elle céda à sa provocation.

— Vous êtes trop grand, et trop imposant.

Robert se mordit les lèvres pour s'empêcher de sourire.

— J'avoue que je suis grand et imposant, mais reconnaissez que je ne peux pas y faire grand-chose.

— Vous n'êtes pas un érudit, dit Lucy.

Maintenant qu'elle avait commencé à énumérer ses défauts, elle semblait avoir une longue liste à disposition. Il était étonné de constater qu'elle avait autant pensé à lui.

— Je ne pourrais épouser qu'un homme avec des qualités intellectuelles, dit-elle, un homme sérieux, intéressé par l'aspect cérébral plus que physique. Vous êtes trop... énergique.

— Vous me sous-estimez beaucoup. Je ne suis peut-être pas un érudit mais je lis beaucoup. J'ai d'ailleurs lu vos lettres d'amour.

Sans détourner le regard de son visage, il récita :

— « Votre beauté exquise dépasse l'imagination et est comme un piège destiné à aiguiser le désir d'un homme... »

Lucy retint son souffle. Elle s'agita, comme si ces paroles la mettaient mal à l'aise. Sous le décolleté sage de sa robe en soie blanche, il vit sa poitrine monter et descendre rapidement à chaque souffle.

Robert continua doucement :

— « Pour vous voler un baiser, pour oser vous toucher, vous goûter, m'attarder sur chaque caresse... »

Lucy s'humecta nerveusement les lèvres. Son regard brillait d'un éclat furieux.

— « Pour vous mordiller, vous lécher, vous pincer délicatement et m'abreuver d'un peu de votre douceur. »

Robert baissa la voix, les yeux rivés sur elle.

— « Plonger très loin et boire chaque goutte, me perdre en vous et me délecter de tous ces excès sensuels… »

Lucy émit un petit bruit de gorge qui l'excita au plus haut point. Il rêvait de l'emmener à l'étage, de lui arracher sa robe si sage et de lui faire l'amour.

Le gong annonçant le dîner retentit, et Robert vit Lucy sursauter. La lueur sombre disparut de ses prunelles. Ses lèvres étaient entrouvertes et elle paraissait hébétée et rêveuse, ce qui ne fit qu'accroître encore plus son désir pour elle.

Mais Lady Durness le coupa net dans son élan en venant lui demander d'être son voisin de table pour le repas. Il se leva poliment pour l'accueillir tout en espérant pouvoir cacher au mieux sa gêne.

Lady Durness glissa un bras sous le sien.

— Nous ne sommes pas très formels ici, murmura-t-elle, mais je vais profiter de mes privilèges d'hôtesse pour revendiquer votre place à mes côtés, mon cher Lord Methven.

Elle lui serra le bras pour souligner ce point.

— J'espère que Lady Lucy n'y verra pas d'inconvénient, ajouta-t-elle en posant sur elle ses yeux bleu pâle.

— Je ferai de mon mieux, répondit Lucy sèchement.

Elle s'était ressaisie très vite. Toute trace d'émotion avait disparu. Elle esquissa une légère révérence pleine de mépris.

— J'espère que vous profiterez bien de votre repas, Lord Methven.

Au cours du dîner, Robert découvrit les nombreuses autres activités de la Highland Ladies Blue Stockings Society. Ce club prétendument secret semblait compter une multitude de membres très indiscrets. Leurs activités allaient de lectures sur les arts et les sciences à des choses plus divertissantes, moins cérébrales et plus physiques comme l'équitation, la fauconnerie… et les combats d'hommes nus. Seules les veuves et les femmes mariées pouvaient assister à ces derniers, découvrit-il. Et il y avait eu ce fameux cours de modèle vivant. Robert avait comme l'impression que beaucoup de ces ladies se délectaient de voir autant d'hommes nus que possible. Lady Mairi devait certainement applaudir les lutteurs, tandis que Lady Lucy en était empêchée du fait de son célibat et de ses idées très strictes des convenances.

Avant le dîner, Robert avait discrètement soudoyé le majordome afin que Lucy soit assise à côté de lui. Mais au moment de prendre place, il fut surpris et amusé de voir ses projets échouer. Manifestement, Lucy avait étudié le plan de table et avait changé de place de sorte à être assise aussi loin de lui que possible. Elle mangeait comme elle faisait toute chose : avec délicatesse, précision et élégance. Elle bavardait avec aisance avec les invitées assises à côté d'elle, et lorsqu'elle fut attirée dans une conversation avec l'un des jeunes modèles, elle contra les tentatives de flirt de ce dernier avec une merveilleuse politesse, sans trop de chaleur ni de froideur. Robert commençait à comprendre pourquoi elle avait la réputation d'être si parfaite. En apparence, son éducation et ses manières étaient sans reproche. Pas étonnant que ses émotions se manifestent d'autres façons. Être un modèle de respectabilité devait être sacrément ennuyeux.

Pas une seule fois elle ne regarda dans sa direction, et il découvrit avec étonnement que son indifférence le contrariait, tout comme les attentions du beau jeune homme assis à côté d'elle. Jamais il n'avait éprouvé la moindre jalousie à cause d'une femme. Mais celle-ci était différente. Elle était à lui, même si elle ne le savait pas encore, même si elle ne voyait pas du tout en lui un mari potentiel.

Il prévoyait de parler de nouveau à Lucy après le dîner avec la vague intention de la courtiser, comme l'avait suggéré sa grand-mère, mais il ne tarda pas à comprendre que s'il adoptait une approche traditionnelle, il n'arriverait à rien. Il ne laissait pas Lucy indifférente. Elle ressentait pour lui la même violente attirance. Mais pour des raisons qu'elle était la seule à comprendre, elle s'efforçait de le repousser. Elle était opposée à toute idée de mariage, et tout particulièrement avec lui. Le sens de l'honneur de Robert s'insurgeait à l'idée de forcer une femme à l'épouser, mais pour la première fois de sa vie, il était partagé entre l'honneur et la survie de son clan. Son choix était fait.

Il ne s'attarda pas longtemps à boire son porto et déclina avec courtoisie l'offre de l'artiste qui se proposait de peindre son portrait. Lorsque les gentlemen rejoignirent les ladies dans le salon, Robert s'aperçut que Lucy s'apprêtait à se retirer. Pourquoi voulait-elle se coucher si tôt ? Son air décidé éveilla sa curiosité.

Il attendit quelques instants puis la suivit discrètement. Il aperçut sa silhouette disparaître dans l'escalier principal, puis emprunter l'un des larges couloirs à l'étage. Lorsqu'il arriva au premier étage, elle s'était volatilisée. Un peu plus loin, une porte s'ouvrit furtivement. De plus en plus intrigué, il attendit. Une bonne pointa le bout de son nez. La femme balaya du regard le couloir dans les deux sens, puis elle fronça les sourcils en posant les yeux sur lui. Sans attendre qu'il parle, elle lui fit signe d'entrer dans la pièce.

— Vous êtes en avance, gronda-t-elle. Milady n'est pas encore prête. Attendez ici.

Elle désigna d'un autre signe de tête une porte sur sa droite.

Robert eut l'impression de recevoir une douche froide. Il était sous le choc. Ainsi, Lucy attendait de la visite dans sa chambre, et d'un homme, de surcroît ! Pas étonnant qu'elle se fût éclipsée aussi vite après le dîner. Sa conversation parfaitement polie avec le jeune et beau modèle n'avait manifestement rien de respectable. Ils avaient dû se donner rendez-vous.

Robert était étonné de ressentir une telle colère. Moins d'une semaine plus tôt, il avait juré être prêt à épouser une dévergondée pour sauver son domaine. Mais il ne s'attendait pas à ce que celle-ci puisse être Lady Lucy MacMorlan. À Brodrie, elle lui avait juré qu'elle était innocente et son instinct lui avait dicté qu'elle disait la vérité.

Il ferma les yeux une seconde. Les paroles de la lettre érotique dansaient derrière ses paupières closes. Comment avait-il pu être aussi stupide ? Lady Lucy ne pouvait pas être innocente. Elle avait essayé de se jouer de lui, de le manipuler en usant de son charme et de son intelligence. Cette femme n'était que mensonges et il avait été idiot de croire une seule de ses paroles.

La bonne attendait qu'il bouge, l'air exaspéré.

— C'est quand vous voulez, dit-elle.

Mécaniquement, Robert entra dans l'antichambre et entendit la domestique claquer la porte derrière lui. Aussitôt, il posa l'oreille sur le panneau en bois. Des bruits étouffés de voix lui parvenaient.

— Le gentleman est ici, milady.

La bonne avait prononcé le mot « gentleman » comme s'il s'agissait d'une insulte.

— Je lui ai demandé d'attendre dans l'antichambre.

— Merci, répondit Lucy, aussi sereine que d'habitude.

Elle attendait bel et bien de la visite. Robert sentit son cœur s'emballer.

Il y eut un bruissement, puis la bonne prit de nouveau la parole :

— Ce n'est pas bien, milady. Je sais que je n'ai pas le droit de faire des commentaires, mais je me dois d'intervenir.

— Balivernes, Sheena, répondit Lucy d'une voix un peu rauque.

Elle paraissait nerveuse.

— C'est thérapeutique. Lady Kenton me l'a recommandé, et cette femme est extrêmement respectable.

Thérapeutique ? Robert avait entendu de nombreuses choses sur le sexe, mais jamais de cet ordre !

— Je n'aime pas cela, dit la bonne. C'est une hérésie, voilà ce que je pense.

— Oh ! Sheena, gronda Lucy sur un ton indulgent.

Sa voix était un peu étouffée, comme si elle s'était retournée.

— Ne dites plus de bêtises et aidez-moi à me déshabiller, s'il vous plaît.

Se déshabiller ? Robert s'accrocha au bord de la commode pour ne pas vaciller. Lady Lucy MacMorlan était en train de se déshabiller pour accueillir un homme dans ses appartements. Son cœur battait la chamade à présent, au même rythme que son imagination. Des images débridées de Lucy accueillant son amant complètement nue lui assaillirent l'esprit. Il imagina son corps pâle se détachant sur les draps froissés du lit, ses cheveux libérés de leurs épingles en diamants tombant en cascade sur ses épaules et sur ses seins.

Il voyait son amant à côté d'elle, tendant la main pour la toucher… Il étouffa un juron.

— Milady…, supplia encore la bonne.

— Faites-le entrer maintenant, s'il vous plaît, répondit sèchement Lucy.

Quelques instants plus tard, la porte s'ouvrit et Robert aperçut la silhouette sombre de la bonne. Elle avait les joues cramoisies. Elle veilla à ne pas croiser son regard.

— Milady dit que vous pouvez entrer, lâcha-t-elle d'un ton hargneux, indiquant clairement que s'il n'en avait tenu qu'à elle, Robert aurait été chassé du château et même de la ville.

Il la suivit dans la chambre. La pièce était vaste, avec une grande fenêtre en rotonde face à la mer. Les épaisses tentures en velours étaient tirées et les rayons du soleil couchant filtraient par la fenêtre dans un éclat de lumière dorée. Ils tombaient sur la femme allongée sur une longue méridienne en velours placée au centre de la rotonde, et teintaient sa peau nue de reflets rose et or.

Pendant un court instant, Robert eut l'impression d'être entré dans l'un de ses fantasmes.

Lucy était allongée sur le ventre, le visage tourné sur le côté, les yeux fermés, comme si elle dormait. Une couverture lui couvrait le bas du corps mais au-dessus, son dos élégamment galbé était nu. La ligne de sa nuque se détachait sur le velours, vulnérable et tentatrice. Robert rêvait de suivre du bout des doigts les contours de son dos et du bout des lèvres la rondeur de son épaule. De poser sa bouche dans le creux de ses reins.

Il sentit sa gorge s'assécher. Son esprit était un tourbillon de pensées et d'images. Il distinguait sous la fine couverture en soie la courbe des fesses de Lucy et la longue ligne de ses jambes. Ses bras fins et pâles reposaient de chaque côté de son corps. Elle n'ouvrit pas les yeux et ne lui adressa pas la parole. Robert se demanda, hébété, si elle attendait simplement que son amant commence à lui faire l'amour. Puis la bonne prit la parole.

— Eh bien ? Vous n'allez pas commencer à la masser ? Milady risque d'attraper la mort, allongée là, pendant que vous perdez votre temps.

À cet instant, Robert aperçut une petite fiole d'huile posée sur la table à côté de la méridienne. L'odeur douce de la lavande lui chatouilla les narines. Il vit aussi une serviette pliée sur une petite chaise en bois.

Un immense soulagement l'envahit.

La bonne l'avait prise pour un masseur. Cela devait encore être l'un de ces insensés passe-temps auquel se livraient les dames de ce club.

— Eh bien ? répéta la bonne.

Un gentleman aurait expliqué qu'il s'agissait d'une méprise. Un gentleman aurait reculé, aurait présenté des excuses, et serait parti. Robert fit un pas en avant.

Chapitre 8

Lucy avait eu l'intention d'accueillir le masseur d'une voix froide et polie, mais elle se sentait tellement intimidée qu'elle était complètement paralysée. Elle entendit son pas feutré sur l'épais tapis près du lit et le bruissement désapprobateur des jupes de Sheena qui l'accompagnait. Sa bonne était à son service depuis qu'elle était enfant, et elle était extrêmement protectrice et conservatrice. Elle avait accueilli la suggestion de Lady Kenton de se faire masser comme un acte aussi indigne que scandaleux. Maintenant, alors qu'il était trop tard pour reculer, Lucy commençait à partager son avis.

Allongée sur la longue méridienne en velours, avec l'air frais qui caressait ses épaules nues et son dos, certaine que l'homme la regardait, elle se sentait horriblement exposée. Lady Kenton lui avait dit qu'Anton était un professionnel et qu'il ne s'intéressait pas aux femmes, mais même ainsi, elle se sentait gênée et mal à l'aise. Dans deux secondes, elle se redresserait, enfilerait son peignoir et renverrait poliment le masseur sans explication.

Une seconde. Deux sec…

L'homme la toucha. Il avait les mains chaudes, contrairement à ce qu'elle avait imaginé. Il les fit glisser de son cou vers ses épaules, puis le long de ses omoplates. Elle sentit l'odeur de lavande provenant de l'huile que Sheena lui avait préparée, mais elle avait chauffé au contact de sa peau et dégageait un parfum à la fois doux et entêtant où dominaient d'autres herbes. Elle commença à ressentir une sensation de bien-être et à se détendre. Les mains de l'homme glissèrent de nouveau le long de son dos vers le creux de ses reins. Ses muscles contractés commencèrent à se détendre à mesure qu'il la massait en rythme, de haut en bas, avec de longs mouvements apaisants. Lucy perdit peu à peu la notion du temps et resta allongée, aux prises avec ses sensations.

— Cela fait beaucoup de bien, dit-elle d'une voix un peu rauque, les yeux fermés.

Elle sentait ses douleurs s'atténuer, remplacées par le plaisir de se faire masser. Elle sursauta lorsque Sheena s'approcha très vite d'elle. La bonne avait dû entendre son abandon dans sa voix car elle déclara très fort :

— Je vous rappelle qu'il s'agit de massages thérapeutiques, milady. Vous vous souvenez ?

Puis elle se tourna vers le masseur.

— Ce sont les épaules de milady qui lui font mal, la gauche, à force d'écrire.

— Et mon dos aussi, murmura Lucy. Il me fait beaucoup souffrir.

Le masseur changea de position. À présent, ses doigts lui pétrissaient plus fort l'épaule et la sensation oscillait entre le plaisir et la douleur. Elle fut presque tentée de lui demander d'arrêter. Mais déjà, la douleur persistante qui l'avait tant fait souffrir s'atténuait sous l'action de ses mains agiles. Elle poussa un soupir de soulagement et l'entendit rire tout bas.

— C'est mieux ? demanda-t-il d'une voix profonde et rauque.

— Oh ! oui. Merci.

Lucy entendit les murmures désapprobateurs de Sheena mais ne dit rien. Le massage se poursuivit, alternant entre son épaule et le reste de son dos. Soudain, les mains du masseur lui effleurèrent les côtes et la naissance des seins, par mégarde certainement. Lucy se figea et retint son souffle. Le masseur recommença. Cette fois, elle sentit son corps accueillir avec joie cette sensation, ainsi qu'une délicieuse chaleur l'envahir. Elle frémit de désir.

Elle était une dépravée. Ce massage avait une vocation purement thérapeutique. Elle comprit avec stupeur qu'elle rêvait de retirer la couverture et de laisser le masseur toucher l'ensemble de son corps. L'homme lui caressa de nouveau les flancs et elle se retint de gémir. Ses seins tendus frottaient avec délice contre le velours de la méridienne. Elle avait l'impression que tout son corps s'éveillait de façon étrange, comme jamais auparavant. Sa peau était incroyablement sensible. Jusqu'à cet instant, elle n'avait vécu qu'avec ses pensées et ses idées. Elle n'avait jamais été vraiment consciente de son corps, sauf lorsqu'il la faisait souffrir.

Maintenant, son esprit était envahi par ce qu'elle ressentait, et non ce qu'elle pensait. Elle n'était consciente que des mains du masseur sur elle et de la façon dont elle réagissait et vibrait d'impatience à ce contact. Sheena tira la couverture plus haut et, soudain, Lucy comprit qu'elle s'était tortillée avec abandon sous les mains du masseur. Elle essaya de se figer mais il était trop tard. Elle ne pouvait plus nier ses sensations, qui n'attendaient que d'exploser dans un tourbillon de plaisir.

Elle entendit quelqu'un gratter à la porte. Les mains du masseur se figèrent quelques instants avant de reprendre leurs doux modelages. Lucy quitta à contrecœur son cocon voluptueux. Elle ouvrit les yeux. Sheena se dirigea vers la porte et discuta avec quelqu'un avant de secouer vigoureusement la tête. Puis elle fit signe au nouveau venu d'entrer et vint en courant vers la méridienne.

— Milady, dit Sheena sur un ton qui fit aussitôt sortir Lucy de sa torpeur, telle une douche froide. Il y a ici un gentleman qui prétend que c'est votre marraine qui l'envoie. Il dit qu'il est masseur.

La bonne se tourna vivement vers *l'autre* masseur et le pointa du doigt.

— Qui est cet homme, alors ?

Lucy se redressa sur-le-champ. Elle remonta la couverture sur sa poitrine à la hâte – et tomba nez à nez avec Robert Methven.

Elle le contempla, stupéfaite. Non, c'était impossible ! Impossible que ce soit *lui* qui l'ait touchée de manière si intime une seconde auparavant. Pourtant, il n'y avait personne d'autre dans la pièce.

Il s'empara de la petite serviette mise de côté par Sheena et s'essuya les mains. Il ne parut pas le moins du monde surpris ni même perturbé d'avoir été démasqué.

— Que diable faites-vous là ? demanda Lucy d'une voix indignée.

Elle se sentait peu à son avantage, avec rien d'autre que sa couverture pour masquer sa nudité. Elle était toujours extrêmement consciente de son corps, mais pas de manière agréable cette fois.

— Votre bonne m'a confondu avec votre masseur, expliqua Methven.

— Je l'avais compris toute seule, merci, gronda Lucy. Reste à savoir pourquoi vous n'avez pas corrigé son erreur.

Il lui décocha un sourire espiègle.

— Je ne suis pas certain que ce soit un grand mystère. Pas pour un gentleman, du moins.

Il parcourut explicitement son corps du regard, de la tête aux pieds. Lucy sentit de nouveau une douce chaleur l'envahir.

— J'ai essayé de soulager la douleur de votre dos et de votre épaule, ajouta-t-il. Sans vouloir me flatter, je pense avoir été assez efficace. J'ai un peu d'expérience. J'ai appris l'art du massage au cours de mes voyages…

Lucy le coupa d'un geste exaspéré de la main et il obtempéra en gardant le silence, même si ses iris azur brillaient d'une lueur amusée.

— Renvoyez le masseur de Lady Kenton, s'il vous plaît, Sheena, dit Lucy.

Elle commençait à avoir mal à la tête.

— Vous allez sortir aussi, milord, dit-elle en se tournant vers lui. Votre comportement indigne…

Elle s'interrompit en entendant sa voix trembler.

— Vous êtes contrariée, dit-il.

— Je ne suis pas contrariée, glapit Lucy. Je suis en colère.

Mais elle mentait. Elle était à la fois contrariée, troublée, choquée, et toutes ces émotions se bousculaient dans sa tête. Le souvenir des mains de Robert Methven sur elle et la réaction de son propre corps étaient ce qui la bouleversait le plus. Personne ne devrait se sentir aussi excité pendant un massage. C'était un acte *thérapeutique*. Tout le monde le lui avait dit, mais elle l'avait oublié et s'était abandonnée avec délice. Encore maintenant, tous ses sens étaient en éveil. Son corps continuait de vibrer de désir et elle était incapable de se défaire de ces sensations.

Elle attendit que Methven s'excuse pour son comportement scandaleux, mais il n'en fit rien.

— Qu'attendez-vous ? demanda-t-elle en fronçant les sourcils. Je vous ai demandé de partir.

Jamais plus elle ne pourrait le regarder en face. Le baiser échangé dans la bibliothèque de Brodrie était déjà un acte assez grave en soi, inexplicable, surprenant. Mais là, Robert Methven avait été encore plus loin.

Il se dirigea vers la fenêtre d'un pas lent, ce qui la rendit furieuse. Il se contrôlait complètement, alors qu'elle était là, assise et gênée d'une manière absurde. Vraiment, leurs rôles étaient inversés : c'était *lui* qui venait de commettre un acte choquant et répréhensible aux yeux du monde. Robert se tourna alors vers elle.

— J'aimerais vous obéir, murmura-t-il, mais je pense que nous devons d'abord discuter du dommage que cet incident risque de causer à votre réputation.

— Vous n'avez pas pensé à ma réputation lorsque vous avez décidé de prendre la place du masseur de ma marraine, protesta Lucy.

Un curieux silence s'installa.

— En réalité, dit Methven très doucement, j'y ai pensé. Je cherchais précisément à vous faire commettre un faux pas. Le destin m'a donné une occasion rêvée et… je l'ai saisie.

Le cœur de Lucy bondit dans sa poitrine, comme si elle venait de trébucher dans l'obscurité.

Il avait eu l'intention de la compromettre, il l'avait fait *délibérément*. Une sourde terreur l'envahit et l'empêcha de respirer. Elle était sous le choc, paniquée et, soudain, elle se sentit aux abois.

— Je ne comprends pas, dit-elle en détachant chaque mot.

— Je pense que vous comprenez très bien, au contraire.

Elle croisa le regard de Methven, un regard si dur et impitoyable qu'elle ressentit un deuxième choc. La sensation de panique s'accentua.

— Est-ce votre façon de vous venger de mes lettres ? demanda-t-elle.

Elle s'efforça de rester calme, mais un léger frisson la trahit.

— Vous l'avez fait délibérément pour ruiner ma réputation ?

L'espace d'un instant, il parut déconcerté, puis il esquissa un sourire narquois.

— Je ne suis pas aussi vil pour faire une chose pareille.

Elle ne parvint pas à lire l'expression de son visage et cela la troubla encore plus. Elle se sentait perdue et inquiète.

— Je sais que, par mon comportement de ce soir, j'ai compromis votre réputation, répéta-t-il. Je serai donc très honoré de vous offrir ma main et de vous demander en mariage en guise de réparation.

Lors des quatorze ou quinze demandes en mariage qu'elle avait déjà reçues, Lucy n'avait jamais été nue. Elle n'aurait même jamais cru cela possible. Elle était une femme trop décente, trop parfaite. Et pourtant, elle était là, vêtue d'une simple couverture et de sa culotte, piégée par le marquis de Methven et condamnée à l'épouser.

Elle ne pouvait pas se marier avec lui. C'était hors de question. Elle ne pouvait épouser personne. Elle ne pouvait pas donner d'héritier à un homme. Cette idée la terrifiait plus que tout.

Pas plus qu'elle ne pouvait en expliquer les raisons si elle voulait garder les secrets d'Alice et laisser le passé derrière elle.

Elle essaya de se concentrer et de canaliser les pensées qui se bousculaient dans sa tête.

— Vous êtes un voyou de profiter de moi.

Il s'inclina devant elle.

— Vous devez avoir raison.

— Un homme sans honneur, ajouta Lucy avec véhémence.

Il prit un air attristé.

— C'est un peu dur.

— Vous avez peut-être l'habitude d'épouser des personnes que vous connaissez à peine, mais pas moi.

Cette fois, il eut l'audace de rire.

— Touché. Je ne connaissais pas très bien Miss Brodrie, mais vous et moi…

Il désigna la méridienne et son corps à moitié dévêtu.

— Je pense que nous avons déjà appris à nous connaître.

La conversation ne prenait pas du tout la tournure qu'elle espérait. Elle avait chaud, elle était agitée et avait l'impression de perdre pied.

— Je ne peux pas me concentrer à moitié nue ! s'écria-t-elle.

Elle bondit sur ses pieds, enroula la couverture autour d'elle par décence et faillit la lâcher tant ses mains tremblaient.

— Si vous voulez bien vous retirer pendant que je m'habille, dit-elle. Nous pourrons alors parler.

— Bien sûr, répondit Methven. Vous êtes ravissante et je ne vois aucun inconvénient à votre tenue, mais si vous insistez… Votre couverture est en train de glisser, ajouta-t-il d'un air aimable.

Lucy poussa un petit cri furieux, serra la couverture autour d'elle et se précipita vers l'antichambre, où Sheena l'attendait. Elle anticipait déjà les remontrances de sa bonne ! Cette dernière ne manquerait pas de lui dire qu'elle l'avait prévenue, que les massages étaient une chose dangereuse et qu'elle aurait mieux fait de s'en passer. Elle n'était pas certaine de pouvoir supporter que Sheena ait raison.

— Je vous avais dit que…, commença celle-ci.

— Je sais ! la coupa sèchement Lucy.

Sheena pinça les lèvres. Sans rien ajouter, sa bonne lui tendit ses sous-vêtements, d'abord sa chemise puis son corset. Lucy frémit lorsqu'ils glissèrent sur sa peau nue. Elle avait froid. Ses mains tremblaient en boutonnant le corsage de sa robe bleue. Elle devait se ressaisir, retrouver le contrôle d'elle-même. Maintenant qu'elle avait passé cette tenue irréprochable et respectable, elle avait l'impression d'être encore plus nue qu'avant.

— Je peux jurer qu'il ne s'est rien passé d'inconvenant, milady, dit Sheena.

— Non, je ne pense pas, répondit Lucy d'un air lugubre.

Elle savait que le témoignage de sa bonne n'aurait aucun poids face au scandale. Elle était bel et bien compromise, et la seule façon de sauver sa réputation était d'épouser Robert Methven.

Le mariage…

Elle avait le sentiment d'être piégée. Elle était pétrifiée et apeurée. Le marquis de Methven avait perdu sa fiancée et maintenant, il en cherchait une autre. Et il l'avait choisie, elle. Il l'avait compromise, songea-t-elle en frémissant. Lorsque Alice était morte, Lucy avait renoncé à toute idée d'amour et de mariage. Son avenir avait changé avec le décès de sa sœur. Le regret, la honte et l'amertume liés à la perte de celle-ci pesaient sur elle chaque jour.

Elle n'imaginait pas une vie avec un mari et des enfants. Elle n'en voulait pas. Elle avait trop peur. Elle ne pourrait jamais coucher avec un homme et lui donner un héritier. Il aurait été injuste d'épouser qui que ce fût dans ces conditions.

Lucy se sentit froide et vide tandis que Sheena lui attachait les cheveux à l'aide d'un simple ruban.

— Vous ne pouvez pas l'épouser, milady. C'est impossible…

— Je sais, gronda Lucy.

Il ne restait plus grand-chose à dire, et rien qui puisse repousser sa confrontation avec Robert Methven. Elle s'était absentée depuis déjà une demi-heure, et si elle ne sortait pas bientôt de l'antichambre, il viendrait vérifier qu'elle ne s'était pas enfuie par la fenêtre.

Sheena fit un nœud au ruban et Lucy contempla son reflet dans le miroir. Son image était la même que d'habitude, celle d'une femme élégante et sûre d'elle. Son apparence ne disait rien sur son ventre serré, ses mains moites et sa nausée.

Methven se tenait à l'endroit exact où elle l'avait laissé, les mains enfoncées dans les poches de sa veste, le regard tourné vers la fenêtre qui surplombait la baie. Un pli soucieux creusait son front. Il était très intimidant. Le cœur de Lucy se serra de peur. Cet homme ne lui convenait en rien. Il était trop fort, trop physique, trop déterminé. Le marquis de Methven ne se contenterait jamais d'une relation platonique, d'un mariage de convenance. Il avait besoin d'un héritier pour ses terres qu'il s'efforçait de conserver. Il fallait qu'elle trouve un moyen de se sortir de cette situation. Mais comment le faire sans laisser sa réputation en lambeaux ?

Lorsqu'il la vit s'avancer vers lui, il prit ses mains entre les siennes.

— Vous êtes ravissante, dit-il. Même si j'ai une légère préférence pour la couverture.

Lucy se dégagea de son étreinte et s'éloigna de lui. Son contact était trop troublant et l'empêchait de bien réfléchir. Sa proximité lui donnait le tournis. Avant que Robert Methven ne fasse irruption dans sa vie, elle croyait qu'elle ne ressentirait jamais de passion, ni de désir. Il éveillait en elle ces deux sentiments, mais la peur qui la rongeait était beaucoup plus forte.

— Le mariage est une négociation commerciale, Lord Methven, dit-elle en lissant ses jupes pour retrouver son calme. Parlons affaires.

Une lueur amusée dansa dans ses prunelles et il esquissa un sourire.

— Vous avez l'esprit pratique, Lady Lucy. Certainement, parlons affaires.

Il s'installa sur la chaise en face d'elle et croisa ses longues jambes. Il attendit poliment qu'elle continue.

— Êtes-vous venu à Durness dans l'intention de me compromettre ? demanda-t-elle sans détour.

Il hocha la tête.

— Je suis venu vous demander en mariage.

— Pourquoi ne pas l'avoir fait d'une manière honorable, alors ?

Elle prit une profonde inspiration pour se calmer, ce qui n'était pas chose facile sous le regard insistant de Robert Methven qui semblait lire dans son âme.

— Vous auriez refusé ma demande, répondit-il sans hésiter.

Il avait raison. Elle ne pouvait décemment pas le nier.

Voyant qu'elle ne disait rien, il écarta les bras en signe d'impuissance.

— Pardonnez-moi, mais je n'avais pas d'autre solution que de vous forcer la main.

— Je ne vous pardonne pas, répondit Lucy d'une voix qui se brisa.

Elle était trop choquée et déçue par son comportement.

— Cela s'appelle du chantage. Vous manquez complètement d'honneur.

Il la corrigea en redressant fièrement la tête :

— Mon allégeance et mon honneur, je les dois à mon clan. C'est d'abord à lui que je me dois d'être loyal.

Il y eut un blanc. Il ne lui avait pas fait d'excuses, ne cherchait pas à justifier ses actes. Lucy avait mal à la tête. Elle voulait rejeter sa demande et lui dire qu'il était hors de question qu'elle l'épouse. Mais jamais il n'accepterait son refus. Il chercherait à savoir pourquoi elle était prête à sacrifier sa réputation plutôt que se marier avec lui.

Elle était prise au piège. Elle devait trouver le moyen de le persuader de renoncer à elle. Elle ignorait comment faire, mais c'était son seul espoir.

Elle leva les yeux vers lui. Il affichait une telle inflexibilité qu'elle faillit perdre courage, mais elle se planta les ongles dans la paume de la main et s'efforça de garder son calme.

— J'ai cru comprendre que le choix de votre fiancée est sévèrement limité par les termes de votre héritage, milord. En quoi cela a-t-il changé ?

— Il a changé dans le sens où vous êtes la seule fiancée éligible, répondit Methven.

Il lui adressa ce sourire chaleureux qui la prenait toujours par surprise.

— Connaissez-vous l'arbre généalogique de votre famille ?

— Pas dans le détail, répondit Lucy. Vous en avez une copie avec vous ?

— Non. Vous allez devoir me croire sur parole. Mais j'ai engagé les meilleurs avocats d'Édimbourg pour travailler sur le sujet.

Évidemment. Il n'aurait jamais commis une erreur aussi capitale sur une question aussi importante. Lucy se mordit les lèvres. Ce n'était pas la bonne échappatoire.

— J'ignorais que je figurais sur la liste de vos épouses potentielles, dit-elle froidement.

Plutôt vers le bas de cette liste, si Dulcibella Brodrie se trouvait tout en haut. Cette idée l'irrita encore plus, mais pourquoi ? C'était ridicule. Pour une raison qu'elle ignorait, elle était contrariée. Pourtant, elle était trop fière pour se placer derrière Dulcibella.

Le sourire de Methven s'élargit, comme s'il avait compris ce qui se jouait en elle.

— Je l'ignorais aussi, sinon, soyez-en sûre, je serais venu vous trouver avant de faire ma demande à Miss Brodrie.

Lucy leva vivement les yeux vers lui. Il la regardait, une lueur amusée dans le regard, et derrière celle-ci perçait une chaleur qui accéléra son pouls. Elle se racla la gorge, mal à l'aise.

— Je ne peux pas vous épouser.

Les mots fusèrent de sa bouche plus vite que voulu, mais elle se sentit soulagée d'avoir dit la vérité.

— Vous allez devoir vous trouver une autre lady à épouser, conclut-elle.

Methven plissa les yeux, qui brillaient à présent d'un éclat plus dur, plus impitoyable, plus déterminé.

— Vous refusez ma demande, dit-il, un léger sourire aux lèvres. Je ne pensais pas que vous le feriez.

Il se pencha en avant, les avant-bras sur les cuisses. Puis il ajouta, sans la quitter des yeux :

— Je croyais que, dans la mesure où je vous ai vue presque nue et où vous m'avez accordé quelques libertés choquantes avec votre corps, vous comprendriez la nécessité d'un engagement rapide.

Lucy se concentra très fort pour occulter les mots « nue », « libertés choquantes » et « corps », surtout lorsqu'ils figuraient dans la même phrase. Ses efforts furent vains et son sang bouillonna de plus belle dans ses veines.

Il fallait qu'elle réfléchisse très vite, non à sa réponse physique aux caresses de Robert Methven, mais à un argument rationnel à lui opposer.

— Je ne veux pas me marier, et je trouve cela très inconvenant d'essayer de me faire chanter pour arriver à vos fins.

Elle devait rester concentrée sur la seule chose vraiment importante pour elle, car lorsqu'elle croisait le regard de Methven, tout ce qui lui restait de raison semblait s'évanouir.

— Je sais que le chantage est répréhensible, répondit calmement ce dernier. Mais que dire de vos lettres qui m'ont fait perdre ma fiancée ? Il s'agit d'un dédommagement : une épouse contre une autre.

Il se redressa et s'adossa à son siège dans l'attente de sa réponse.

Lucy continua de lui résister.

— Je sais que je suis en partie responsable de la fuite de mon frère avec Miss Brodrie, mais je ne peux pas vous épouser en guise de réparation. Vous trouverez certainement une autre femme.

Elle inspira avant de lui livrer le point le plus important justifiant son refus :

— Il ne serait pas très galant de votre part de rendre publique la façon dont j'ai été compromise ce soir. Aucun gentleman ne ruinerait délibérément la réputation d'une lady à des fins personnelles. Donc…

Elle planta son regard dans le sien.

— Je ne peux que vous implorer d'accepter mon refus et de ne plus parler de cette affaire.

Un silence lourd et épais s'installa. Dehors, la nuit

tombait et le crépuscule régnait sur la mer. Les ombres qui envahissaient la pièce empêchaient Lucy de distinguer l'expression du visage de Methven. Elle se sentait anxieuse et terriblement inquiète, mais elle resta immobile sur sa chaise dans l'attente de sa réponse.

Il se leva d'un bond et se dirigea vers la large fenêtre avant de se tourner vers elle, comme si elle était une énigme insoluble. Un dernier rayon de lumière lui éclaira le visage, et elle put enfin lire dans son regard. Il était amusé par son refus de céder à son chantage, et il admirait son courage. Mais il maudissait aussi son entêtement. Elle ressentait aussi sa frustration.

— Si je ne parviens pas à honorer les termes de ce traité du XVe siècle, dit-il en détachant chaque mot, votre cousin Wilfred Cardross s'emparera de la moitié de mes terres. Vous le savez. Ne vous méprenez pas : protéger les terres ancestrales de mon clan est ce qui prime, Lady Lucy. Ce que j'ai, je le garde.

Un long frisson glacial lui parcourut l'échine. Dans un recoin de son esprit résonnaient encore les paroles de Lady Kenton : « Un héros, sorti tout droit du champ de bataille... »

Robert Methven était prêt à se battre pour ce qu'il voulait et pour protéger ce qui lui appartenait. Jamais elle n'avait vu chez un homme une telle détermination.

Elle détourna les yeux de la résolution brûlante qui enflammait son regard.

— Vous êtes ma seule chance, conclut-il simplement. Je ne peux épouser aucune autre femme que vous.

Le cœur de Lucy bondit dans sa poitrine. Elle ne s'attendait pas à cela.

— Mais il doit bien exister une autre solution ! s'écria-t-elle en levant la main. Si je suis éligible, alors Mairi et Christina aussi...

Quelque chose dans l'expression de Methven la fit taire.

— Elles ne sont pas éligibles pour plusieurs raisons, dit-il d'une voix douce. Il n'y a que vous, Lucy.

C'était la première fois qu'il l'appelait par son prénom et

cette intimité la fit frémir. Tout comme l'idée que personne d'autre qu'elle ne pouvait l'aider. Robert Methven chercherait implacablement à l'épouser.

Elle alla chercher son châle posé sur l'accoudoir du canapé pour se réchauffer. Les soirées de mai étaient encore fraîches et personne n'avait allumé la cheminée.

Methven s'avança vers elle et se pencha vers son visage. Il posa les mains sur les accoudoirs de son fauteuil, emprisonnant Lucy par la même occasion. Puis il l'étudia attentivement. Il ne la toucha pas, mais elle ressentait vivement sa proximité. Sa présence physique l'intimidait. Elle se sentait presque écrasée par la virilité qui se dégageait de lui, qui lui faisait battre le cœur et vibrer le corps.

— Je ne peux pas vous laisser partir, Lucy. Vous le comprenez, n'est-ce pas ? Mais je préfère vous rallier à ma cause que vous contraindre à m'épouser en parlant à tout le monde de votre disgrâce.

Lucy se leva dans l'espoir de mieux reprendre le contrôle de ses émotions. Ce fut une erreur, car au lieu de mettre de la distance entre eux, ce geste la rapprocha de Methven. Son corps imposant et viril était encore plus troublant.

— S'il vous plaît, Lucy. Aidez-moi.

Son regard était si passionné, si implorant. Elle imagina Wilfred s'emparant des terres de Methven, tous ces hommes sans travail, ces femmes et ces enfants souffrant de pauvreté et de faim. Elle essaya de chasser ces images, sans succès.

— Je ne peux pas..., dit-elle d'une voix désespérée. Vraiment. J'aimerais le faire mais...

Sa voix se brisa. Robert était si près d'elle. Il avança d'un pas jusqu'à ce que leurs corps se touchent. Lucy tremblait à présent, incapable de bouger. Elle leva les yeux vers son visage grave. Les ombres soulignaient la ligne de son menton volontaire et creusaient ses joues obscurcies par une barbe naissante.

Soudain, elle ressentit le besoin urgent de lever la main pour caresser son visage rugueux. Son désir pour lui déferla sur elle avec la force d'une marée montante, lui donnant le sentiment qu'elle allait se faire broyer.

Sa bouche s'assécha. Son pouls fiévreux battait dans sa gorge.

— Aidez-moi, répéta-t-il.

Son souffle lui effleura la joue. Leurs lèvres n'étaient qu'à quelques centimètres. Un étrange frisson la parcourut. Elle ouvrit la bouche pour lui dire que c'était impossible mais aucun son ne sortit. Il écarta une mèche de cheveux de sa joue et vint déposer un baiser à la commissure de ses lèvres. Les genoux de Lucy tremblèrent. Robert lui frôla la bouche. Elle avait l'impression qu'elle allait se dissoudre s'il ne l'embrassait pas et qu'elle exploserait s'il le faisait vraiment. Il fondit alors sur elle, et ce fut la dernière pensée qui lui traversa l'esprit.

Chapitre 9

Dès l'instant où il avait interrompu son massage et où Lucy avait ouvert des yeux voilés par le plaisir, si pleins de désir innocent, il avait eu envie de l'embrasser. Il avait cru que ce moment n'arriverait jamais mais il s'était trompé. Il ne fallait pas qu'il le gâche, car si malgré tout il ne parvenait pas à convaincre Lucy MacMorlan de l'épouser, il n'aurait plus aucun espoir.

Les yeux de Lucy étaient fermés et ses longs cils se détachaient sur la courbe parfaite de sa joue. Il lui effleura de nouveau les lèvres. Son baiser était doux et il veilla à contenir ses désirs car il savait que tout cela était nouveau pour elle, comme une révélation, et il voulait lui montrer à quel point cela pouvait être parfait.

Comme dans la bibliothèque de Brodrie Castle, il se demanda si elle avait déjà embrassé un autre homme que lui. Son hésitation et son inexpérience lui disaient que non. Ses fiançailles avaient été manifestement dépourvues de passion, et elle ignorait tout de la sensualité. À Brodrie, il lui en avait donné un aperçu. À présent, il était temps de l'éveiller complètement. Son corps, déjà tendu, se raidit encore plus à cette idée, mais il chassa les exigences de ses sens pour se concentrer sur Lucy. À force de douceur et de persuasion, il lui écarta doucement les lèvres. Leurs souffles se mêlèrent et elle le suivit avec hésitation. Puis Robert prit complètement possession de sa bouche et elle soupira de plaisir.

— Je pourrais vous persuader, murmura-t-il. Nous n'avons pas besoin de nous disputer.

Elle ouvrit ses yeux, qui étaient d'un bleu-violet profond, pareils à un ciel d'été la nuit. Elle paraissait hébétée, comme perdue dans un univers inconnu. Robert réprima une violente bouffée de désir en grognant. Mais cela ne suffisait pas à traduire l'étrange sentiment qu'il ressentait pour Lucy, ni à décrire ses émotions ou l'expression du regard de celle-ci. Elle entrouvrit les lèvres et il succomba à cette douce tentation. Il l'embrassa une troisième fois, plus longuement et plus profondément.

Elle poussa un petit cri de surprise tout en s'offrant à lui. Leurs langues s'emmêlèrent et son corps s'abandonna contre lui. Il dut faire un effort surhumain pour ne pas la prendre dans ses bras, l'allonger sur la méridienne et lui ôter sa robe de débutante si sage pour exposer de nouveau sa peau à sa vue et à ses caresses. Il posa à la place les lèvres sous son oreille et la sentit frémir. Elle réagissait si bien, tout en ignorant la passion qui sommeillait en elle. Et qu'elle commençait sans doute à deviner.

Il n'avait pas l'intention de la séduire alors qu'il y avait encore tant de choses qu'ils ne s'étaient pas dites. Mais il rêvait de lui montrer à quel point ils s'entendaient bien physiquement. Cela pourrait la convaincre de changer d'avis et d'accepter sa demande en mariage. Il pouvait lui apprendre le plaisir et déverrouiller ses sentiments.

Oh ! oui, comme il serait heureux de le faire. Et il n'était pas hypocrite au point de croire qu'il ne le faisait que pour elle.

Ses lèvres glissèrent vers le décolleté en dentelle du corsage de Lucy. Le tissu était doux mais sa peau l'était encore plus. Elle émit un petit bruit de gorge qui éveilla en lui un élan protecteur. Il caressa la naissance de son sein et elle frissonna avec délice, se pressant un peu plus contre lui. Elle manifestait un désir sans fard, un enthousiasme qu'il était loin d'imaginer. Il posa alors la main sur son sein et en effleura du bout du pouce la pointe qui tendait la mousseline de sa robe et qui se raidissait à chaque passage de son doigt. Il sentait la tension qui l'envahissait et l'embrassa de nouveau, avec plus de fougue cette fois.

Elle répondit à son baiser avec ferveur. Elle attira son visage vers elle et emmêla sa langue avec la sienne. Mais si elle ne consentait pas à l'épouser, ils ne pouvaient pas aller plus loin. C'était trop dangereux. Un autre baiser et il risquait de déchirer sa robe pour poser les lèvres sur ses seins.

Il s'écarta violemment d'elle. Ils haletaient tous les deux. Les lèvres de Lucy étaient rouges, brillantes et gonflées. Ses seins pointaient sous le tissu de sa robe. Le corps de Robert se tendit à la limite du supportable.

— Êtes-vous certaine que je ne ferai pas un bon mari ? demanda-t-il.

Tout était si parfait pour lui. Lucy écarquilla les yeux, son regard s'assombrit. Elle paraissait déconcertée et choquée. Elle prit une longue inspiration saccadée et posa une main sur sa poitrine pour se calmer.

— Je ne veux pas que mon mari m'embrasse avec autant de fougue et de désir, dit-elle d'une voix douce.

— Vous ne voulez pas que votre mari vous désire ? s'étonna Robert.

Il connaissait tellement de mariages aussi froids que les neiges d'Écosse. Une petite dose de désir pouvait rendre une union arrangée beaucoup plus acceptable. Lucy secoua énergiquement la tête. Elle cherchait à se redonner une contenance, à s'en parer comme d'un manteau protecteur. Elle avait encore les joues en feu mais avait retrouvé une partie de son contrôle. Robert sentit de nouveau une distance s'installer entre eux. Lucy était en train de lui échapper.

— Si je me marie un jour, ce sera pour une union des esprits, et non par passion, milord.

— Pourquoi cela ?

Il fit un pas vers elle mais elle recula, lui interdisant de ce fait de l'embrasser de nouveau.

— C'est ce que je veux, murmura-t-elle.

Robert la prit par les épaules et l'obligea à se tourner vers le grand miroir de plain-pied accroché au mur. Elle avait l'air d'un ange déchu, avec ses cheveux ébouriffés. Ses lèvres étaient rouges et gonflées. Il se pencha vers elle et lui caressa la nuque du bout de la langue. Il la sentit frissonner en retour. C'était aussi simple que cela d'ébranler sa sérénité et d'éveiller sa passion.

Sa contenance était très mince.

Il fit glisser la manche de sa robe sur son épaule. Sa peau était presque translucide, parsemée de taches de rousseur. Il la mordilla doucement et l'entendit retenir son souffle.

— Regardez-nous, dit-il en levant la tête. Voulez-vous nier que vous n'en avez pas envie ?

Leurs regards se croisèrent dans le miroir. Celui de Lucy était confus, comme si elle était ailleurs. Comme si elle avait peur. Une peur si violente, si saisissante, que Robert eut l'impression de recevoir un coup de poing dans le ventre.

— Lucy ? demanda-t-il en se redressant.

— Je ne veux pas ressentir de passion, murmura-t-elle. Jamais.

Et avant qu'il puisse ajouter quelque chose, elle pivota et s'enfuit en courant. Le martèlement de ses pas s'accéléra lorsqu'elle atteignit la porte, qu'elle claqua sèchement, le laissant soudain seul dans le silence. D'instinct, il eut envie de s'élancer à sa poursuite pour lui demander des explications. Mais à mi-chemin, il se ravisa. Elle était partie pour ne pas avoir à lui parler. Il devait lui laisser du temps, sinon, il n'arriverait à rien.

Il se laissa tomber dans la méridienne précédemment occupée par Lucy. Son parfum de jacinthe imprégnait les coussins. Il ressentit une bouffée de désir en songeant à sa peau pâle et nue sur le velours. Il préféra se lever et alluma une bougie. Sa lumière se refléta dans le miroir, et Robert se souvint de la terreur dans les yeux de la jeune femme.

Il l'avait effrayée. Il se sentait horrifié par son comportement. Il s'était conduit comme un voyou.

Et pourtant…

Les réactions de Lucy témoignaient d'un désir aussi fort que le sien. L'espace d'un instant, elle s'était abandonnée à ses caresses dans ses bras. Ce qui était insensé si elle avait peur de lui.

Poussant un juron, il se servit un généreux verre de vin qu'il but d'un trait, comme un médicament, avant de se laisser tomber dans un fauteuil face à la cheminée éteinte. Mais où donc Lucy était-elle partie ?

Bientôt, la petite bonne acariâtre viendrait le réprimander pour son comportement scandaleux, pour avoir fait peur à sa maîtresse. Mais Robert avait déjà le sentiment d'être un vaurien.

Était-ce le goût de la passion qui avait effrayé Lucy ? Elle était inexpérimentée et n'avait aucune idée du désir avant qu'il l'embrasse. Certes, elle avait lu et écrit sur le sujet, mais ne l'avait jamais vécu. Puis, sans crier gare, le désir était devenu pour elle une réalité qui avait balayé toutes les idées qu'elle se faisait du gentleman idéal et des amours platoniques.

Robert s'interrogea aussi sur MacGillivray. Lucy, à peine sortie de l'enfance, avait idéalisé cet homme tellement plus âgé qu'elle. Il avait été son mentor, une figure paternelle plus qu'un amant. Elle avait dû se sentir en sécurité avec lui. Et maintenant, elle venait de découvrir que l'amour physique n'était ni sans danger, ni doux, ni intellectuel, et elle avait pris peur.

Cette hypothèse était plausible. Pourtant, la terreur dans les yeux de Lucy laissait supposer autre chose. Elle était synonyme de douleur et de souvenirs insupportables. Il le savait d'autant plus qu'il portait lui aussi son lot de culpabilité et de chagrin. Lucy n'avait pas peur de lui, mais d'autre chose de choquant et de terrible qui appartenait au passé, et qu'elle ne parvenait pas à oublier. Il avait déjà constaté cette peur après la bataille, dans le regard des hommes qui avaient été le témoin de terribles événements qu'ils n'arriveraient jamais à oublier.

Il lâcha un long soupir. Il allait devoir avancer pas à pas pour découvrir les peurs de Lucy et pour l'amadouer avec douceur. C'était la seule solution. Hélas, avec Wilfred

Cardross qui menaçait de s'emparer de ses terres, il manquait cruellement de temps.

— Il me paraît parfait, déclara Mairi. Il est beau, riche, intéressant et séduisant. Il est intelligent et, d'après ce que tu as dit, il embrasse divinement. Tu n'as pas de point de comparaison mais tu peux être sûre qu'il est très doué.

— Tu es trop superficielle, s'emporta Lucy.

Si seulement elle ne s'était pas confiée à sa sœur ! Mairi ne la comprenait pas. Elles n'avaient que deux ans d'écart mais elles n'avaient jamais été vraiment proches. Elle ne pouvait pas lui parler de la mort d'Alice, lui raconter l'horreur dans laquelle sa disparition l'avait plongée. Mairi avait eu du chagrin pour la sœur qu'elle aimait et qu'elle avait perdue, bien sûr. Mais Lucy pleurait sa jumelle qui était morte dans des circonstances tragiques, dans ses bras, une sœur qu'elle n'avait pas pu aider. La honte et le regret la séparaient de Mairi et semblaient les éloigner toujours plus au lieu de les rapprocher.

Lucy avait toujours des cauchemars, et ses souvenirs si vifs la ramenaient souvent dans cette pièce aux volets clos et à la main froide d'Alice dans la sienne. Elle entendait le gémissement plaintif du bébé. Elle était hantée par cette journée. Alice avait laissé un grand vide en elle, et elle se sentait tellement accablée par le chagrin et la culpabilité qu'elle ne pouvait plus respirer.

— J'ai toujours été superficielle, ma chérie, dit Mairi d'un air joyeux en posant son délicat verre de vin en cristal sur la table. C'est le terme qui me caractérise le mieux.

Puis elle haussa les épaules.

— Mais n'espère pas que j'épouse Lord Methven pour préserver son héritage, ajouta-t-elle. Aussi séduisant soit-il, j'aime mon statut de veuve. Il offre de nombreux avantages.

— Je ne veux pas l'épouser, dit Lucy d'un air encore plus sombre. Je ne peux pas, mais toi, oui.

Et elle savait qu'il était séduisant. Elle frémit un peu en se demandant si elle serait toujours en proie à ces émotions chaque fois qu'elle penserait à Robert Methven.

Cet homme était capable d'éveiller ses désirs d'une simple caresse, mais il ne pouvait pas chasser sa peur, son chagrin et sa culpabilité.

— Non, dit sa sœur d'un air malicieux. Tu l'as rejeté mais tu ne veux pas qu'il épouse une autre femme. Tu es comme le chien du jardinier de la fable.

— Tu ne comprends pas, répondit Lucy en détournant les yeux.

Son cœur se serra et elle eut envie de pleurer car ce que disait sa sœur était vrai : elle ne pouvait pas supporter l'idée que Robert Methven en épouse une autre.

— Je n'ai jamais rien compris, je t'avoue, répondit Mairi en bâillant. Tu as rejeté tous les partis possibles de ce pays sous prétexte qu'ils ne pouvaient égaler Duncan MacGillivray.

Elle regarda fixement Lucy.

— Tu dois te faire aider, Lucy. MacGillivray était un gentleman très convenable, mais il n'avait rien de l'homme idéal. C'était juste un vieillard ennuyeux.

Lucy se planta les ongles dans la paume des mains. Lady Kenton lui avait tenu les mêmes propos. Même Robert Methven avait rejeté l'idée que le partenaire parfait puisse exister. Lucy se sentait meurtrie et contrariée. Lord MacGillivray était si sécurisant. Et c'était tout ce qu'elle désirait : se sentir protégée.

— Prends plutôt Robert Methven, insista Mairi. Au moins, il te fera l'amour correctement.

Lucy frissonna. C'était certainement vrai. Elle songea à Methven lui récitant un poème avant le dîner, à cette pointe d'accent écossais dans sa voix qui lui irritait les nerfs. Cette voix de velours avait mis ses sens à vif. Tout comme ses baisers. Elle se sentait complètement anéantie par le pouvoir de ses caresses. Robert était un homme dur et impitoyable et pourtant, ses baisers étaient tendres. Elle se sentit de nouveau envahie par une douce chaleur qui la fit frémir.

Jamais il n'y avait eu pareil conflit entre son esprit et ses sens.

Mairi avait remarqué son trouble. Elle bâilla ostensiblement en lui montrant l'horloge sur la cheminée.

— Il est tard, dit-elle.

Lucy descendit de son lit.

— Tu attendais de la compagnie ? demanda-t-elle sur un ton légèrement acerbe.

Mairi ne chercha pas à cacher qu'elle souhaitait que sa sœur disparaisse de sa chambre. L'espace d'une seconde, elle parut surprise, puis lui adressa un sourire entendu.

— Pas ce soir. Lady Durness a invité les deux jeunes modèles dans sa chambre. On dit qu'elle est insatiable. Elle aurait préféré Methven, mais il ne s'intéresse qu'à toi.

— Les deux en même temps, dit Lucy en rougissant au souvenir des dessins dans un livre de son grand-père. Mon Dieu !

Mairi se moquait d'elle à présent et Lucy se sentit très naïve.

— Je suis étonnée qu'elle ne soit pas encore tombée enceinte un nombre incalculable de fois, s'écria-t-elle.

— Il existe des moyens de l'éviter, répondit vaguement Mairi. Des dispositifs, des potions… des moyens d'éviter les grossesses. Des choses que des héritières, vierges et respectables, ne devraient pas savoir.

— Et dont elles ne devraient pas parler non plus, conclut Lucy.

Elle ne croisa personne dans les longs couloirs de Durness, éclairés par des torches qui projetaient de longues ombres sur les murs. Elle hésita avant de pousser la porte de sa chambre. Elle ne s'attendait pas à y trouver Robert Methven – ce dernier avait dû regagner son auberge depuis longtemps – mais son souvenir était assez puissant pour qu'elle retienne son souffle.

La chambre était chaude, éclairée par le feu dans la cheminée et par des bougies. Sheena somnolait dans le petit fauteuil près de l'âtre. La chemise de nuit de Lucy était étendue devant le feu pour la réchauffer. Elle relâcha lentement son souffle et se sentit de nouveau en sécurité pour la première fois de la soirée. Elle trouverait peut-être le sommeil, après tout. Mais elle ignorait ce qu'elle dirait à Robert Methven le lendemain.

Sheena l'aida à se déshabiller avant de se retirer dans l'antichambre attenante. Lucy se dirigea alors vers la commode, versa de l'eau dans la bassine et se lava le visage. Elle accueillit avec bonheur cette fraîcheur mais son sang bouillonnait encore dans ses veines, l'empêchant de se reposer.

Il lui revint alors le souvenir de Duncan MacGillivray, sa gentillesse et ses manières désuètes. Il ne demandait rien d'autre qu'une relation intellectuelle, et Lucy se sentait en sécurité avec lui.

Pourtant, son image lui paraissait plus fragile maintenant, et semblait s'effacer devant ses yeux. Leurs moments de franche camaraderie autour des livres lui paraissaient moins vifs. C'était le visage de Robert Methven qui venait s'imposer à elle, avec ses traits durs, puissants et déterminés.

Elle se glissa dans son lit et souffla les bougies. Il s'était mis à pleuvoir et la pluie martelait le toit du château. Sa fenêtre était ouverte et le bruit lui emplissait les oreilles. Il était apaisant et l'aida à chasser ses problèmes pour s'endormir enfin. Tout semblait immobile.

Lucy était profondément endormie lorsque quelque chose la réveilla d'un lourd sommeil sans rêves. Elle ouvrit les yeux. La pièce était plongée dans le noir. Son esprit était encore tout engourdi mais elle entendit distinctement un bruit de pas et le plancher qui craquait.

Elle vit une ombre se diriger vers son lit. Elle se redressa d'un bond et prit une inspiration pour crier mais il était trop tard. Un linge suffocant l'enveloppa, l'aveugla et l'empêcha de respirer. Elle se débattit mais quelqu'un lui emprisonna les mains. Elle entendit un homme jurer tandis qu'elle décochait des coups de pied dans tous les sens. Il jura de nouveau et la souleva. Elle se sentait étourdie à présent, comme privée d'air. L'obscurité s'épaissit encore. Son état de conscience ne tenait plus qu'à un fil. Puis un objet lui heurta violemment la tête, et elle sombra dans un gouffre sombre.

Chapitre 10

En ouvrant les yeux, la première chose que vit Lucy fut une lanterne qui se balançait à un rythme qui lui donnait des haut-le-cœur. Sa tête lui faisait mal. Elle roula sur le côté et fut prise de violentes nausées. Heureusement, une personne attentionnée avait eu la présence d'esprit de placer une cuvette à côté de son lit. Elle se rallongea en grognant et ferma les yeux. Après quelques instants, elle sentit un linge frais sur la peau brûlante de son front. Elle ne chercha pas à savoir où elle était ni ce qui lui arrivait tant elle se sentait mal en point. Elle ferma les yeux et se rendormit.

La deuxième fois qu'elle s'éveilla, elle n'avait plus les mêmes sensations. La pièce ne tanguait plus et ne tourbillonnait plus sous ses yeux. Elle souleva les paupières et aperçut au-dessus de sa tête la même lanterne qui éclairait faiblement la pièce. Grâce à Dieu, elle était seule.

Elle se redressa et s'assit au bord du lit. Aussitôt, ses tempes tambourinèrent et elle se sentit nauséeuse. Elle toucha alors l'arrière de sa tête et sentit une bosse très douloureuse de la taille d'un œuf. Ses membres couverts de bleus lui faisaient mal. Elle se rendit alors compte qu'elle portait encore sa chemise de nuit, légèrement déchirée et tachée. Elle était pieds nus. Les souvenirs lui revinrent enfin. Elle se souvint de sa chambre au château et de la peur qui s'était emparée d'elle lorsqu'elle avait distingué une personne dans le noir. Elle s'était débattue en vain contre ses ravisseurs qui l'avaient cruellement frappée à la tête, puis un grand trou noir l'avait engloutie, parfois déchiré par une brève lueur qui l'avait emplie de terreur.

Mais ils n'en avaient pas après sa vie. En le comprenant, elle ressentit un tel soulagement qu'elle faillit se mettre à pleurer. Puis une vive colère s'empara d'elle, si violente qu'elle se mit à trembler. Elle resta assise et attendit que sa rage passe pour lui permettre de réfléchir de nouveau. Elle regarda autour d'elle. La pièce était exiguë, avec une unique bougie pour éclairer un mobilier en bois très abîmé. Elle contempla le lit sur lequel elle gisait, avec ses draps froissés, son matelas cabossé, et le vieux coffre surmonté d'une cuvette ébréchée en porcelaine et d'un pichet décoré de roses délavées. Elle versa un peu d'eau dans la cuvette. Elle était chaude et sentait le renfermé, mais cela lui suffisait pour se nettoyer le visage et s'éclaircir les idées. Puis elle se dirigea vers la fenêtre et tira les volets, eux aussi en très mauvais état. La nuit était tombée. Il devait être tard. Peut-être 10 heures du soir. C'était étrange car les hommes qui étaient venus la kidnapper avaient surgi au beau milieu de la nuit. Un frisson de doute et de peur lui parcourut le dos.

Cela ne pouvait pas être la même nuit. Elle se pencha par la fenêtre et aperçut les murs blancs de l'auberge sous un ciel parsemé d'étoiles brillantes. En contrebas, la cour était vide.

Elle s'éloigna de la fenêtre et se dirigea vers la porte à pas de loup. La poignée ne tourna pas. Elle n'en fut pas surprise mais son cœur se serra de déception. Elle espérait qu'elle serait ouverte pour pouvoir s'enfuir et demander de l'aide. Ce geste était insensé mais elle était désespérée. Elle ne pouvait pas rester là, à la merci de ses ravisseurs.

Soudain, elle entendit le bruit d'une clé dans la serrure. Elle eut juste le temps de faire un bond en arrière et Robert Methven entra. Elle fut si choquée de le voir qu'elle sentit ses jambes se dérober sous son poids. Elle s'assit au bord du lit pour ne pas tomber.

— Vous êtes réveillée, dit Methven. Comment vous sentez-vous ?

— *Vous ?*

La déception de le voir lui coupa le souffle.

Robert Methven l'avait kidnappée.

Il l'avait frappée à la tête pour l'emmener.

Elle avait refusé sa demande en mariage. Elle avait refusé de se laisser compromettre et il lui avait fait du mal, l'avait effrayée et l'avait enlevée de force. C'était surtout la cruauté gratuite du coup sur la tête qui l'exaspérait le plus.

— Vous ! s'écria-t-elle de nouveau en se jetant sur lui avant de lui marteler le torse de ses petits poings. Vous m'avez enlevée ! Vous êtes un être vil, manipulateur, sournois, fourbe…

Elle reprit son souffle. La colère qui se répandait dans ses veines la grisait et atténuait la douleur dans sa tête et son corps. Non, Robert Methven n'était pas l'homme qu'elle avait cru.

— Vous êtes retors et calculateur…, continua-t-elle sans cesser de le frapper.

— Il y a certains avantages à être écrivain, dit Methven. Au moins, vous ne manquez pas de qualificatifs.

Il s'empara de ses poignets avec nonchalance. Son étreinte était douce, mais cela ne fit qu'accroître la colère de Lucy. Comment pouvait-il se montrer si tendre alors qu'il avait été si violent avec elle ?

— Je vous prenais pour un homme bien meilleur, conclut-elle amèrement.

— Je vous remercie. Je me sens honoré par l'opinion que vous avez de moi.

Lucy eut soudain envie de pleurer. C'était certainement à cause de la lassitude et non de la déception que Robert lui inspirait. Il ne signifiait rien pour elle, pas plus que sa trahison. La fureur bouillonnait dans ses veines, mais elle savait que la violence physique était inutile contre un homme de la force de Methven. Il lui faudrait employer la ruse pour lui échapper, ou un pistolet, si elle en trouvait un.

Soudain, elle ressentit de violents élancements à la tête et chancela. Methven s'approcha pour la retenir mais elle ne put supporter sa gentillesse.

— Ne me touchez pas !

Elle se dégagea de son étreinte.

— Vous m'avez frappée…

Il y avait trop de douleur dans sa voix, une douleur qu'elle aurait préféré cacher.

— Vous vous trompez, se défendit Methven. Je ne vous ai fait aucun mal.

Leurs regards se croisèrent et le cœur de Lucy fit un bond dans sa poitrine. Il y avait une lueur protectrice et furieuse dans les prunelles de Methven. Elle le sentait dans chaque fibre de son être. Puis il se détourna.

— C'est votre cousin Wilfred qui vous a kidnappée, dit-il par-dessus son épaule. Il a engagé des hommes pour vous enlever.

Il ne lui fournit aucune preuve et ne chercha pas à la convaincre qu'il disait vrai. Mais dès que leurs regards se croisèrent, Lucy comprit qu'il était sincère.

— Wilfred ? Mais pourquoi ? demanda-t-elle, atterrée.

Elle se souvenait que son cousin lui avait prêté une attention exagérée à Brodrie Castle, mais les beaux discours qu'il lui avait tenus n'avaient rien de bien sérieux. Sauf s'il était vraiment pris à la gorge par ses créanciers et que les rumeurs disant qu'il avait besoin d'épouser une femme riche étaient fondées.

— J'imagine qu'il prévoyait de vous forcer à l'épouser, dit Methven. Ou au moins de m'empêcher de le faire pour pouvoir revendiquer mes terres. Il sait que je dois épouser l'une de ses parentes et si jamais il a entendu dire que je vous ai choisie…

Il laissa sa phrase en suspens.

Lucy porta la main à sa bosse.

— Ils m'ont frappée, dit-elle en grimaçant.

— Je sais, dit-il d'une voix rauque. C'est pourquoi vous êtes restée inconsciente si longtemps.

— J'ai été malade.

Lucy se rappelait la cuvette et le linge frais sur son front. Robert Methven s'était-il assis à côté d'elle pour veiller sur elle ? Son visage impassible ne trahissait rien.

— J'en suis navré. Ils ont été brutaux avec vous mais ils m'ont dit qu'ils ne vous avaient fait aucun mal. Ils ont été grassement payés pour cela.

Lucy sentit ses joues s'enflammer. Elle savait ce qu'il voulait dire par là.

— Vous… le leur avez demandé ?

— Sous le fil de mon épée. Mais je suis heureux qu'ils aient dit vrai. Ils étaient prêts à jurer n'importe quoi pour s'enfuir.

Lucy frissonna en imaginant la colère de Methven et la terreur de ces hommes.

— Et Wilfred ? Où est-il à présent ?

Pourquoi son cousin avait-il fait preuve d'autant de cruauté ? songea-t-elle, glacée de l'intérieur. Ils ne s'étaient jamais très bien entendus, mais ce qu'il avait fait était scandaleux, honteux.

— Je l'ignore, répondit-il avec indifférence.

Mais Lucy entendit la colère sourde qui tendait sa voix. Elle craignait pour Wilfred à présent.

— Je les ai rattrapés ici, dit Methven en haussant les épaules. Cardross avait l'intention de vous emmener chez lui, à Cairn Rock, sur la côte. Je l'ai renvoyé là-bas à pied, nu, sous la pluie. Il a de la chance qu'il se soit arrêté de pleuvoir. Sinon, il aurait attrapé la mort.

— Vous lui avez pris ses vêtements ?

— Oui. Et il a de la chance que je ne l'aie pas expédié au fond du lac. S'il vous avait touchée, je l'aurais tué.

Lucy le contempla longuement.

— Je vois que vous êtes sérieux, dit-elle en fronçant les sourcils.

— En effet. Il vous attendait ici, comme un seigneur, satisfait de lui-même et de ses plans, un peu ivre, ce qui l'aidait encore plus à se croire important… Il est grotesque pour un homme d'essayer d'utiliser une femme contre moi.

— Merci d'être venu me chercher, dit Lucy. Je n'étais pas aussi reconnaissante tout à l'heure et je m'en excuse.

Un léger sourire éclaira le visage sombre de Methven.

— Je viendrai toujours vous chercher, dit-il avec véhémence. Je vous protégerai toujours.

C'était une promesse qui résonnait comme si elle lui appartenait. Un silence lourd et tendu s'installa entre eux.

Lucy regarda autour d'elle la chambre délabrée et le matelas bosselé.

— Où sommes-nous ? demanda-t-elle enfin.

— Dans une auberge près de Thurso.

Methven suivit son regard en esquissant une moue de dégoût.

— Pardonnez-moi. Ce lieu est un peu spartiate pour la fille d'un duc, mais si vous avez faim, ils pourront vous donner du pain et du fromage.

Lucy secoua la tête. Elle n'avait pas faim, non. Elle rêvait plutôt d'un bain, même s'ils ne devaient pas proposer un tel luxe, et encore moins au beau milieu de la nuit.

— Cela fera l'affaire jusqu'à demain, lorsque vous me ramènerez à Durness.

Methven ne répondit pas. Elle avisa alors l'expression étonnée de son regard et, soudain, sa gorge se serra en même temps que sa main sur son verre. Elle comprit alors ses intentions : il voulait toujours l'épouser.

— Vous n'allez pas me ramener à Durness, dit-elle en frissonnant.

— Cela serait inutile, répondit Methven d'une voix abrupte, dépourvue de sentiments, qui obligea Lucy à regarder la vérité en face. Il est trop tard. Il était déjà trop tard quand je vous ai retrouvée. Vous avez disparu pendant un jour et une nuit, Lady Lucy. Si je vous ramène sans que vous soyez mariée, votre réputation sera ruinée, dit-il avec un sourire crispé. Pour de bon, cette fois.

Le silence s'installa de nouveau et Lucy déglutit avec peine. Ses oreilles bourdonnaient.

Le mariage ou la déchéance.

Sa réputation parfaite, sa vie parfaite étaient en lambeaux. Cette fois, elle n'avait plus d'échappatoire.

— Maintenant que ma réputation est vraiment ruinée, vous allez me prendre pour vous, dit-elle.

Elle sentit le vent glacial de la peur s'engouffrer dans ses veines. C'était impossible. Il devait bien y avoir une solution !

— Si vous voulez le voir ainsi, c'est votre choix, répondit Methven. Si vous étiez vraiment reconnaissante à mon égard, vous diriez que j'ai sauvé votre réputation.

— Reconnaissante !

La peur et l'incrédulité l'étranglèrent.

— Je refuse d'être compromise par vous ! Vous ne pouvez pas vous contenter de prendre ce qui vous est refusé…

Elle s'interrompit face à l'énormité de ce qu'elle avait dit. Elle était ici, soumise à son pouvoir. Il n'était pas le genre d'homme à la prendre de force mais soudain, elle n'était plus sûre de rien, seule avec lui, apeurée et souffrante.

Methven s'assit au pied du lit. Il ne lui répondit pas tout de suite et d'une certaine façon, son mutisme était encore plus effrayant que les implications de ses actes. Il signifiait qu'il avait déjà réfléchi à tout ce qu'il allait faire. Il était déterminé et jamais elle ne pourrait le faire changer d'avis.

— Lady Lucy, je vous propose la protection de mon nom. C'est le mieux que je puisse faire pour vous aider à présent.

— Quelle chance vous avez ! N'était-ce pas exactement ce que vous vouliez ? répondit-elle froidement. D'ailleurs, comment saurais-je si cette histoire avec mon cousin est la vérité ? Vous êtes peut-être mon ravisseur depuis le début !

Les traits de Methven devinrent aussi froids que de la pierre.

— Croyez ce que vous voulez. Je vous ai dit la vérité et je serais honoré que vous acceptiez ma demande en mariage cette fois.

— Et si je refuse ? Et si nous arrêtions de faire semblant pour convenir que je n'ai pas le choix ?

— Nous avons toujours le choix.

— Pas si je veux garder ma réputation intacte, gronda-t-elle.

— C'est là que votre choix vous appartient, répondit-il en souriant.

Lucy se frotta les tempes pour dissiper un mal de tête lancinant. *Le mariage ou la déchéance.* Ces paroles résonnaient dans sa tête. Elle savait que si elle n'épousait pas Methven, son nom serait synonyme de scandale. Elle serait l'héritière qui avait été kidnappée puis ramenée chez elle avec une réputation en lambeaux. Elle ne serait plus jamais la parfaite jeune lady, plus parfaite en rien. Elle serait souillée, déshonorée. On parlerait d'elle à voix basse, avec un air scandalisé. Son père serait mortifié et toute sa famille tomberait en disgrâce.

Accepter la proposition de Robert Methven était le seul moyen de se sauver. Mais il voudrait un mariage dans tous les sens du terme. Il voudrait un héritier. Lucy sentit un voile noir s'abattre sur son cœur. Elle ne pouvait pas l'épouser ni lui donner d'héritier car cette idée la terrifiait. Elle revoyait le visage couvert de larmes d'Alice, son expression terrifiée, ses doigts froids serrant les siens. Tant de souffrance, tant de sang… Elle ravala le sanglot qui lui étranglait la gorge. Ces choix étaient insupportables. Son mal de tête s'amplifia et elle ferma les yeux.

— Vous avez besoin de repos, dit Methven d'une voix douce. Nous parlerons plus longuement demain.

— Je ne peux pas vous épouser, dit-elle, paniquée. Je ne peux pas.

Il la contempla calmement, avec cette douceur dans le regard qui lui donna encore envie de pleurer.

— N'y pensez plus, dit-il. Vous venez de traverser une grande épreuve. Vous vous sentirez mieux demain matin.

Mais c'était faux. Rien ne pouvait s'arranger, cette fois. Elle détourna les yeux et ravala ses larmes. Elle ne pouvait lui montrer aucune faiblesse.

— Vous devez me promettre que vous n'essaierez pas de vous enfuir, dit Methven.

Lucy ouvrit les yeux et le fusilla du regard.

— Je me ferais un plaisir de plier bagage.

Il haussa les sourcils.

— Dans ce cas, je vais devoir vous attacher, pour votre bien.

Lucy se redressa, indignée.

— M'attacher ? Ne soyez pas ridicule !

Il lui sourit d'un air implacable.

— Alors donnez-moi votre parole.

Elle l'aurait fait si elle avait été raisonnable, mais elle se sentait nauséeuse et fatiguée qu'on lui dise ce qu'elle devait faire. Elle ressentit le besoin de le contrarier, au risque de paraître puérile. De plus, elle était certaine qu'il ne mettrait pas ses menaces à exécution.

— Je ne vous promets rien, dit-elle sur un ton boudeur.

Il haussa les épaules, comme si ses tentatives de mutinerie étaient sans importance.

— Par conséquent, je dois vous attacher. Je vous avais prévenue.

— Vous n'en ferez rien.

— C'est ce que l'on va voir, lança-t-il par-dessus son épaule en se dirigeant vers la commode.

Il fouilla dans les tiroirs, remplis de vêtements bigarrés et voyants : des jupes, des blouses, qui ressemblaient à des tenues de serveuses. Il sortit plusieurs écharpes en soie.

Methven était sérieux.

L'espace d'une seconde, le choc la paralysa puis elle s'élança vers la porte qui n'était pas verrouillée. Methven fut plus rapide qu'elle. Sa main se referma brusquement sur son poignet à l'instant où elle atteignait le seuil.

— Ne faites pas de scandale, Lady Lucy, dit-il contre son oreille. Je n'ai pas envie de vous faire du mal.

La chaleur de son corps et l'intimité brutale de son contact l'empêchèrent de bouger. Il la souleva et la posa sur le lit. Lucy perdit l'équilibre au plus mauvais moment. Juste à cet instant, il se pencha en avant et enroula l'écharpe en soie autour de la colonne du lit avant de l'attacher d'une main experte autour de son poignet. Elle tira sur le lien et ne parvint qu'à le serrer encore plus.

— Libérez-moi, grinça-t-elle entre ses dents.

Elle n'en revenait pas. Elle voyait à présent un autre aspect de cet homme, débarrassé de toute formalité. Elle se souvint alors qu'il était parti seul au Canada lorsque sa famille l'avait chassé. Elle avait déjà vu briller sa détermination dans son regard. Maintenant, il la montrait au grand jour.

— Vous allez me supplier ? demanda-t-il d'un air moqueur.

Elle lui lança un regard noir.

— La fille d'un duc ne supplie jamais.

— Vous êtes têtue, dit-il en attachant son poignet droit. J'aime ce trait de caractère.

— Je me fiche de savoir si vous aimez cela ou pas, répondit-elle en donnant des coups de pied dans le vide. Détachez-moi.

— Non, dit-il d'une voix calme. Je ne vous fais pas confiance. Vous êtes capable de vous enfuir. Je serais alors contraint d'aller vous chercher et vous vous mettriez en danger.

— Vous êtes un rustre. Un grossier personnage.

— Vos insultes sont d'une extrême politesse. Quelle lady ! dit-il en penchant la tête sur le côté. Et pourtant, vous n'embrassez pas comme le ferait une dame.

Il lui décocha un sourire malicieux qui la fit frémir.

— J'aime aussi cet aspect-là de votre personnalité, conclut-il.

Il se redressa pour admirer son travail. Elle avait les bras écartés, attachés aux colonnes du lit. Les liens n'étaient pas assez serrés pour qu'elle se plaigne, mais suffisamment pour qu'elle ne puisse pas s'enfuir. Elle avait les joues rouges de colère. Lucy le suivit du regard d'un air indigné, car il avait mis ses menaces à exécution.

— C'est ainsi que vous souhaitez me séduire, glapit-elle. J'aurais dû m'en douter, après vos odieuses tentatives de me compromettre. Avez-vous l'intention de me garder attachée jusqu'à ce que j'accepte de devenir votre femme ?

— Je ne pense pas avoir été odieux, dit-il en vérifiant les nœuds d'une main sûre et méthodique. Je n'avais pas l'intention de vous attacher, au départ, ajouta-t-il avec un petit sourire, mais cette idée me paraît à présent séduisante.

Pour une raison inconnue, le regard de Methven lui incendia le corps. Il posa les yeux sur sa chemise de nuit dont le tissu était transparent au clair de lune. En baissant la tête, elle aperçut l'ombre de ses seins tendus sous le coton. Dans cette position, elle se sentait exposée, vulnérable et excitée en même temps. Elle se débattit par réflexe et Methven posa un regard encore plus perçant et affamé sur elle. Il parcourut des yeux la jonction de ses cuisses avant de lever vers elle ses iris d'un bleu vif et brillant.

Lucy sentit son cœur chavirer. Elle soutint son regard et sentit un brasier s'enflammer au fond de ses entrailles. Elle entrouvrit les lèvres.

— Je ne prendrai pas ce qui n'est pas encore à moi, dit-il.

Il tira les couvertures sur elle et se détourna brusquement, rompant le lien invisible qui s'était tissé entre eux et la laissant bouleversée.

— Essayez de dormir, grommela-t-il.

— Dans cette position ? demanda Lucy.

Il lui lança de nouveau un regard noir.

— Vous y arriverez.

Il verrouilla la porte et rangea la clé dans sa poche. Lucy se sentait très abattue. Elle était attachée et enfermée avec lui. Methven avait réellement l'intention de l'épouser, cette fois. Au nord de l'Écosse, le soir venu, la lumière se muait en un bleu profond mais la nuit n'était jamais noire. Lucy distinguait toujours la forme des meubles, et le fauteuil en bois dans lequel Robert Methven s'était laissé tomber et qui paraissait trop dur pour qu'il y trouve le sommeil.

— N'y a-t-il vraiment personne d'autre que moi qui puisse vous aider à sauver votre héritage ? demanda-t-elle enfin.

Il leva à peine les yeux vers elle.

— Vous ne pourrez pas dormir si vous continuez à parler.

— Je ne suis pas fatiguée, répondit Lucy.

Il grogna.

— Ce n'est pas mon cas. Je suis épuisé. J'ai chevauché toute la journée pour vous retrouver, et je n'en ai pas été remercié.

Elle voyait bien qu'il n'avait pas envie de parler, mais elle insista. Elle tenait peut-être là sa seule chance de le convaincre de la laisser s'en aller. Elle trouverait alors un moyen de couvrir le scandale. Sa famille l'aiderait.

Ils l'avaient déjà fait auparavant, lorsque Alice était morte. Ils pouvaient recommencer. Une bouffée d'espoir l'envahit.

— Nous pourrions trouver une autre branche de la famille, proposa-t-elle.

— Économisez votre salive.

Il s'était exprimé sur un ton bourru, comme si à cet instant l'idée d'épouser une femme lui répugnait. Peut-être était-ce le cas. Lucy s'aperçut qu'elle n'avait jamais tenu compte des sentiments de Methven auparavant. Lui aussi était obligé de se marier et n'avait guère le choix.

— Maintenant que vous n'avez plus à me courtiser, vous avez certainement oublié tout formalisme avec moi.

— Pardonnez-moi mais nous n'avons jamais eu de relation formelle, vous et moi, répondit-il d'une voix amusée.

— Êtes-vous absolument certain qu'il n'existe aucune femme à part moi ? insista-t-elle.

Cette fois, il parut surpris par sa question qui devait lui sembler vaine. Un léger sourire lui étira les lèvres.

— J'en suis absolument certain.

Le fauteuil en bois craqua.

— C'est drôle, ajouta-t-il, vous n'avez aucun désir de m'épouser alors que vous représentez tout ce que je recherche chez une femme.

Cette réponse lui plut beaucoup – bien malgré elle. Elle n'aurait jamais dû lui poser la question qui suivit :

— Pourquoi cela ?

Il la contempla longuement cette fois, l'air très sérieux à présent.

— J'ai envie de vous, dit-il.

L'espace de quelques secondes, un silence intense et vibrant s'installa dans la pièce plongée dans l'ombre. Puis Methven changea de position et tourna la tête, si bien qu'elle ne voyait plus son visage.

— Je vous ai demandé d'essayer de dormir, dit-il d'une voix rauque. Un long voyage nous attend demain.

— Comment savez-vous que je monte à cheval ?

— J'en suis sûr, répondit Methven. L'autre solution serait de monter avec moi mais cela vous plairait encore moins.

— Sinon, vous seriez contraint de m'attacher sur la selle, je suppose ?

— Oui, dit-il avec un sourire grave.

Lucy se tortilla pour trouver une position plus confortable. Elle était furieuse d'être ainsi entravée mais, maintenant que sa colère s'était apaisée, elle devait reconnaître qu'elle avait commis une erreur en lui avouant qu'elle désirait s'enfuir. Cela aurait été le comble de la stupidité de partir seule, sans arme et presque nue. La campagne était pleine d'hommes sans foi ni loi. Il était inutile de se mettre en danger.

Néanmoins, elle avait aperçu des vêtements dans le tiroir de la commode… Et si elle était capable de trouver une arme, l'idée de s'échapper n'était pas exclue. Elle pouvait retourner à Durness et de là, prendre une voiture pour rentrer chez elle. Puisque Methven n'était pas décidé à l'aider, elle allait devoir agir seule.

Elle y réfléchit longuement, priant avec désespoir pour que son plan fonctionne.

Methven s'agita de nouveau et poussa un long et douloureux soupir.

— Vous ne vouliez pas dormir ? demanda Lucy d'un air innocent.

Plus vite il s'endormirait et plus vite elle pourrait commencer à se détacher de ses liens.

— Je pourrais dormir à condition que vous cessiez de parler.

Il paraissait encore plus grincheux, comme s'il lui était impossible de trouver le sommeil dans un fauteuil aussi inconfortable. Que cela lui serve de leçon ! Le matelas sentait l'humidité et les crottes de souris. Lucy plissa le nez et s'efforça de ne pas trop respirer cette odeur. Si seulement elle avait pu prendre un bain. Elle devait sentir aussi mauvais que cette literie.

Grâce à la lueur qui filtrait par les volets et les flammes du feu qui mouraient dans la cheminée, elle aperçut l'épée de Methven accrochée au dossier du fauteuil, rangée pour la nuit. Un frisson d'excitation la parcourut. Il devait certainement porter sur lui un pistolet. Elle testa de nouveau ses liens sans faire de bruit. La soie était un tissu glissant et cette idée lui redonna espoir.

Patiemment, elle attendit que Robert Methven s'endorme.

Chapitre 11

Ce fauteuil en bois était horriblement dur.

Le corps de Robert était tout endolori. Ces deux derniers jours avaient été terriblement éprouvants. Lady Mairi MacLeod était venue, paniquée, le tirer de son lit du Durness Inn aux premières lueurs de l'aube pour l'informer que sa sœur avait été enlevée. Depuis, il n'avait plus dormi. Il avait cherché Lucy sur toutes les routes qui partaient de Durness, suivant les traces de ses ravisseurs, jusqu'à ce qu'il les rattrape dans cet endroit perdu. Il avait renvoyé les voyous que Wilfred avait embauchés et chassé vertement ce dernier. Puis il avait veillé Lucy qui était mal en point, et en échange, il n'avait gagné que ses refus obstinés de l'épouser, ainsi que la menace de s'enfuir.

Lady Lucy MacMorlan était une femme têtue et trop gâtée qui ne lui attirait que des ennuis, et malgré tout, il avait toujours envie d'elle. Elle était à présent attachée à ce lit, ce qui ne faisait qu'accroître son désir. Il était peut-être épuisé mais pas au point de ne pas pouvoir lui faire l'amour. Robert songea aux liens en soie glissante qui retenaient Lucy. Il pensa aux courbes délicates de son corps sous sa chemise de nuit diaphane. Il imagina le parfum de sa peau et sa douceur sous ses doigts. Toutes ces pensées excitèrent ses sens et lui donnèrent envie de lui écarter les cuisses et de plonger en elle.

Quelle folie ! Il se passa une main nerveuse dans les cheveux et se frotta le front pour chasser de son esprit ces images sulfureuses. Puis il maudit son imagination fertile en sentant son sexe durcir encore plus.

Il s'agita pour la centième fois sur son fauteuil.

— Vous êtes toujours réveillé ? demanda Lucy d'une voix contrariée.

— Vous aussi.

— Je ne suis pas à l'aise.

— Moi non plus. Pourquoi ne m'invitez-vous pas à vous rejoindre dans ce lit ? Cela serait plus agréable pour tous les deux.

Maintenant qu'elle était sa fiancée – ou presque –, il pouvait coucher avec elle. Il brûlait de la posséder et ce désir bouillonnait dans ses veines.

— Je ne crois pas, dit-elle d'une voix hautaine.

Mais derrière son formalisme, Robert perçut son anxiété. Il ne fallait pas qu'il oublie qu'elle était vierge. Elle avait besoin d'être courtisée, et non brutalisée. Elle ne pouvait pas décemment être séduite sur un matelas moisi dans une auberge infestée par les souris.

Bon sang.

— Dans ce cas, nous sommes tous les deux condamnés à endurer de longues heures d'inconfort, conclut-il.

Après ce qui lui parut être une éternité, il finit pourtant par s'endormir. Son sommeil fut troublé par des visions de Lucy se glissant tel un fantôme dans ses rêves. Il crut même sentir ses mains sur lui et il bougea sans se réveiller complètement. La fatigue de ces deux derniers jours, le soulagement de la savoir en sécurité et les perspectives d'un avenir meilleur l'avaient entraîné dans un sommeil paisible.

Il se réveilla plusieurs heures après l'aube. La chambre était froide et grise. Les volets étaient ouverts et claquaient sous l'effet de la brise. Il ne lui fallut qu'une fraction de seconde pour chasser les dernières bribes de sommeil. D'instinct, il comprit que quelque chose n'allait pas. Il bondit de son fauteuil en jurant. Ses muscles endoloris protestèrent.

En deux enjambées, il s'approcha du lit. *Vide.* Les liens qui pendaient mollement aux colonnes en bois semblaient se moquer de lui. Ils n'avaient pas été coupés, ce qui signifiait que Lucy avait réussi à se libérer toute seule. Il fronça les sourcils car cela n'avait pas pu se faire sans douleur, preuve de sa détermination manifeste à ne pas l'épouser.

La fenêtre était grande ouverte. Il se pencha et aperçut en contrebas un auvent à deux mètres du sol. Puis il se tourna pour dresser un bref inventaire de la pièce. Le tiroir de la commode était à moitié ouvert et des vêtements étaient éparpillés au sol, ainsi que la chemise de nuit de Lucy.

Son épée avait disparu, de même que ses pistolets et son argent. Cette fois, il jura encore plus fort. Il lui restait au moins son poignard. Il s'empara de son manteau, déverrouilla la porte et dévala les marches de l'escalier. Une vieille claymore rouillée suspendue au mur de l'entrée attira son attention et il la prit également.

Son cheval avait disparu mais il n'en fut pas surpris. Il avait déjà sous-estimé Lady Lucy MacMorlan. Mais cette fois, il avait commis une erreur monumentale. Il avait pris toutes les précautions et avait cru pouvoir baisser la garde, mais Lady Lucy était la digne fille d'un duc, une descendante de Malcolm MacMorlan, le Renard Rouge de Forres. Sous le vernis, elle avait l'étoffe d'une guerrière.

Lucy était une femme magnifique, songea-t-il en souriant tristement. Elle était tout ce qu'il attendait d'une épouse et de la mère de ses enfants. Dans l'étable, il ne restait plus qu'un canasson galeux qui tenait à peine sur ses jambes. Robert n'avait pas le choix. Il ignora les cris furieux de l'aubergiste, qui venait de perdre tout à la fois la location de la chambre et celle du canasson, et prit la route en direction de Thurso en poussant le cheval aussi vite qu'il le pouvait.

Lucy était partie depuis plusieurs heures. Elle ignorait si elle avait pris la bonne direction. Elle n'avait pas un bon sens de l'orientation et n'avait croisé personne à qui demander son chemin au milieu de la lande immobile, parsemée de rochers escarpés et de bruyère. Le soleil était déjà haut dans le ciel. Un aigle tournoyait dans l'azur. Tout était beaucoup trop calme et Lucy frissonna, mal à l'aise. Sa monture paraissait inquiète, elle aussi.

Elle aimait beaucoup le cheval de Robert Methven. C'était un alezan à la robe sombre, avec des yeux vifs et pénétrants. Il était rapide, brave et intelligent, comme son maître. Elle préférait ne pas penser à ce dernier car elle s'était comportée de manière honteuse à son égard en lui volant son cheval, ses pistolets, son épée et son argent. Elle s'était enfuie avec tant de facilité !

Il s'était à peine réveillé lorsqu'elle avait soulevé l'épée de son fauteuil et passé les sacoches contenant les pistolets sur son épaule. Fouiller les poches de Methven pour chercher la clé de la porte aurait été trop risqué. Elle avait donc décidé d'escalader la fenêtre et de se laisser glisser sur l'auvent. Avec Alice, elles avaient passé des années à faire le mur à Forres Castle. Plus Alice qu'elle, d'ailleurs.

Lucy était entièrement satisfaite de ses vêtements. Il ne lui avait pas fallu longtemps pour fouiller dans le tiroir de la commode où elle avait trouvé une chemise blanche et une écharpe de couleur vive pour cacher son décolleté. Elle avait passé un pantalon d'homme et une veste trop petite et serrée, ainsi que des bas troués. Dans l'étable, elle avait volé une paire de bottes usées qui lui donneraient des ampoules si jamais elle devait marcher. Ses cheveux étaient détachés et emmêlés. Elle savait qu'elle avait l'air d'une souillon dépenaillée.

Le chemin bifurqua lentement en direction d'un lac qui brillait de mille feux au soleil. Plusieurs fermes jalonnaient la route sans vraiment former un village. Quelques poules grattaient la terre et du linge séchait sur une corde. Les murs des maisons tombaient en miettes et la terre était tellement pauvre qu'elle pourrait difficilement faire pousser les quelques rangées de choux et de haricots qui avaient été semés. Plus loin, Lucy aperçut des maisons abandonnées aux toits éventrés, envahies par la végétation. Certaines avaient été brûlées et leurs restes carbonisés brillaient sinistrement sous le soleil. Il régnait une atmosphère étrange en ce lieu, un mélange de peur et de désespoir.

Arrivée au niveau de la première ferme, Lucy vit un homme franchir la barrière, poser sa binette et secouer la terre qui lui maculait les mains. Il ne devait pas avoir plus d'une vingtaine d'années, mais son visage était las. Il se déplaçait avec lenteur.

— Bonjour… madame.

Il mit sa main en visière pour mieux observer Lucy, l'air incertain. Elle lut facilement dans ses pensées : le cheval était de grande race, elle portait une épée d'homme beaucoup trop grande pour elle, ses sacoches étaient bien remplies mais ses vêtements étaient bon marché. Il devait la prendre pour une voleuse, mais il s'adressa à elle poliment.

— Où allez-vous ? demanda-t-il.

— À Durness. Suis-je sur la bonne route ?

— Vous devez tourner vers le nord-ouest, répondit l'homme, visiblement impressionné par son accent tranchant.

Il se redressa un peu.

— Derrière ce bosquet de pins, la route se divise en deux. Votre cheval peut se désaltérer dans le lac, si vous voulez.

— Merci, répondit Lucy. Qui est le lord de ces terres ? ajouta-t-elle brusquement.

Le visage de l'homme s'assombrit.

— Cardross, dit-il avant de cracher par terre.

Cardross.

Elle avait sous ses yeux les métayers de Wilfred, des hommes si pauvres qu'ils pouvaient à peine vivre de ces terres négligées. Lucy frissonna. Jamais il ne lui était venu à l'esprit qu'elle ait pu revenir en arrière, sur les terres de son cousin. Il fallait qu'elle soit prudente.

Le fermier la suivit du regard tandis qu'elle se dirigeait vers le lac, mais lorsqu'elle se retourna, l'homme était parti. Elle aurait aimé pouvoir manger quelque chose mais dans ce village misérable, personne n'aurait rien eu à lui donner. Elle longea la rive du lac et laissa boire son cheval. Maintenant qu'elle savait que ces terres appartenaient à son cousin, elle préférait ne pas s'y attarder. Robert Methven avait peut-être renvoyé Wilfred et ses hommes la queue entre les jambes la veille, mais ils ne tarderaient pas à revenir pour se venger.

Elle entendit alors un cri derrière elle et fit volte-face. Trois hommes à cheval, sortis du bosquet, se dirigeaient droit sur elle. L'un d'eux, monté sur un fringant cheval gris, était son cousin Wilfred. Il avait trouvé des habits et, cette fois, il semblait prêt à se salir les mains.

Lucy hurla pour appeler à l'aide. Elle ignorait si quelqu'un pouvait l'entendre, et encore plus si quelqu'un viendrait à son secours. Son cri effraya le cheval de Wilfred, qui se cabra et faillit désarçonner son cavalier.

Lucy s'empara d'une main tremblante d'un pistolet avant de le braquer vers l'homme à sa droite qui fonçait sur elle. Elle rata largement sa cible. Elle n'avait jamais su bien tirer. Alice avait été meilleure qu'elle.

L'homme la rejoignit quelques secondes plus tard, la prit à bras-le-corps et la fit descendre de selle. Elle tomba douloureusement par terre et le pistolet lui échappa des mains. Elle essaya de se remettre sur pied pour s'enfuir mais son assaillant lui attrapa fermement le bras. Elle sentit le sol vibrer à l'approche des chevaux. L'homme la frappa violemment au visage et elle tomba en arrière. Les pierres lui écorchèrent les mains. Personne n'avait jamais levé la main sur elle auparavant. Soudain, sa situation lui apparut dans toute sa crudité, réelle et terrifiante.

Elle entendit alors la voix hargneuse de Wilfred.

— Je vous avais dit de ne pas lui faire du mal !

L'homme jura pour toute réponse. Lucy roula sur le côté. Elle ne resterait pas là, allongée, impuissante aux pieds de Wilfred comme une offrande. Sa détermination et son refus de se plier aux événements l'avaient mise dans cette situation. Elle ne pouvait pas céder à la panique maintenant.

Soudain, elle sentit quelque chose de dur sur sa hanche : la poignée de l'épée de Robert Methven. Elle se figea quelques secondes puis son sang ne fit qu'un tour. Animée d'un puissant sentiment guerrier, elle s'empara du pommeau de l'épée et bondit sur ses pieds. Elle fit volte-face en tenant l'arme à deux mains et prit son assaillant par surprise en lui infligeant une longue entaille sur le bras. L'homme hurla de douleur et recula en chancelant. Poussant un juron, l'autre homme descendit de sa selle, sortit son épée et s'élança vers elle.

C'était un combat à deux contre un. Lucy serra les dents et se prépara à se battre.

Robert entendit le cri de Lucy et son sang se glaça. Il abandonna son canasson à la lisière du bosquet et s'élança à travers les arbres, sa claymore à la main. Jamais il n'oublierait le spectacle qui l'attendait.

Lucy tenait son épée à deux mains. L'un de ses assaillants était déjà à terre et saignait copieusement en tenant son bras invalide. L'autre voyou tournait prudemment autour d'elle tandis que Wilfred Cardross avançait sur sa gauche.

— Ma chère Lucy, dit-il, tout cela est ridicule. Posez cette épée et parlons. Nous sommes de la même famille…

Lucy ne lui décocha pas un seul regard.

— Restez tranquille, Wilfred, dit-elle sans jamais quitter des yeux l'homme en face d'elle, ou je ne réponds plus de mes actes.

Poussant un cri terrible, Robert s'élança sur le premier homme qui fit volte-face et le contempla avec un mélange de surprise et de terreur. La claymore était peut-être vieille, mais elle était robuste. Le combat fut rapide, violent et sanglant. Robert se battit comme un lion. Il fondit sur son adversaire et ne lui laissa pas le temps d'utiliser son arme. L'homme chancela et Robert lui arracha l'épée des mains, puis le frappa à la cuisse. L'assaillant poussa un cri de douleur et tomba, les yeux exorbités par la peur lorsque Robert posa la pointe de son épée sur sa gorge.

— Robert ! cria Lucy. Attention !

Il fit volte-face et vit que l'autre homme avait sorti son pistolet de sa sacoche et le pointait vers lui. D'un coup de pied, Robert détourna la main de l'assaillant et le coup partit sur le côté en manquant son épaule de peu. Le second individu se releva péniblement et partit avec son compagnon vers les chevaux en boitant et en jurant. Robert les laissa s'en aller. Les hommes de Wilfred Cardross étaient des lâches.

Quant à ce dernier, Lucy décrivait des cercles devant lui et semblait se complaire à le défier. Elle leva sa lame si vite qu'elle faillit trancher la pomme d'Adam de Cardross. Wilfred brandit son épée juste à temps pour parer cette attaque. Robert analysa la situation. Il croyait que la taille de Cardross lui donnerait l'avantage, mais Lucy était plus vive, plus rapide et plus agile que lui. Cardross se battait avec plus de vigueur à présent, mais le style classique de sa cousine était trop habile pour lui, plus froid, plus impitoyable. Robert, qui avait déjà dû affronter bien des hommes et qui avait acquis bien des aptitudes liées à la vie dangereuse qu'il avait menée, était contraint de reconnaître qu'il n'aurait pas été certain de pouvoir la battre en combat régulier.

Lucy souriait. Robert ne l'avait jamais vue ainsi. Il lui paraissait impossible que Lady Lucy MacMorlan puisse devenir cette créature sauvage et belliqueuse, avec cette lueur farouche dans le regard. Et étonnamment, ce spectacle l'excita au plus haut point.

Il recula d'un pas pour mieux en profiter. La lame de Lucy décrivit un arc de cercle et s'approcha dangereusement de l'entrejambe de son maudit cousin. Robert éclata de rire. Ce serait la fin des plans de Wilfred pour les générations à venir. Ce dernier avait eu son compte. Il plongea sous l'épée de Lucy et courut vers son cheval.

— Partez, espèce de lâche ! cria-t-elle en s'élançant à ses trousses.

Wilfred et ses hommes enfourchèrent leurs montures et s'enfuirent au galop. Robert vint rejoindre Lucy. Elle haletait. Sa poitrine montait et descendait rapidement, dans un mélange de colère et d'épuisement. Sa chevelure flamboyante lui tombait sur le visage.

Ses yeux lançaient encore des étincelles. Robert croisa son regard d'un bleu violet. Son envie de l'embrasser, son désir pour elle le frappèrent de plein fouet et lui coupèrent le souffle.

Il était à deux doigts de la prendre dans ses bras quand il aperçut les marques sur son visage. Choqué et furieux, il leva la main et lui toucha la joue.

— Ce sont eux qui vous ont fait cela ? demanda-t-il.

Toute la fougue de son regard s'évanouit, comme si elle venait de se souvenir de ce qui s'était passé. Elle porta la main à sa joue et grimaça de douleur. La colère de Robert était immense. Jamais il n'avait ressenti une telle fureur protectrice auparavant. Il se tourna pour s'élancer à la poursuite de Cardross et de ses hommes, mais Lucy le retint par le bras.

— Laissez-les partir, dit-elle. Ce n'est pas important.

— Vous vous trompez.

— Non, pas maintenant. S'il vous plaît, milord.

Il entendit la vulnérabilité qui tendait ses paroles. Lucy était froide et pâle en réaction à ce qui venait de lui arriver. Il posa une main sur la sienne et la sentit trembler.

— Vous m'avez appelé par mon prénom juste avant, lui rappela-t-il.

Elle esquissa un faible sourire.

— L'heure n'était pas au formalisme.

— Je vous remercie de m'avoir mis en garde, dit-il.

Cardross et ses hommes étaient presque hors de vue maintenant. Seule la poussière que les sabots de leurs chevaux avaient soulevée planait dans l'air.

— Vous auriez pu le laisser me tuer et vous épargner la corvée de devoir refuser de m'épouser pour la troisième fois.

— Ne plaisantez pas, dit Lucy en fronçant les sourcils.

— Il n'en est rien. Pourquoi m'avez-vous aidé ?

Elle se tourna et leva les yeux vers lui. Son regard plein de candeur scruta son visage.

— Nous étions du même côté.

— Vraiment ?

Robert se sentit encouragé par sa réponse. La nuit dernière, dans la chambre, ils s'étaient affrontés. Elle avait préféré s'enfuir et se mettre en danger plutôt que l'épouser. Pourtant, elle ne paraissait pas voir en lui un ennemi. Il la sentit frissonner de nouveau. La brise était froide à côté du lac.

— Venez, dit-il. Nous devons vous trouver un abri et quitter les terres de Cardross. La prochaine fois, il reviendra avec beaucoup plus d'hommes.

Lucy défit le ceinturon où était accrochée son épée et le lui tendit avec prudence. Maintenant que la bataille était passée, Robert remarqua pour la première fois sa tenue. Oubliée l'élégante fille de duc, avec ses couleurs pastel de débutante et ses robes timides. Elle était affublée de vêtements bigarrés, et surtout d'une écharpe rouge, blanche et bleue avec un pantalon d'homme très moulant et d'une chemise blanche si décolletée que son esprit se brouilla et son sexe se durcit. Heureusement qu'il n'avait pas fait attention à sa tenue avant.

Elle commença à lisser l'écharpe avant de la glisser dans l'encolure de sa chemise. Hypnotisé par cette tenue singulière, Robert s'aperçut qu'il regardait Lucy fixement.

— Que se passe-t-il ? demanda-t-elle en nouant plus étroitement son écharpe, lui occultant la vue sur son décolleté.

Ses prunelles brillaient de contrariété.

Robert se racla la gorge.

— Très patriotique, dit-il.

Voyant qu'elle haussait des sourcils étonnés, il ajouta :

— L'écharpe rouge, blanche et bleue.

— C'est tout ce que j'ai pu trouver dans cette maudite auberge, se défendit-elle. Il y avait un miroir, vous savez. Je sais de quoi j'ai l'air.

Robert n'aurait jamais eu l'idée de s'en plaindre.

— Et de quoi avez-vous l'air, au juste ?

— D'une femme très négligée, d'une fille de taverne, dit-elle en coinçant les extrémités de l'écharpe dans son corsage.

— Si j'étais vous, je ne ferais pas cela. Ce geste ne fait qu'attirer l'attention sur vos seins.

Elle contempla avec dégoût son décolleté.

— Pendant que je me battais, je craignais qu'ils jaillissent de ma chemise.

— Ce spectacle aurait certainement stoppé net dans leur élan les hommes de main de votre cousin, dit-il.

— Je n'ai pas l'habitude de tant me découvrir.

Soudain, elle lui parut vulnérable.

— Les débutantes ne font pas de telles choses, conclut-elle.

— J'ai vu bien d'autres parties de votre corps, avança Robert.

Elle lui lança un regard perçant.

— Vous ne m'aidez pas beaucoup en disant cela, vous savez.

L'écharpe vola sous la brise comme un drapeau déchiré. La soie brillante rappela à Robert les liens avec lesquels il avait attaché Lucy.

— Comment vous êtes-vous enfuie ? Je croyais vous avoir fermement attachée.

— Je me suis tortillée, répondit-elle brièvement.

Sa réponse ne contribua en rien à contraindre son imagination débordante. Il imaginait Lucy, attachée avec des liens en soie, se trémoussant sur le lit. Il s'empara de ses poignets et remarqua de légères marques rouges sur sa peau blanche. Soudain, il eut l'impression d'être un parfait malotru. Il lâcha Lucy qui se frotta le poignet.

— Vous avez sauté par la fenêtre, se rappela-t-il.

Elle rectifia :

— Je suis montée sur l'auvent.

— Pourquoi ne pas avoir simplement pris la clé ?

Elle le regarda comme s'il était fou.

— Et prendre le risque de vous réveiller en fouillant dans vos poches ?

— Généralement, je dors comme un loir, même dans un fauteuil en bois.

— Merci. Je m'en souviendrai.

Puis elle releva la tête.

— Je croyais que vous vouliez partir, ajouta-t-elle.

Allons-nous rester là, à attendre que Wilfred revienne avec une armée ?

Chassant les images de Lucy attachée qui le hantaient encore, Robert s'empara de son ceinturon et de son épée, rangea ses pistolets, monta sur le dos de Falcon et tendit la main à Lucy pour l'asseoir sur la selle devant lui. Pour une fois, elle ne discuta pas.

— Que faisiez-vous ici ? demanda-t-il en contemplant les eaux du lac qui reflétaient le bleu froid du ciel.

— Je voulais me baigner, dit-elle succinctement.

— L'eau doit être glaciale.

— Je nageais dans l'océan tous les étés quand j'étais enfant, dit Lucy.

C'était une autre corde à son arc mais Robert n'était guère étonné. Plus rien ne pouvait le surprendre avec elle. Lorsque Falcon commença à accélérer le pas vers la route, il sentit Lucy se détendre enfin dans ses bras. Elle soupira et posa la tête sur son torse. Robert trouva cela très agréable de sentir son corps se blottir contre le sien. Ses cheveux sentaient l'air frais et avaient la douceur de la pomme. Une sensation aussi étrange qu'inconnue, qui n'était pas du désir, l'envahit et il attira Lucy plus près de lui.

— Qu'est-il arrivé au deuxième pistolet ? demanda-t-il contre son oreille. Vous vous en êtes servie ?

— J'ai raté mon coup, grommela-t-elle. Je n'ai jamais été très douée pour le tir.

Robert se retint de rire.

— Eh bien, vous ne savez peut-être pas tirer, mais vous vous battez extraordinairement bien.

— Vous aussi, dit-elle en le regardant par-dessus l'épaule, bien que vous ne vous battiez pas selon les règles.

— Là où j'étais, les combats loyaux n'existaient pas.

Il attira son dos contre lui, plus près, si bien que leurs corps se touchaient.

— Je me bats pour gagner, conclut-il.

— Je l'aurais deviné.

Elle sourit et sa joue frôla brièvement la sienne.

— Le Canada est-il vraiment un pays sans foi ni loi ?

— Absolument.

Puis il ajouta, se surprenant lui-même :

— Je vous en parlerai un jour.

— Avec grand plaisir, dit-elle en se blottissant contre lui. Cela a dû être très dur d'être envoyé loin de tout ce que vous connaissiez.

Cela avait été insupportable. Au début, il ne savait pas comment il allait survivre, alors qu'il pleurait la mort de son frère, coupé de tout ce qu'il connaissait et aimait. Un étau glacial lui serra le cœur. Il avait été stupide de défier les plans de son grand-père. Mais l'ironie avait voulu que le vieux laird soit lui aussi terrassé par le chagrin, pleurant la mort de son petit-fils et héritier. Robert comprenait mieux ce qui s'était passé à présent. Son grand-père avait déchargé sur lui tout son chagrin et sa déception, mais lui était trop jeune, trop à fleur de peau pour l'accepter. Il avait dit à son grand-père qu'il allait prouver son courage ailleurs, loin de Methven, et il s'était embarqué sur le premier navire venu.

Robert ne parlait pas facilement de lui. Il préféra changer de sujet.

— Je suppose que votre père a appris à ses filles à manier l'épée comme à ses fils ?

Il savait que beaucoup de lairds des Highlands le faisaient, surtout lorsque leurs fils étaient aussi lourdauds qu'Angus ou aussi paresseux que Lachlan.

Il l'entendit rire doucement contre son torse.

— Vous vous trompez. Mon père ne nous a jamais appris à nous battre. C'est un érudit, et non un guerrier. J'ai appris le maniement des armes dans les livres. C'est pourquoi je me bats de manière protocolaire et non comme vous, comme un… brigand.

— Personne ne peut apprendre à se battre aussi bien à partir d'un livre.

Elle baissa les yeux.

— Je dois avouer que nous avons eu des cours pratiques

grâce à la Highland Ladies Blue Stockings Society. Nous avons engagé la plus fine lame d'Édimbourg pour cela.

— Évidemment, je m'en doutais. Je suppose que ces cours étaient placés entre ceux de danse orientale et les massages.

— Une lady doit toujours être prête à se défendre, répondit Lucy d'un air indifférent.

— Qu'avez-vous appris d'autre sous les auspices de ce club, afin que j'y sois préparé ?

— Le tir à l'arc et la fauconnerie. L'escrime et le tir au pistolet. Mais comme je l'ai déjà dit, je ne suis pas très douée avec un pistolet entre les mains.

— Dommage. Même si je suis heureux d'apprendre qu'il existe un domaine dans lequel vous n'excellez pas. Vous aimez vous battre à l'épée, n'est-ce pas ?

Il sentit le corps de Lucy bondir de surprise.

— Non, dit-elle, étonnée. Je n'ai jamais aimé me battre. Ce n'est pas quelque chose de civilisé.

— C'est ce que vous aimeriez croire, dit Robert, mais l'escrime peut donner lieu à des combats primitifs, farouches et excitants. Votre sang bat plus vite.

À la manière dont elle se raidit, il vit que ses paroles l'avaient dérangée. Elle se redressa et quitta le cocon de ses bras. Pourquoi refusait-elle autant de comprendre qui elle était ? Elle avait le caractère farouche d'un Highlander. Sauf qu'elle le cachait bien. Pourtant, son tempérament passionné se manifestait de nombreuses façons : dans l'écriture sensuelle de ses lettres d'amour, dans le plaisir qu'elle avait tiré de leurs étreintes. Robert était prêt à parier tout ce qu'il avait qu'elle serait d'un naturel tout aussi passionné à l'heure de faire l'amour. S'il se fiait à ses baisers, elle était un brasier prêt à s'enflammer.

Il s'agita sur sa selle. Mieux valait ne plus y penser sinon le voyage risquait d'être long, ardu, et très inconfortable.

Chapitre 12

Vers 4 heures de l'après-midi, ils atteignirent Findon, une petite bourgade sur la côte. Lucy était épuisée. Tout son corps lui faisait mal et elle était affamée, mais elle s'efforça de le cacher de son mieux à Robert. Elle se sentait nerveuse, agitée et extrêmement consciente de la présence de ce dernier. Elle essaya de se convaincre que son agitation était due à leur proximité physique et au corps de Robert qui frôlait le sien tandis qu'il menait Falcon avec force, agilité et grâce. Elle sentait les muscles durs de ses cuisses ainsi que l'étreinte protectrice de ses bras. Elle avait l'impression d'être vulnérable face à lui, de ne pas pouvoir se défendre. Robert avait vu en elle des choses qu'elle ne soupçonnait même pas. Comment pouvait-il la connaître et la comprendre mieux que quiconque ? Cela lui paraissait impossible.

Jamais elle ne s'était considérée auparavant comme une personne extravagante. Alice était celle qui s'attirait toujours des ennuis. Lucy était la plus raisonnable des deux et, après le décès de sa jumelle, cette sagesse lui avait paru étouffante. Elle avait failli à aider sa sœur la seule fois où cela aurait été vraiment important et pour se racheter, elle était devenue un modèle de perfection encore plus grand. Mais le grain de folie enfoui depuis toujours au fond d'elle avait pourtant germé.

Il s'était manifesté dans ces lettres choquantes qu'elle avait écrites, dans la fureur qu'elle avait ressentie lorsque

Wilfred l'avait attaquée. Il s'échappait lorsqu'elle était dans les bras de Robert Methven.

Celui-ci tenait à présent les rênes dans une main et l'enlaçait d'un geste possessif de l'autre. Cette position était étrange, troublante, mais aussi délicieusement agréable.

Elle chercha une distraction en observant les belles et respectables maisons, les rues propres et les devantures colorées des boutiques. Ce lieu paraissait bien mieux entretenu que les terres de Cardross. Elle aperçut plus loin une jetée en pierre où des bateaux étaient accostés et où des filets de pêche séchaient au soleil. L'air était vif et piquant, et portait avec lui une odeur de poisson et de sel.

— C'est très joli, dit-elle. Qui est le propriétaire de ces terres ?

— C'est moi, répondit Robert. Je possède cette partie de la côte ainsi que Golden Isle, par là-bas.

Il tira sur les rênes et contempla quelques instants les îles sombres qui se détachaient à l'horizon. Lucy vit passer un éclair dans ses prunelles : de la fierté, et aussi autre chose d'indéchiffrable et de plus sombre. Elle crut qu'il lui en dirait plus mais il fit brusquement pivoter le cheval vers une ruelle pavée où les ombres de l'après-midi avaient rafraîchi l'air. Ils s'engouffrèrent avec fracas sous une arche avant de pénétrer dans une cour.

Leur arrivée provoqua une certaine agitation. Le propriétaire des lieux, un homme blond et rougeaud âgé d'une cinquantaine d'années, vint aussitôt à leur rencontre en se frottant les mains sur son large tablier.

— Milord !

— McLain.

Robert descendit de son cheval et lui tendit la main.

— Comment vont les affaires ?

— Les affaires sont bonnes, milord, bafouilla l'homme, mais j'ignorais que vous alliez venir… Personne ne m'a informé…

— Calmez-vous, le rassura Robert en lui donnant une tape sur l'épaule. J'ai dû changer mes plans à la dernière minute.

Il souleva Lucy de la selle et la posa au sol.

— Puis-je vous présenter ma fiancée, Lady Lucy MacMorlan ? ajouta-t-il.

Sa voix était brutalement devenue froide et formelle, débarrassée de sa précédente chaleur.

— Nous avons eu un voyage difficile et nous avons besoin de chambres et d'eau chaude pour nous laver. Et bien sûr, de nourriture.

Le propriétaire des lieux contempla Lucy bouche bée puis il s'inclina profondément devant elle.

— Bienvenue, milady !

Il décocha à Robert un regard en coin.

— Vous avez bien dit qu'il s'agissait de votre fiancée, milord ?

Lucy se retint de rire. Elle imaginait très bien son apparence. Elle était endolorie par le voyage, couverte de poussière et vêtue d'un pantalon d'homme et d'un chemisier de catin. Elle ne pouvait pas en vouloir à cet homme de l'avoir prise pour la maîtresse du laird et non pour sa future femme.

— Nous nous sommes fiancés très vite, dit calmement Robert en mettant Lucy au défi de le contredire. Vous êtes le premier à l'apprendre.

L'homme se tourna vers des garçons de cuisine qui les regardaient les yeux ronds.

— Allez chercher ma femme pour qu'elle conduise Lady Lucy à sa chambre ! ordonna-t-il en frappant dans ses mains. Allez, vite !

Il les conduisit à l'intérieur. Lucy était tellement éreintée par le voyage qu'elle sentait ses jambes trembler mais elle s'efforça de marcher d'un pas sûr et sourit aux domestiques qui l'observaient. Une délicieuse odeur de viande rôtie flottait dans l'air et son estomac gronda furieusement. Fille de duc ou pas, elle aurait pu se ruer vers la cuisine et dévorer tout ce qui s'y trouvait. Le propriétaire des lieux aurait été convaincu pour de bon qu'elle était une vraie souillon…

McLain les invita à entrer dans un salon lambrissé de chêne et murmura qu'il allait chercher des rafraîchissements.

Dès que la porte se fut fermée derrière lui, Robert se tourna vers elle.

— Vous comprenez bien que je n'avais pas d'autre solution que de vous présenter comme ma fiancée si je ne voulais pas vous déshonorer face à mes gens.

Lucy le comprenait mais elle ne voulait pas se soumettre à cette attitude despotique.

— Je vois, dit-elle froidement.

Aussitôt, Robert oublia tout formalisme et lui sourit.

— Inutile d'adopter ce ton froid avec moi, milady. Je n'ai nullement l'intention d'essuyer un troisième refus.

— Je le sais aussi.

Il ne s'agissait pas de fiançailles de convenance faites pour sauver la face et qui seraient vite annulées une fois leur but atteint. Il était beaucoup trop tard pour cela à présent. Elle allait devoir se marier et coucher avec son mari. Elle sentit la panique l'étrangler et s'efforça de la ravaler.

Robert scruta son visage quelques instants. Elle avait beau essayer d'échapper obstinément à son regard, elle le sentait peser sur elle. Puis il la prit au dépourvu. Il se pencha vers elle et lui donna un baiser à la fois bref et dur qui l'ébranla tout entière.

— Nous en parlerons au dîner, dit-il.

— Est-ce bien nécessaire ? demanda-t-elle en refusant de capituler.

Le sourire de Robert s'élargit.

— Oui, ça l'est. Et en attendant…

Il ôta sa chevalière de son doigt.

— Vous devriez porter une bague de fiançailles, je pense.

La bague était chaude et lourde lorsqu'il la glissa à son annulaire. Elle était beaucoup trop grande et, d'instinct, elle serra les doigts pour la maintenir en place.

— Je vous en achèterai une autre, plus jolie, dit-il doucement.

Elle se racla la gorge.

— Je l'aime beaucoup, dit-elle.

Elle se sentait étrange, comme si finalement elle avait

accepté de lui appartenir et que sa protection l'enveloppait tout entière.

— Cette bague est forte et inflexible, comme vous.

Il poussa une exclamation et s'avança si rapidement vers elle qu'elle en eut le souffle coupé. L'instant d'après, elle était dans ses bras et cette fois, il l'embrassa pleinement, avec fougue et passion, en homme possessif. Pendant un long moment, elle céda aux exigences de ses lèvres avant de se rappeler que rien n'était arrêté entre eux et qu'elle ne pouvait pas l'épouser. Elle s'était enfuie, avait volé, elle s'était battue et avait menti pour ne pas avoir à l'épouser. Elle voulut revenir en arrière mais il était trop tard car une partie plus forte de son être avait envie d'être séduite. Elle devait se battre contre ses propres désirs en plus de ceux de Robert Methven.

— Ne me résistez pas.

Son murmure fit écho à ses pensées.

— Nous sommes du même côté, ajouta-t-il. Vous l'avez dit vous-même.

Forcément, il ne pouvait pas comprendre. Sa peur l'obligeait à s'opposer à la douceur des baisers de Robert et elle émit un petit bruit de détresse. Il finit par la lâcher.

— Lucy…, dit-il.

Et son cœur s'emballa car elle savait qu'il allait lui demander la cause de cette détresse, et elle ignorait si elle pouvait lui répondre franchement. Cela faisait huit ans qu'elle tenait la vérité fermement verrouillée, sans jamais l'exposer au grand jour.

Il ouvrit la bouche pour parler puis se ravisa de nouveau en entendant des voix dans le couloir de l'autre côté de la porte.

— Ce doit être Isobel, dit-il. Avant que je vous laisse avec elle, y a-t-il autre chose que je puisse faire pour vous ?

— J'aimerais d'autres vêtements, dit Lucy en contemplant son écharpe. Quelque chose de plus convenable.

— Je vous en ferai porter, dit Robert.

— Dans cette tenue, j'ai plus l'impression d'être votre maîtresse que votre femme, dit Lucy sur un ton acerbe.

L'éclair qui traversa le regard de Robert la brûla.

— Je peux vous aider à vous sentir encore plus comme ma maîtresse si vous le voulez.

Lucy rougit jusqu'à la racine des cheveux et accueillit avec joie la personne qui frappa à la porte.

— Milord ?

Une minuscule femme se tenait devant eux, beaucoup plus jeune et différente de celle que Lucy avait imaginée. Derrière elle se cachait une adolescente aux cheveux noirs et au regard brillant qui se tordait le cou pour voir à quoi ressemblait « la fiancée de Lord Methven ».

Robert prit chaleureusement la femme dans ses bras.

— Comment allez-vous, Isobel ?

Il recula d'un pas, lui prit les mains et lui planta un baiser sur la joue.

— Vous avez l'air en pleine forme. Et comment va ma filleule ?

La jeune fille poussa un petit cri d'excitation. L'espace d'un instant, Lucy crut que celle-ci allait se jeter dans les bras de Robert, mais l'adolescente parvint à se contenir même si elle trépignait de joie. Robert lui prit la main et se pencha pour y déposer un baiser, l'œil brillant de malice. La jeune fille gloussa de plaisir.

— Ne mettez pas de mauvaises idées dans sa tête, milord, prévint Isobel sèchement, sans paraître le moins du monde intimidée par son invité. Elle vous prend déjà pour un héros.

Robert lança un regard en coin à Lucy, qui se mordait les lèvres pour se retenir de sourire.

— Loin de moi l'idée de la détromper, dit-il en prenant la main de Lucy. Lady Lucy, permettez-moi de vous présenter Mrs Isobel McLain et sa fille, Elizabeth.

— Bessie, corrigea la jeune fille en saluant Lucy par une profonde révérence. Vous êtes très jolie. Mais qu'avez-vous sur le visage ?

Lucy vit Isobel se figer.

— Bessie, tais-toi.

Puis elle se tourna vers Robert.

— Je m'occuperai bien de votre lady, milord. Si vous voulez bien me suivre, milady.

— Je n'aurai donc pas besoin de faire office de bonne, alors, dit Robert d'un air nonchalant.

— Je suis certaine que cela fait partie de vos nombreux talents, lança Isobel sèchement, mais Lady Lucy et moi nous en sortirons très bien sans vous.

Lucy sentit de nouveau la fatigue l'envahir en montant péniblement l'escalier derrière la propriétaire des lieux. Bessie les suivait d'un pas léger. Lucy sentait les yeux de la jeune fille la détailler ouvertement, tout comme elle sentait les questions qui affleuraient à ses lèvres et le combat qu'elle menait pour les retenir.

Un bain l'attendait déjà dans la chambre. L'air était imprégné de lavande et d'autres herbes. Lucy reconnut un baume citronné et un autre parfum, doux et entêtant.

— C'est de la camomille, l'informa Isobel en souriant. Pour vous détendre. Je connais une femme qui vit sur Thurso Road et qui fabrique des remèdes à base de plantes.

— Merveilleux, dit Lucy, pleine de gratitude. C'est exactement ce dont j'ai besoin.

Lorsqu'elle se glissa dans le bain chaud et qu'Isobel tira la tenture autour de la baignoire, elle craignit de s'endormir tant son plaisir était grand. L'eau avait un effet délicieusement apaisant après ce long et pénible voyage. Ses muscles endoloris se détendirent et elle s'enfonça encore plus dans le bain pour se laver les cheveux.

Elle entendit vaguement les murmures de Bessie et sa mère lui intimer à voix basse de se taire.

— Tu ne poseras pas de questions à Lady Lucy, la réprimanda sévèrement Isobel. Ce n'est pas convenable.

— Ce n'est pas grave, intervint Lucy en ouvrant les yeux avant de se rincer les cheveux.

Puis elle s'enveloppa dans le drap de bain et s'avança vers la coiffeuse.

— Nous attendons toujours les vêtements que Lord Methven a envoyé chercher, milady, l'informa Isobel. Il n'y a qu'une seule couturière à Findon et Dieu seul sait si elle possède une tenue convenable à vous donner.

Elle observa très attentivement Lucy.

— Je pourrais vous prêter quelque chose en attendant. Nous avons la même taille, je pense, et mes habits du dimanche feront l'affaire. Mais si vous ne voulez pas…

— C'est très généreux de votre part, dit Lucy, prompte à mettre Isobel à l'aise. Je serais très heureuse que vous me prêtiez votre robe.

Le visage d'Isobel se fendit d'un large sourire.

— J'imagine que vous ne désirez pas garder ces choses-là, dit-elle en désignant les vêtements sales entassés dans un coin, mais si vous voulez, je peux les laver…

— Bonté divine, non, merci, dit Lucy.

Bessie pouffa tout bas.

— Nous avons cru que Lord Methven avait pris pour fiancée une artiste de cirque, milady, dit-elle spontanément.

— Cela ne m'étonne pas, répondit Lucy en contemplant son reflet dans le miroir.

Ses cheveux pendaient mollement sur ses épaules nues. Il leur faudrait plusieurs coups de peigne pour les débarrasser de tous leurs nœuds. Son visage était pâle, harassé. Ses yeux se posèrent sur le bleu qui s'était formé sur sa joue, témoin de la violence de Wilfred, de son mépris des liens du sang et d'une dureté qu'elle n'aurait jamais imaginée chez lui. Elle l'effleura doucement. Elle ne lui pardonnerait jamais, ni n'oublierait. Pas plus que la fureur et l'éclat protecteur des yeux de Robert lorsqu'il s'était tourné vers elle. Ils allaient devoir affronter Wilfred bien assez tôt.

— J'ai de la teinture d'arnica pour vos bleus, milady, déclara Isobel.

Elle aperçut une ombre dans son regard et, soudain, Lucy comprit. Elle posa la main sur le bras de la femme.

— Ne croyez pas que… Ce n'est pas Lord Methven qui m'a fait cela. C'est mon cousin, le comte de Cardross, et ses hommes qui nous ont attaqués en chemin.

Isobel lâcha la fiole qu'elle tenait dans la main et elle se brisa en tombant au sol.

— Mon Dieu, vous êtes la cousine du comte ?

La femme était devenue blême. Bessie la regardait fixement à présent, la bouche ouverte, l'air choqué et effrayé à la fois.

— J'en ai bien peur, répondit Lucy. Nous sommes cousins au deuxième degré. Mais je ne lui ressemble en rien. Vraiment pas.

Dans cette région, la seule mention du nom de Wilfred semblait suffire à donner des cauchemars aux enfants. Choquée, elle croisa tour à tour les traits figés d'Isobel et l'expression effrayée de Bessie. Elle n'avait jamais aimé Wilfred, mais le visage qu'il avait jusqu'alors montré à sa famille était très différent de celui qu'elle voyait maintenant.

— Grâce à Dieu, soupira Isobel, nous n'avons plus rien à craindre de Cardross maintenant que Lord Methven nous protège, mais quelques années auparavant, à l'époque de l'ancien laird, il y avait beaucoup d'intrusions sur nos terres. Une fois, notre ville a été incendiée et tout notre bétail a été volé.

— Il brûle ses propres terres lorsque ses gens le mettent en colère, intervint Bessie.

Lucy était pétrifiée de stupeur.

— La justice…, commença-t-elle.

Mais Isobel secoua vigoureusement la tête.

— C'est Cardross qui fait la loi dans cette région, dit-elle simplement. L'ancien laird nous a laissés nous défendre par nous-mêmes, mais il est mort et Lord Methven est revenu.

— Il s'est battu pour nous, dit Bessie, les yeux brillants. Comme les héros des vieilles histoires.

Lucy sourit tout en ressentant un pincement de honte. Elle avait été tellement absorbée par ses livres à Forres et à Édimbourg qu'elle avait été dans l'ignorance totale des conditions de vie de ces gens. Elle avait vécu dans une cage dorée, loin des villageois rencontrés ce matin qui vivaient dans la pauvreté et dans la misère, ou d'Isobel et de sa famille qui travaillaient dur pour faire prospérer leur affaire. Soudain, elle comprit pourquoi Robert se battait tellement pour assurer le bien-être et l'avenir de son clan. Ces gens étaient importants pour lui. Et on ne pouvait pas laisser la violence et la cruauté de Wilfred triompher.

Isobel s'assit au bord du lit.

— La rumeur dit que le laird doit épouser une parente de Cardross pour recevoir son héritage, dit-elle. Si vous me permettez, milady, c'est un grand sacrifice que vous faites pour assurer notre avenir.

Lucy partit à rire.

— Oui, certainement.

Isobel secoua de nouveau la tête, les yeux brillant d'une lueur amusée cette fois.

— Je pense que le sacrifice n'est pas si grand, après tout, à en croire la façon dont le laird vous regarde, milady.

Puis, voyant que Lucy rougissait, elle ajouta d'un air espiègle :

— Pas un sacrifice du tout, même.

— Vous vous êtes fiancés dans l'urgence ? demanda Bessie, curieuse.

Son regard s'était posé sur la main de Lucy et sur l'épais anneau en or qu'elle ne cessait de faire tourner à son doigt. Lucy s'attendait presque à ce que la mère réprimande sa fille, mais Isobel paraissait tout aussi curieuse qu'elle d'en savoir plus.

— Pas vraiment, dit Lucy en riant. Lord Methven m'a fait trois fois sa demande en mariage.

— C'est un homme très déterminé, dit Isobel d'un air entendu.

Lucy sentit sa gorge se serrer. Robert avait certainement à cœur de protéger les personnes qui comptaient pour lui.

— Oui, en effet, dit-elle doucement.

— Et il est très beau, intervint Bessie, provoquant de nouveau l'hilarité de Lucy.

— Je ne dirai pas le contraire.

— Il vous aime vraiment beaucoup, milady, dit Bessie. Cela se voit.

Isobel s'empara du peigne.

— Je vais vous coiffer, milady, et Bessie ira vous chercher ma robe en mousseline bleue.

— Vous n'avez pas besoin de vous occuper de moi, répondit Lucy à la hâte. Je peux le faire seule et vous avez tellement de travail ici, à l'auberge.

Le regard d'Isobel devint plus chaleureux.

— Merci, milady, c'est très aimable à vous, mais il n'y a rien de plus important pour moi que de m'occuper de la lady de Lord Methven.

Elle commença à démêler doucement les nœuds des cheveux de Lucy.

— Dès que cela sera fait, vous pourrez le rejoindre pour le dîner. Vous devez avoir très faim.

— Oui, dit Lucy. Je n'ai rien mangé de la journée.

Robert lui avait dit qu'ils parleraient de leurs fiançailles pendant le dîner et cette idée lui coupa soudain l'appétit. Mais que pouvait-elle dire, que pouvait-elle faire ? Toutes les décisions étaient déjà prises, toutes ses chances de s'échapper étaient perdues.

Bien après le départ d'Isobel, elle resta longtemps à se regarder d'un œil absent dans le miroir.

Le Methven Arms était bondé ce soir, mais Isobel conduisit Lucy dans un salon privé, le meilleur qu'elle avait, qui avait été réservé pour eux. La pièce lambrissée de chêne était petite et chaleureuse, éclairée par un joyeux feu de cheminée et plusieurs chandeliers. Robert l'attendait déjà. Il avait eu le temps de se laver et de passer des vêtements propres. Il se leva à son arrivée, posa son journal comme s'il ne s'y intéressait plus et lui tira sa chaise lorsqu'elle s'assit à la table ronde.

— Vous êtes très belle, dit-il d'une voix calme.

Lucy lissa ses jupes, soudain intimidée, au point de ne pas pouvoir lever les yeux vers lui. Elle se concentra sur le vin d'un rouge profond qu'il avait versé dans des verres en cristal. Au moins, son appétit était revenu. La table croulait littéralement sous le poids des mets. Elle aperçut une casserole de ragoût fumant, de délicieux petits pains frais, des tranches de bœuf et de jambon, et du fromage frais bien crémeux. Lucy se demanda si elle n'aurait pas l'air trop vorace en fondant sur tous ces plats sur-le-champ.

— L'aubergiste nous a préparé une belle table, dit-elle.

— Iain McLain était cocher à Methven jusqu'à ce qu'il soit victime d'un terrible accident de voiture. Mon grand-père l'a installé dans cette auberge qu'il a merveilleusement bien su faire prospérer.

Il leva son verre et trinqua avec elle.

— *Slainthe mhath!* dit-il. À votre santé ! Je porte un toast à ma merveilleuse et talentueuse compagne d'armes.

Il posa sur elle ses yeux d'un bleu vif et Lucy frémit en voyant l'expression de son visage.

— J'ai dit à Isobel que nous nous servirions nous-mêmes, ajouta-t-il, afin que nous ne soyons pas dérangés.

Lucy s'empara d'un petit pain et y étala du beurre. Elle se servit également une généreuse portion de ragoût.

— Comment était votre grand-père ? demanda-t-elle. Il était laird avant vous, n'est-ce pas ?

Robert fit une pause. Il ne souriait pas et Lucy sentit un léger malaise. Elle en savait si peu sur lui. Elle portait sa bague et elle était sur le point de l'épouser, mais sur l'homme lui-même, elle ignorait presque tout. Il était tellement secret.

— Mon grand-père était un homme violent et fier, ancré dans le passé, finit par dire Robert.

Il lui prit la louche des mains pour se servir à son tour. Il affichait à présent une mine plus ouverte. Sans sa précédente hésitation, elle aurait pu croire que tout allait bien.

— Il se souvenait de la rébellion de cinquante-cinq. Il détestait les Anglais et leurs rois, et ne comprenait pas que le monde avait changé.

— Vous ne l'aimiez pas ? demanda Lucy.

De nouveau, Robert hésita une fraction de seconde avant de répondre :

— Non, je ne l'aimais pas. Nos opinions divergeaient

sur de nombreux sujets. Il négligeait honteusement ses terres ces dernières années, ce qui a permis à votre cousin Cardross de faire main basse sur certaines parties de la région. Depuis mon retour, je me suis durement battu pour rétablir les choses.

Il but une petite gorgée de vin.

— Je suis sûr qu'il doit se retourner dans sa tombe en voyant mes méthodes. Il me désapprouvait franchement et ne voulait pas que je lui succède, mais il ne pouvait rien faire pour l'empêcher.

— Et votre grand-mère ? Elle était comme lui ?

Robert sourit doucement.

— Oh ! ma grand-mère a un cœur tendre malgré sa dureté apparente, dit-il d'une voix plus douce. Elle était la seule…

Il s'interrompit. Lucy attendit. Lorsqu'il reprit, il le fit d'une voix douce et neutre :

— Il n'a jamais été prévu que le domaine de Methven m'appartienne. J'avais un frère aîné, Gregor, qui était destiné à être le prochain laird.

Lucy fronça les sourcils.

— Il est mort, se rappela-t-elle dans un élan de compassion. Je suis navrée.

En songeant aux douloureux souvenirs du décès d'Alice, Lucy se demanda aussitôt comment Robert avait vécu la disparition de son frère, l'héritier. Cela avait dû être terrible pour lui.

— Merci.

Mais ses paroles ne l'avaient pas touché, comprit-elle. Il évita son regard.

— Cela s'est passé il y a bien longtemps.

— Vous vous êtes disputé avec votre famille et vous êtes parti à l'étranger après le décès de votre frère, n'est-ce pas ?

Tout lui revenait à présent. À l'époque sombre où Alice était morte, Lucy s'était coupée du monde, mais elle se souvenait avoir entendu son père dire qu'il y avait eu une terrible tragédie et que Robert Methven avait quitté le pays pour partir au Canada.

— Pourquoi êtes-vous parti ? demanda-t-elle.

Il la contempla d'un œil vide.

— Mon grand-père ne me considérait pas comme étant digne de lui succéder.

Sa voix était froide mais ses doigts serrés sur sa fourchette trahissaient ses émotions.

— Nous avons eu une violente dispute au sujet de ce qu'il prévoyait pour moi. J'ai décidé de partir faire mes preuves ailleurs.

— Mais pourquoi être allé si loin de chez vous ? demanda Lucy. Après la mort de votre frère, vous étiez l'héritier de Methven ! Vous…

— J'étais jeune et idiot, l'interrompit-il en s'emparant de la bouteille de vin. Vous en voulez encore un peu ?

Il était clair qu'il désirait changer de sujet. Lucy grimaça légèrement. Il n'était pas prêt à lui livrer ses émotions et cette rebuffade la glaçait. L'anneau à son doigt était lourd et chaud, mais son réconfort était illusoire. Il ne les liait pas plus, car Robert ne voulait pas partager son intimité avec elle.

— Merci, répondit-elle froidement en vidant la moitié de son verre pour se détourner du silence.

— J'ai envoyé une lettre à votre sœur Mairi pour lui dire que vous étiez en sécurité, l'informa Robert après une longue pause. Et aussi à votre père. Je lui ai demandé votre main.

Il lui adressa un sourire en coin.

— Je lui ai annoncé que nous nous marierons demain, conclut-il.

Lucy fit un bond et renversa quelques gouttes de vin sur le bois ciré de la table.

— Demain ! s'écria-t-elle.

— Oui.

Ses yeux azur la mirent au défi de le contredire. Puis il baissa la tête vers la main de Lucy.

— Vous portez ma bague. J'ai cru que vous aviez accepté ma proposition.

Elle effleura l'anneau en or.

— Vous me l'avez offerte pour protéger ma réputation lorsque nous sommes arrivés ici.

— Je vous l'ai offerte parce que je désire vous épouser, rectifia Robert.

Son regard était sombre et opaque à présent. Indéchiffrable.

— Vous avez vu par vous-même comment agissait Wilfred Cardross, dit-il durement en la regardant droit dans les yeux. Seriez-vous prête à laisser ces terres tomber entre ses mains ?

— Ce n'est pas juste, dit-elle en repoussant son plat, dégoûtée.

Elle songea de nouveau à Isobel et à Bessie, ainsi qu'à l'horreur et à la peur dans leurs regards. Elle pensa à la maigre parcelle de terre et à la ferme où elle s'était arrêtée pour demander son chemin. Elle se remémora la ruse et la cruauté de Wilfred, le bétail volé, les maisons incendiées, les familles dispersées. Elle porta alors la main à sa joue encore bleuie par le coup.

— On ne peut pas le laisser gagner, dit Robert.

— Non, murmura Lucy.

— Ceux qui sont forts ont la responsabilité de protéger les autres, conclut-il en lui couvrant la main. Et vous êtes une femme forte, Lucy.

— Vous le croyez vraiment ?

Ses doigts tremblaient autour de son verre. Elle ne s'était jamais vue comme une personne forte. Au contraire, elle s'était détestée pour sa faiblesse lorsqu'elle n'avait pas pu sauver Alice et son bébé.

— Vous pouvez aider mes gens.

La voix de Robert était calme mais son regard était profond et déterminé.

— Oui, murmura-t-elle.

Elle savait qu'il n'y avait pas de retour en arrière possible. Robert était bien décidé à l'épouser et même s'il la laissait partir, plus rien ne pouvait sauver sa réputation. Elle ne pourrait plus reprendre son ancienne vie et faire comme si rien ne s'était passé.

— Vous avez besoin d'une femme pour remplir les conditions du traité, dit-elle en s'humectant les lèvres.

Sa gorge lui faisait mal. Elle but une autre gorgée de vin qu'elle avala d'un trait, sans le déguster.

— Non, dit Robert en lui prenant la main. J'ai besoin de *vous*.

Chapitre 13

Lucy regarda Robert dans les yeux et y lut toute sa détermination.

— Vous avez besoin d'une épouse dans votre lit et d'un héritier pour le domaine de Methven, dit-elle.

Elle aperçut l'incendie qui ravageait ses prunelles.

— En effet. J'ai besoin d'un hériter.

— Dans ce cas, je ne peux pas vous épouser, lança Lucy. Je ne peux pas coucher avec vous ni vous donner d'héritier. C'est impossible.

Elle ignorait ce qu'il trouverait à répondre à cela. Elle n'y avait pas réfléchi. Elle n'avait cherché qu'à lui dire la vérité. Maintenant, à sa grande surprise, il restait muet. Il ne lui demandait aucune explication, ne cherchait pas à la contredire ni à se moquer d'elle. Il se contenta de la contempler longuement et elle se détendit. La peur qui lui serrait la gorge se dissipa un peu.

— Je m'en doutais, dit-il avec un faible sourire. Dites-m'en plus, s'il vous plaît.

Stupéfaite, elle le regarda fixement.

— Cela vous est égal ?

Il haussa les épaules, légèrement tendu.

— Lucy, vous êtes allée au-devant de graves dangers pour vous enfuir. Chaque fois, vous avez refusé ma demande en mariage au risque de mettre en péril votre réputation. Je serais idiot si je n'avais pas compris qu'il devait y avoir…

Il fit une pause.

— … quelque chose de très important qui vous retient.

Il leva soudain les yeux vers elle et elle sentit son cœur bondir dans sa poitrine.

— Je suis flatté que vous ne me rejetiez pas personnellement, mais si jamais je me trompe, c'est peut-être le moment de me le dire.

Bizarrement, elle eut envie de rire.

— Robert, non, je… je vous aime bien…

Juste à ce moment-là, elle mesura l'ampleur de ses sentiments pour lui et l'excitation qui courait dans ses veines se mêlait à la tristesse de ne jamais voir se réaliser ce qui aurait pu exister entre eux.

Robert se leva et vint s'asseoir sur la table, à côté d'elle.

— Je suis prêt à vous écouter, reprit-il. Dites-moi, Lucy, pour quelle puissante raison ne pouvons-nous pas nous marier ? Après tout…

Sa voix se durcit légèrement.

— … vous étiez prête à épouser MacGillivray. C'était le mari idéal pour vous.

— Le mari idéal n'existe pas, dit-elle.

Elle était soulagée de pouvoir enfin être honnête après toutes ces années de faux-semblants. C'était comme si une porte s'était ouverte en elle pour laisser finalement échapper toute la vérité.

— Lord MacGillivray était un homme bon, mais il n'était le mari idéal que parce que, avec lui, j'étais en sécurité.

— Il ne désirait pas coucher avec vous, dit doucement Robert.

Une flamme brûlait dans ses prunelles d'un bleu vif.

— Vous avez choisi MacGillivray parce qu'il ne vous désirait pas.

Il lui saisit le menton pour l'obliger à croiser son regard.

— Vous redoutez l'intimité.

Il scruta son visage. Toute sa mauvaise humeur avait disparu.

— Non, dit Lucy. Je redoute les conséquences de l'intimité, et non l'intimité en elle-même. J'ai peur de tomber enceinte, d'accoucher…

Sa voix se brisa.

— Pourquoi avez-vous peur, Lucy ? demanda Robert. Que s'est-il passé ? Racontez-moi.

Il s'exprimait d'une voix très douce, très calme. Il prit sa main dans la sienne et l'obligea à se lever et à se diriger vers la cheminée où se trouvait une banquette garnie de coussins. Il s'assit à côté d'elle.

— Vous pouvez tout me dire.

— Alice, commença Lucy, était ma sœur jumelle. Elle est morte en couches.

Soudain, la douleur du souvenir la rattrapa et Lucy eut l'impression d'être sciée en deux. Elle posa une main sur son ventre pour la contenir mais elle était trop vive, trop violente. Elle poussa un petit cri.

« Aide-moi, Lucy ! J'ai tellement peur ! »

Ces paroles, criées dans la nuit, résonnaient encore dans son esprit. Elle se couvrit le visage puis baissa les mains. Ses yeux étaient secs car ses larmes étaient bloquées à l'intérieur de son être. Elle n'avait jamais pleuré la mort d'Alice car si elle commençait, elle craignait de ne jamais pouvoir s'arrêter.

Alors elle se mit à tout lui raconter :

— Tout a commencé le soir où vous êtes venu à Forres, dit-elle. Alice observait des gentlemen sur la terrasse. Elle a aperçu Hamish Purnell et est tombée amoureuse de lui au premier regard. En réalité, elle aimait surtout l'idée d'être amoureuse de lui. Au début, ce n'était qu'une amourette de jeune fille, puis c'est devenu beaucoup plus sérieux. Sauf que je ne m'en suis pas aperçue.

Elle plissa légèrement les yeux. Jamais elle n'avait parlé à personne de cette histoire et, à présent, la panique commençait à l'envahir, à lui raidir les muscles et lui faire battre le cœur.

Sa poitrine se serra.

Robert posa de nouveau sa main chaude et réconfortante

sur la sienne. Il la caressa doucement du bout du pouce dans un geste apaisant, ce qui lui donna la force de continuer :

— Purnell était marié, mais il a entamé une liaison avec Alice. Elle s'échappait pour aller le rejoindre dans les bois. Elle trouvait tout cela incroyablement romantique. Je l'avais mise en garde mais elle refusait de m'écouter. Alice n'en faisait toujours qu'à sa tête.

Soudain, elle ressentit une violente colère à l'égard de sa sœur, avec une acuité terrible, comme si la folie de sa jumelle datait de la veille.

— Je savais que ce qu'elle faisait était mal. Je le lui ai dit mais…

Un sanglot l'empêcha de continuer.

— Que s'est-il passé ? demanda très calmement Robert.

— L'aventure a pris fin, dit Lucy. Ou du moins, c'est ce que je croyais.

Ces paroles avaient un goût amer. Elle avait été si naïve, et elle se détestait pour cela. Elle regarda fixement Robert sans le voir et le visage d'Alice se superposa au sien.

— Après quelque temps, j'ai compris que quelque chose n'allait pas. Alice avait toujours été gaie et impulsive, elle riait quand j'étais sérieuse, elle était l'enfant frivole et moi la fille sage. Puis elle a changé.

Elle contempla ses mains. Ses doigts enlacés à ceux de Robert étaient pâles sur sa peau tannée.

— Elle est devenue maigre, calme et réservée, comme si toutes les couleurs de la vie l'avaient quittée.

— Elle était enceinte, conclut Robert.

Lucy acquiesça.

— J'ai terriblement souffert qu'elle ne m'ait rien dit. J'avais l'impression de ne pas être assez digne de confiance pour elle.

L'idée qu'Alice ne se soit pas confiée à elle la faisait encore souffrir. Elles s'étaient toujours tout dit. Sauf que cette fois, les choses avaient été différentes.

— En avez-vous parlé à quelqu'un d'autre ? demanda Robert.

Lucy secoua la tête.

— Alice m'avait fait jurer de n'en parler à personne, elle me l'avait fait promettre sur la tombe de notre mère.

Évidemment, elle avait accepté. Elles avaient gardé leur secret. Et même si Alice le lui avait caché très longtemps, même s'il s'agissait du secret le plus énorme et le plus effrayant au monde, trop grand pour elles seules, Lucy avait fait tout ce qu'elle pouvait pour le garder.

— C'était un secret très lourd à porter, dit Robert en se faisant l'écho de ses pensées. J'en suis navré pour vous.

— Alice avait prévu d'accoucher en secret et d'abandonner l'enfant, afin que personne ne le sache, dit-elle. Elle avait tellement peur des ennuis que cela pouvait lui attirer.

Elle contempla les flammes rougeoyantes dans la cheminée.

— Je ne m'en étais jamais aperçue parce que Alice m'avait toujours parue tellement courageuse, mais elle n'était qu'une enfant apeurée, et je ne valais pas mieux qu'elle.

— Vous étiez très jeunes, dit Robert. Pas étonnant que tout cela vous ait terrifiée.

— J'avais seize ans, dit Lucy.

Mais elle avait l'impression qu'il s'était passé une éternité depuis cet événement comme si, à l'époque, elle était une fille différente. Et pourtant, la blessure était toujours aussi fraîche et douloureuse.

— Alice a accouché prématurément, à sept mois, expliqua-t-elle. J'étais avec elle quand cela est arrivé. Aucune de nous ne savait quoi faire. C'était horrible.

L'amertume et le froid qui s'emparaient d'elle à ce souvenir menaçaient de nouveau de l'envahir. Elle voulait chasser ses souvenirs, partir en courant pour se cacher, comme elle l'avait toujours fait. Pourtant, quelque chose de plus fort, de plus puissant, l'en empêchait. Elle le sentait dans la force et l'assurance de l'étreinte de Robert, ainsi que dans son regard.

— J'ai compris que quelque chose n'allait pas, mais Alice m'a suppliée de ne pas la laisser. Même à la fin, elle avait tellement peur de s'attirer des ennuis. Je suis partie chercher de l'aide trop tard…

Elle s'interrompit.

— J'aurais pu la sauver, murmura-t-elle. J'aurais pu sauver l'enfant. Si seulement j'étais partie plus tôt. Mais je ne l'ai pas fait.

Elle claquait des dents. Elle se sentait épuisée, glacée jusqu'aux os.

— Lucy, dit Robert d'une voix si tendre qu'elle frémit.

Elle rêvait de se plaquer les mains sur les oreilles pour ne pas entendre cette tendresse, car elle était sur le point de perdre son sang-froid. Une seule parole de sa part pouvait la mettre à terre.

— Ce n'est pas votre faute si Alice et le bébé sont morts, dit Robert. Ne vous punissez pas. Vous avez fait ce que vous pensiez être le mieux. Vous aviez seize ans, Lucy. Vous devez vous pardonner.

— Je ne peux pas.

Les larmes étaient toutes proches à présent et cela la terrifiait car elle ne s'était jamais accordé le droit d'exprimer sa peine. Mais elle se sentait dévastée. Ce sentiment monta comme une grande marée et bientôt, elle fut incapable de le contenir. Il s'abattit sur elle et la submergea, et elle pleura et pleura encore. Robert tint son corps tremblant contre lui jusqu'à ce qu'elle mouille sa chemise.

— Ma chérie...

Il la serra plus fort et la berça doucement. Lucy était choquée de se sentir aussi bien dans ses bras. Une partie d'elle, poussée par ses vieilles craintes, voulut se dégager mais les bras puissants de Robert la retenaient et après quelques instants, elle l'accepta, lui et le réconfort dont elle avait tant besoin.

— Je suis désolée, murmura-t-elle, tellement désolée.

Il leva son visage vers lui et écarta quelques mèches de ses joues brûlantes avant de l'embrasser.

— Vous n'avez pas à être désolée, dit-il avec véhémence. Vous n'avez rien fait de mal, Lucy. Ce n'est pas à cause de vous qu'ils sont morts. Vous ne savez pas si votre sœur aurait survécu, et encore moins un nouveau-né prématuré.

Vous avez été très courageuse. Incroyablement courageuse et honorable.

Ses paroles ne firent qu'augmenter ses pleurs. Elle avait l'impression de ne pas pouvoir s'arrêter. Elle sanglota, haleta et se perdit dans ses pensées jusqu'à ce que ses larmes se tarissent et lui fassent oublier son état lamentable.

— Vous devez avoir beaucoup souffert, dit Robert doucement en lui caressant les cheveux. Cela a dû être insupportable de porter tout cela toute seule.

Il la serra quelques instants contre lui. Ses yeux brillaient doucement quand il la regarda.

— Je sais, dit Lucy, sur la défensive. Je dois avoir une apparence désastreuse.

— La question est surtout de savoir si vous vous sentez mieux maintenant que vous en avez parlé, dit Robert. Vous n'en avez jamais rien dit à personne, n'est-ce pas ?

Lucy secoua la tête.

— Je n'y arrivais pas. Je me sentais tellement coupable. Je faisais de terribles cauchemars. Même éveillée, je revoyais la scène se jouer sous mes yeux, encore et encore, comme si je ne pouvais pas y échapper.

Robert l'embrassa tendrement. Il n'y avait aucune exigence dans son baiser, seulement du réconfort et de la douceur.

— Vous vous êtes ouverte à moi, dit-il en souriant, et j'en suis heureux. Pas étonnant que vous ne vous imaginiez pas pouvoir coucher avec un homme et porter son enfant.

Il lui effleura doucement les cheveux.

— Après tout ce que vous avez traversé, il n'est pas surprenant que vous pensiez que tous les hommes sont des égoïstes et des goujats comme Hamish Purnell.

— J'ai confiance en vous. Je sais que vous n'êtes pas comme cela.

Elle baissa les yeux vers les boutons en nacre de sa veste et éprouva leur douceur du bout des doigts.

— Et, oui, ajouta-t-elle, je me sens beaucoup mieux. Je me sens…

Elle s'interrompit. C'était comme si un craquement venait

de fendre l'obscurité et diffusait un trait de lumière sur le vide de son cœur. Après ces huit années arides, elle avait du mal à le croire mais c'était vrai.

Et pourtant, ce n'était pas assez.

Elle leva les yeux et s'aperçut que Robert la regardait. À son expression, il savait déjà ce qu'elle allait lui dire. Le cœur de Lucy chavira.

— Cela ne change rien pour nous, murmura-t-elle. Vous ne le comprenez donc pas, Robert ?

Elle l'implora du regard.

— Je suis encore trop blessée, trop apeurée…

Elle vit le refus teinter ses traits et elle posa un doigt sur les lèvres de Robert pour lui intimer le silence. Comment pouvait-elle répondre à la fois aux exigences de son corps et de son esprit, aux baisers de Robert, et en même temps, ressentir cette terreur froide qui lui engourdissait l'esprit et le cœur dès qu'elle songeait au mariage et aux enfants ? Elle pensa au minuscule bébé d'Alice et frémit. Elle n'avait pas réussi à sauver un enfant qui avait besoin d'elle. Elle n'avait pas confiance en elle. Pas même maintenant qu'elle avait enfin dévoilé la vérité au grand jour.

— Je n'ai rien à vous offrir, dit-elle avec une douloureuse franchise. Ce ne serait pas juste à votre égard.

Robert lui prit la main et lui embrassa délicatement les doigts.

— Si vous m'épousez, je me contenterai de ce que vous pourrez me donner, dit-il d'une voix rauque. Je ne vous forcerai jamais à partager une intimité dont vous ne voulez pas.

Lucy écarquilla les yeux, choquée.

— Mais vous ne pouvez pas fonder un mariage sur cette base, bafouilla-t-elle. Vous avez besoin d'un héritier.

Soudain, le sourire de Robert se fit espiègle.

— Nous aurons un héritier avec le temps, dit-il avant de l'embrasser de nouveau, longuement et langoureusement.

Lorsqu'il la lâcha, elle était rouge et haletante.

— Avec du temps et de la confiance, je ne crois pas que cela soit impossible, murmura-t-il.

— La difficulté n'est pas de vous embrasser, dit Lucy.

— Je l'avais déjà remarqué.

Lucy sourit un peu mais son cœur se serra de tristesse. Elle savait que Robert ne lui demanderait pas plus que ce qu'elle était prête à lui donner. Pourtant, elle n'était pas certaine d'être assez courageuse pour lui donner un jour l'héritier qu'il voulait. Cette idée était trop terrifiante. Elle la ramenait dans cette pièce close, à cette odeur de mort et à la peur dans les yeux d'Alice.

Pourtant, le regard de Robert était serein et sa présence solide et rassurante la réchauffait de l'intérieur.

— Épousez-moi, dit-il doucement. À nous deux, nous pouvons y arriver.

Lucy imagina Wilfred Cardross revendiquer les terres de Methven et ses hommes brûler et piller les villages. Elle revit le visage las d'Isobel et la terreur dans les yeux de Bessie. Elle songea aux hommes du clan de Methven qui avaient donné leur loyauté et leurs vies à leur laird depuis des centaines d'années. Ils risquaient de perdre leurs terres et leur bétail. Elle pensa à la misère et à la pauvreté, à la famine qui seraient le prix de sa liberté. Elle se souvint du village stérile qu'elle avait traversé, de la poussière et du dénuement des fermes. Elle sentit la brûlure des vieilles haines et l'écho de cette inimitié dans son sang.

Elle imagina ne plus jamais revoir Robert Methven.

Elle pensa à la confiance qu'il avait en elle, lui qui croyait qu'ensemble, ils surmonteraient ses peurs.

Elle était son seul espoir.

Il la regardait, les traits tendus et le regard froid, comme s'il venait de prendre le plus gros pari de sa vie et qu'il était convaincu qu'il était en train de perdre la mise.

— Oui, je veux bien vous épouser, dit-elle enfin.

Mais la peur lui étreignit la gorge si vite qu'elle fut sur le point de se rétracter dans la foulée.

Pourtant, elle venait de lui faire sa promesse et elle vit

une lueur de triomphe et de satisfaction éclairer les prunelles de Robert.

— Mais pas demain, ajouta-t-elle très vite. Dans quelques jours…

Elle se tut en le voyant secouer la tête.

— Demain, dit-il.

Elle comprit son insistance. C'était le dernier test pour éprouver sa confiance en lui. Elle croisa son regard et sut qu'elle ne pouvait pas le trahir, qu'elle ne pouvait pas flancher au premier obstacle. Si elle voulait surmonter ses peurs et devenir une vraie épouse pour lui, si elle voulait lui donner l'héritier dont il avait besoin, elle devait croire en lui autant qu'il avait foi en elle.

— Très bien, dit-elle enfin. Nous nous marierons demain.

Chapitre 14

Robert était debout sur la jetée, le regard tourné vers l'océan. Il était tard. L'eau était noire et seuls le rugissement et le sifflement des vagues témoignaient de leur flux et reflux incessants. Quelque part au nord flottait Golden Isle, la seule partie de son patrimoine qu'il avait honteusement négligée depuis la mort de son frère. Depuis qu'il avait hérité du marquisat de Methven, Robert s'était fait un devoir de visiter chacun de ses domaines et de s'entretenir avec autant de personnes qu'il le pouvait. Il avait consacré du temps, de l'argent et des efforts considérables pour leur bien-être. Il avait défendu ces contrées du Nord contre les incursions de Wilfred Cardross, mais Golden Isle était le seul endroit où il n'avait jamais remis les pieds. C'était le seul endroit qu'il ne voulait plus jamais revoir. Il renfermait trop de souvenirs : ceux de la mort de son frère, de sa dispute avec son grand-père et du moment où il avait quitté tous ceux qu'il aimait.

Un régisseur était chargé de toutes les affaires qui concernaient l'île et cela lui suffisait. Il le fallait car Robert n'était pas prêt à en faire plus. Il n'avait jamais demandé à McTavish de rapports concernant l'île, et l'homme ne lui en avait jamais proposé. C'était comme si ce lieu n'existait pas.

Le lendemain, il quitterait Findon avec sa femme et ils voyageraient vers le sud. Il ne songerait plus jamais à Golden Isle. Mais à cette idée, la culpabilité lui transperça le cœur aussi sûrement qu'une lame.

Non, cela ne pouvait pas suffire.

Il voyait à présent le visage de Lucy, ainsi que ses paroles lorsqu'ils avaient abordé la mort de son frère et cette douloureuse dispute avec son grand-père avant son départ. Il avait refusé d'en parler car il avait honte du garçon têtu qu'il avait été, prêt à sacrifier tant de choses pour sa fierté. Il ne voulait pas que Lucy voie ses faiblesses, ni qu'elle sache à quel point il avait été inconscient et irréfléchi dans sa détermination à prouver à son grand-père à quel point il se fichait de Methven. Il lui avait montré qu'il était prêt à parcourir des milliers de kilomètres, au risque de blesser les personnes qu'il aimait. Il ne voulait pas que Lucy sache que c'était à cause de lui que Wilfred Cardross était en position de revendiquer les terres de Methven. Son départ à l'étranger avait donné l'avantage à son ennemi.

Lucy était une femme noble, forte et brave. Et maintenant qu'il connaissait son histoire, il était stupéfait par son courage. Elle n'aurait pas approuvé qu'il néglige une seule acre de ses terres. Elle était prête à prendre le risque de l'épouser pour contrer la cupidité et la cruauté de Cardross. Si elle avait assez de confiance pour le faire, il devrait avoir le courage de combattre ses démons et de retourner à Golden Isle.

Marmonnant un juron, il se pencha pour ramasser un galet et le lança dans l'eau. Enfant, il aimait beaucoup Golden Isle. Gregor et lui y avaient passé tellement de temps.

La nuit, aucune lumière n'émanait de l'île. En temps de guerre, les habitants utilisaient des phares pour prévenir du danger et demander de l'aide, mais à présent, tout était calme et silencieux.

Pris d'une soudaine agitation, il tourna le dos à la mer et reprit le chemin de l'auberge. Les pavés étaient mouillés par la pluie. La lueur chaude d'un chandelier perçait à travers les fenêtres mais celle de la chambre de Lucy était noire. Dormait-elle ou bien, comme lui, était-elle nerveuse ce soir ? Un élan de fierté possessif le traversa à l'idée que le lendemain, elle allait l'épouser. Lucy MacMorlan possédait tout ce qu'il désirait chez une femme mais il comprenait à quel point elle était profondément traumatisée par la grossesse et le décès de sa sœur. Pas étonnant qu'elle soit terrifiée à l'idée d'affronter les mêmes dangers qu'Alice. La perfection qu'elle avait cherché à atteindre prenait tout son sens. Elle avait essayé de racheter sa faute et s'était contrainte à une existence modèle, si bien que ses passions avaient dû s'exprimer autrement.

Et maintenant, elle se sentait perdue et confuse en raison de la forte attirance qu'elle ressentait pour lui tout en étant trop effrayée par les conséquences si jamais elle y cédait et qu'elle se donnait à lui.

Robert enfonça les mains dans ses poches. Heureusement que Hamish Purnell était déjà mort, sinon, il l'aurait pourchassé et l'aurait tué de ses mains pour avoir ruiné l'avenir de Lucy et trahi sa sœur.

Robert entra dans l'auberge en soupirant. Il avait envie de voir Lucy. Il était sidéré par son désir impérieux d'aller frapper à sa porte pour lui demander de le laisser entrer. Il avait besoin d'elle et pas seulement pour remplir les conditions de son héritage. Il avait besoin d'elle d'une façon beaucoup plus profonde et troublante.

Une telle vulnérabilité lui était étrangère.

Une seule solution s'imposa à lui. Poussant la porte du bar, il partit chercher une bouteille de brandy pour pouvoir oublier sa fiancée.

Lucy était en train de rêver. Elle courait dans des couloirs sombres sans fin et sans issue, à la recherche de quelque chose qu'elle ne trouvait pas, le cœur battant et la peur au ventre.

Elle se réveilla en sursaut, haletante et en sueur, les joues trempées de larmes. Peu à peu, ses palpitations s'apaisèrent et elle put respirer normalement, mais les affres du cauchemar l'ébranlaient encore.

Alice.

Elle se sentait envahie par un énorme sentiment de perte et de chagrin. Elle était nauséeuse et effrayée. Elle cligna les yeux et aperçut les lueurs blafardes de l'aube qui filtraient à travers les tentures du lit. Les dernières bribes du cauchemar se dissipèrent. C'était le jour de son mariage. Aussitôt, la nausée et la peur s'emparèrent de nouveau d'elle. Elle était terrifiée à l'idée que Robert ne tienne pas sa parole et qu'il insiste pour consommer leur union. Elle risquait alors de souffrir, comme Alice, de perdre la vie et de ne pas pouvoir s'occuper de son enfant.

Son cœur s'emballa de nouveau. Elle sentait l'étreinte familière de la panique lui serrer la poitrine et menacer de l'étouffer. Elle resta immobile et inspira profondément.

N'avait-elle pas confiance en Robert ? Le marquis était un homme bon, mais ses paroles rassurantes étaient comme un coup dans l'eau comparées à sa peur. Elle se sentait piégée. Il fallait qu'elle trouve une échappatoire.

Puis elle se souvint des paroles de Mairi. « Il existe des moyens de se protéger… »

Elle se figea puis réfléchit. Isobel McLain lui avait dit qu'il y avait une sage-femme au village qui vivait sur Thurso Road. Cette femme traitait les maux des villageois avec des teintures et des médicaments. Peut-être connaissait-elle des remèdes pour se prémunir des grossesses et l'aider à se protéger ?

Elle sortit du lit et frissonna dans l'air frais du matin. Les domestiques n'avaient pas encore allumé la cheminée et la pièce était glaciale. Elle enfila ses vêtements à la hâte, ouvrit la porte de sa chambre et descendit l'escalier à pas de loup.

L'auberge s'éveillait doucement. Elle entendait des bruits de casseroles et de voix dans la cuisine. Il fallait faire vite.

Elle sortit par la porte principale et remercia en silence le ciel que les gonds soient bien huilés. L'air du matin était vif et froid. Les entrées maritimes flottaient autour des maisons comme un linceul et étouffaient tous les sons. La bruine mouilla bientôt la pelisse de Lucy. La lumière était étrange, pâle, grise et angoissante. Aucun oiseau ne chantait et tout paraissait extraordinairement désert.

Bientôt, les maisons et les boutiques s'éclaircirent et Lucy aperçut la route qui serpentait dans la brume en direction de

Thurso. Elle découvrit alors deux maisons isolées où brillaient quelques lumières derrière les volets fermés contre le froid. Lucy se dirigea d'un pas lourd vers le dernier cottage. Un poulet grattait la terre de son enclos. Les canards s'enfuirent en caquetant bruyamment à son arrivée.

Elle frappa à la porte en bois et attendit. Elle ne reçut pas de réponse. De plus en plus nerveuse, elle s'apprêtait à tourner les talons lorsque le battant s'ouvrit. Une femme plus jeune qu'elle se l'était imaginée se tenait devant elle, avec un visage serein et un sourire chaleureux. Elle ne manifesta aucune surprise d'être dérangée si tôt par une journée aussi peu clémente. Elle ne la salua pas par une révérence mais par un hochement de tête.

— Milady.

Ainsi, elle savait qui elle était… Ce simple détail aurait pu lui donner envie de s'enfuir, mais la femme s'écarta et Lucy passa le seuil.

Il faisait chaud et sombre à l'intérieur du cottage faiblement éclairé par un feu de tourbe. Une unique lampe brillait sur le buffet. Des feuilles séchaient dans des paniers à côté du feu. La femme désigna l'un des fauteuils en rotin garnis de coussins colorés. Le cottage était propre et accueillant, et contrastait avec l'humeur triste et misérable de Lucy.

Elle était trop nerveuse pour s'asseoir. Elle resta debout, les mains serrées.

— Vous voulez du thé, milady ? demanda la femme en désignant la bouilloire qui sifflait doucement sur le poêle.

— Oh ! non, merci. Je…

Les mots restèrent coincés dans sa gorge. Maintenant que le moment était venu, elle ignorait comment formuler sa demande.

— Vous désirez quelque chose, certainement, dit la femme en penchant la tête sur le côté comme un oiseau curieux.

Le regard de la sage-femme s'éclaira.

— Comment puis-je vous aider ?

Lucy croisa son regard et eut le sentiment étrange que celle-ci savait exactement ce qu'elle voulait.

— Je m'inquiète un peu pour ma santé, dit Lucy très vite. Je sais que vous fabriquez des médicaments…

La femme hocha lentement la tête. Son air mystérieux ne l'avait pas quitté.

— Ces derniers mois, j'ai été un peu fragile, continua Lucy, et mon médecin m'a mise en garde…

Elle se força à déglutir tant son mensonge peinait à sortir de ses lèvres.

— Je dois attendre un peu avant d'avoir un enfant, dit-elle précipitamment, le temps de reprendre des forces. J'aimerais pouvoir éviter de… tomber enceinte.

La femme hocha de nouveau la tête.

— Le laird et vous devrez trouver un autre moyen pour percevoir l'héritage, alors.

— C'est exact, répondit Lucy, pétrie de culpabilité. Nous en avons déjà parlé. Les juges statueront en faveur de Lord Methven…

Le mensonge lui assécha la gorge mais la femme hocha de nouveau la tête et se tourna vers un petit placard en bois, comme si les affaires qui se déroulaient à la cour du roi d'Angleterre ne l'intéressaient pas du tout.

— Il existe une teinture de plantes qui pourrait vous aider, à base de rue et de pouliot.

Lucy éprouva un tel soulagement qu'elle sentit ses jambes se dérober. Elle se retint au dossier de la chaise.

— Et elle fonctionne ? murmura-t-elle.

La femme sourit.

— Elle fonctionne assez bien, dit-elle. Plusieurs femmes du village peuvent en témoigner.

Elle ouvrit le placard avec une petite clé accrochée à une chaîne qui lui ceignait la taille.

— Je vais vous en donner un flacon.

Lucy mit plusieurs pièces sur la table. La femme posa les yeux sur l'argent puis le rangea au fond de sa poche avant de placer doucement la fiole devant elle.

— Prenez-en tous les jours et vous serez protégée, déclara-t-elle.

Lucy s'empara du flacon d'une main tremblante et le rangea dans la poche de son manteau.

— Merci, dit-elle d'une voix tout aussi incertaine.

La sage-femme hocha une dernière fois la tête. Lucy sortit du cottage et prit une grande bouffée d'air frais avant de revenir vers l'auberge.

Dehors, le brouillard aussi dense qu'avant semblait l'envelopper comme une nappe de chagrin. Lucy passa devant l'église où elle allait se marier dans l'après-midi. La fiole cognait durement contre ses jambes quand elle marchait, lui rappelant à chaque pas sa trahison. Plutôt que soulagée, elle se sentait coupable, malheureuse et honteuse pour ce qu'elle avait fait.

« Pour te protéger… » Les paroles de Mairi résonnèrent dans sa tête et elle essaya de se convaincre que la teinture n'était qu'un garde-fou, une façon de se protéger si Robert ne tenait pas parole.

Néanmoins, elle se sentait misérable. Robert avait été honnête avec elle et avait clairement évoqué son besoin d'avoir un héritier. Il lui avait dit qu'avec du temps et de la confiance, elle se sentirait en sécurité, suffisamment pour consommer leur mariage. Lucy l'espérait aussi. Elle désirait désespérément que ce soit vrai mais était tout aussi effrayée à l'idée de se tromper, et que les ravages du passé ne puissent pas être réparés.

Elle ne s'attendait pas à se sentir si malheureuse à l'idée de trahir Robert. C'était un homme trop bon pour l'accuser si jamais ils n'avaient pas d'enfants. Il se rendrait devant les juges et défendrait sa cause. Avec un peu de chance, et un bon avocat, il gagnerait son procès et conserverait ses terres du Nord. Il n'apprendrait jamais qu'elle l'avait trahi.

Lucy frissonna en entrant dans l'auberge. Elle croisa alors Isobel qui remontait le couloir. Son air inquiet se mua en soulagement lorsqu'elle la vit.

— Dieu merci ! s'écria-t-elle. Nous avons cru que vous vous étiez enfuie !

Lucy se figea.

— J'avais besoin de prendre l'air, expliqua-t-elle.

Isobel leva des sourcils étonnés.

— Vous êtes trempée et glacée jusqu'aux os ! Venez vous réchauffer. Il est presque l'heure de vous préparer.

Tandis que la femme de l'aubergiste se dépêchait de commander de l'eau chaude et de la nourriture, Lucy monta l'escalier. Un feu crépitait à présent dans sa chambre, lui conférant un air chaleureux et accueillant. Elle accrocha son manteau au dossier d'une chaise et entendit la fiole cogner contre le bois. Elle la prit rapidement et la rangea au fond d'un coffre. Elle entendit alors les pas d'Isobel dans l'escalier ainsi que la voix excitée de Bessie. Il était l'heure de s'habiller en vue de son mariage.

Lorsque Lucy fut prête à se rendre à l'église, le brouillard s'était levé. Un soleil pâle perçait à travers les nuages. Iain McLain avait endossé le rôle de son père. Il s'avançait à ses côtés, accompagné de Bessie et d'Isobel, en direction de l'église. Tout était très calme. Aucune foule ne bordait les rues et personne ne se tenait derrière les fenêtres pour la regarder passer. Le silence était si profond qu'on aurait dit un enterrement. Il lui fit perdre encore plus son courage.

— Seigneur, dit-elle. Je savais que personne ne voudrait fêter le mariage du laird avec une parente de Wilfred Cardross, et qui pourrait leur en vouloir ?

Robert l'attendait devant l'entrée de l'église, comme le voulait la tradition. Elle le trouva merveilleusement beau, avec cette brise qui ébouriffait ses cheveux noirs. En la voyant, il sembla se détendre, comme s'il avait vraiment eu peur qu'elle soit partie. Lucy se souvint que Dulcibella l'avait abandonné au pied de l'autel et ressentit une soudaine fierté à être la femme qui se tenait à côté de lui aujourd'hui. Ce sentiment l'ébranla tant il était inattendu, surtout après avoir été la proie de ces cauchemars et de ces terreurs nocturnes terribles. Mais Robert était là à présent, et il lui paraissait tellement fort, tellement inébranlable et protecteur, que l'univers de Lucy sembla se stabiliser, lui aussi.

En suivant le chemin pour le rejoindre, elle entendit

brusquement des sabots marteler la route derrière elle. Elle fit volte-face et aperçut deux cavaliers qui galopaient vers eux. Elle reconnut aussitôt le beau cousin de Robert, qui avait été le témoin de son mariage avorté avec Dulcibella. L'autre personne était…

— Mairi !

La voix de Lucy flancha tandis que sa sœur descendait de selle pour courir vers elle et la serrer dans ses bras.

— Dis-moi que nous n'arrivons pas trop tard pour le mariage, dit Mairi. Nous avons chevauché jour et nuit pour venir.

Lucy resta sans voix, la gorge étranglée par l'émotion.

— Ne pleure pas, dit sa sœur. Ce n'est pas bon pour une mariée.

— Ce sont des larmes de joie, dit Lucy en s'essuyant les joues.

— Je n'ai pas pu résister à l'envie d'être ton témoin pour la deuxième fois, lança Jack Rutherford en donnant une tape dans le dos de Robert.

— Je ne sais pas si je vais accepter, dit ce dernier. La première fois a été un désastre.

Mais il sourit en serrant la main de Jack.

— Tout dépend comment on le voit, répondit celui-ci en s'inclinant devant Lucy avec un sourire espiègle. Je suis votre obligé, Lady Lucy. Je pense que Rob a été bien chanceux la dernière fois si en échange il peut vous épouser. Merci pour votre sacrifice.

— Eh bien, au moins, il n'aura pas besoin de m'épouser, moi, dit Mairi.

— Le sacrifice aurait été trop grand, répondit Jack avec humeur.

Ils échangèrent un regard noir suivi d'un silence tendu.

— Dites-moi, s'empressa de dire Lucy en observant les joues rouges de colère de sa sœur et le visage crispé de Jack, comment avez-vous fait pour arriver à temps ? Lord Methven ne m'a fait sa demande qu'hier soir.

— Robert a toujours été confiant, dit Jack. Il a écrit à Durness voilà quatre jours.

— Et Jack a toujours manqué de tact, dit Robert dans un silence pesant. Je n'ai jamais rien pris pour acquis.

— Il est aussi arrogant que son cousin, murmura Mairi.

Ils n'étaient pas encore arrivés devant l'autel mais ce mariage s'annonçait très étrange. Lucy intervint une fois de plus :

— Eh bien, ne faisons pas attendre le pasteur, dit-elle en prenant la main de sa sœur. Bessie et toi, vous serez mes demoiselles d'honneur.

— Je ne suis pas du tout habillée pour la circonstance, dit Mairi en contemplant le bas de sa robe couvert de boue, mais je serais très flattée.

Elle adressa un sourire à Bessie, qui le lui rendit et fit une profonde révérence.

— … un vrai cauchemar, murmurait Jack à Robert en se dirigeant vers la porte de l'église. J'ai failli l'étrangler plusieurs fois en cours de route. J'espère pour toi que sa sœur est différente. Au fait, je t'apporte une lettre de Forres qui est arrivée par un messager spécial. Le duc vous présente ses meilleurs vœux et te remercie pour le brandy.

— Le brandy ? intervint Lucy en se tournant vers eux, étonnée.

Robert lui sourit.

— Il existe une vieille tradition qui veut que l'on offre au père de la mariée une bouteille de son meilleur brandy.

— Dites plutôt que vous l'avez soudoyé afin d'éviter le scandale, dit Mairi sur un ton acerbe.

Lucy soupira.

— Surtout, faites comme si je n'étais pas là…

— Désolée, dit sa sœur.

Les joues de Mairi devinrent cramoisies lorsqu'elle posa les yeux sur Jack.

— Je suis navrée, Lucy. Je ne voulais pas laisser entendre quoi que ce soit.

— Très bien, répondit-elle. Je suis une fiancée scandaleuse, cela va de soi. Et je devrais me montrer reconnaissante que Lord Methven ait sauvé ma réputation après que mon cousin Wilfred l'a ternie.

— Lord Methven a de la chance de t'avoir, dit Mairi en lançant un regard noir à Robert comme s'il avait commis un crime abominable. Tu lui fais une faveur. Quant à ses douteux parents…

Elle regarda Jack avec hauteur. Ce dernier lui sourit en retour, nullement déstabilisé.

— Il faut espérer que tu ne sois pas contrainte de passer trop de temps avec eux.

— Nous aurions sans doute dû vous demander de déposer les armes à l'entrée de l'église, dit Robert en regardant tour à tour Mairi et Jack.

Il coinça le bras de Lucy sous le sien.

— Êtes-vous prête, mon amour ?

Mon amour…

Lucy sentit sa gorge se serrer. Il ne le pensait certainement pas, mais ces paroles mirent du baume sur ce mariage né de la nécessité. Elle hocha la tête, posa la main dans le creux de son coude et lui emboîta le pas.

Ils pénétrèrent ensemble dans l'église fraîche et sombre, et Lucy se figea. Elle était noire de monde. Tous les bancs étaient occupés par les villageois en habits du dimanche, les bras chargés de fleurs et le sourire aux lèvres.

— Ils sont là pour vous, murmura-t-elle à Robert, très émue.

— Et aussi pour vous, dit-il.

Lucy sentit des larmes lui brûler les paupières.

La cérémonie lui parut très courte. Isobel et Iain McLain furent leurs témoins. Jack et Mairi s'ignorèrent superbement. Lucy se souvenait très peu de ce qui s'était dit, mais elle se rappelait avoir dit « oui », et Robert avait prononcé ses vœux d'une voix forte et claire en lui tenant la main.

Ensuite, tout le village les accompagna à l'auberge. Les enfants couraient à côté d'eux en leur lançant des fleurs aux sons des cornemuses. Les gens les acclamaient. Les rues étaient animées et bruyantes.

Les gens de Robert étaient d'humeur à se réjouir. Ils avaient apporté toutes sortes de nourritures pour le festin : du poulet, des œufs, des pommes de terre, du fromage et de délicieux pains bannock avec du beurre. Ils accompagnèrent Lucy et Robert sur l'estrade où ils prirent place, serrés l'un contre l'autre sur le banc sous la pression des invités. Lucy sentait la longue cuisse de Robert contre la sienne et il lui fut impossible de l'ignorer. Elle avala une gorgée de vin pour se calmer.

— Voilà qui est mieux, approuva Mairi, assise un peu plus loin à côté de Jack Rutherford, qu'elle ignorait délibérément. Tu étais aussi pâle qu'un fantôme avant.

Ce n'était pas une description très flatteuse pour une mariée, mais elle était assez juste. Malgré la douceur de la journée et le grand feu de cheminée, Lucy avait les mains glacées. Elle avait froid et peur. Elle leva les yeux vers Robert. *Son mari.* Sauf que son esprit refusait de le voir ainsi. Il s'était passé trop de choses, trop vite, pour qu'elle puisse les intégrer.

Le changement entre la vie qu'elle menait une semaine plus tôt et celle d'aujourd'hui était un gouffre qu'elle se sentait incapable de franchir.

Robert, qui s'entretenait avec Iain McLain, se tourna vers elle et lui sourit. Il se pencha vers elle afin que personne ne l'entende.

— Vous n'avez rien à craindre, dit-il d'une voix douce.

Lucy rougit en imaginant qu'il avait pu lire ses doutes dans son regard. Il lui caressa brièvement la joue et ce geste la réconforta. Puis il poussa son assiette vers elle. Elle débordait de poulet rôti au parfum délicieux. Mais lorsqu'elle en prit une bouchée, elle lui trouva un goût de cendre.

— Mangez, dit-il. Il est bon et vous y avez à peine touché.

Elle essaya mais la nourriture se coinça dans sa gorge. Elle la fit passer avec un verre de vin. Peu à peu, elle sentit ses muscles se détendre. Elle but un peu plus, grignota légèrement et bavarda avec Mairi et Isobel. Puis on poussa les tables, et les violonistes entamèrent un morceau lent et évocateur qui ressemblait à une lamentation, avant de se transformer soudain en une danse rapide et furieuse, accompagnée d'acclamations et de cris de joie. La salle était pleine de villageois qui dansaient avec entrain. Lucy rejoignit Robert pour une danse folklorique. Elle virevolta de main en main jusqu'à revenir à son point de départ dans les bras de Robert, les joues rouges et les cheveux en bataille.

Il l'embrassa devant tout le monde et la foule rugit de joie. Les musiciens jouèrent *Le Quadrille de la mariée* et Lucy dansa à en perdre haleine.

Plusieurs danses plus tard, la porte de la salle s'ouvrit et des personnes déguisées firent leur apparition. Elles portaient des habits de paille, des chapeaux pointus et des masques pour cacher leurs visages. Aussitôt, la foule les applaudit et la musique enfla encore plus.

— J'espère que mon cousin Wilfred ne se cache pas sous ces accoutrements, murmura Lucy.

L'un des personnages déguisés vint s'incliner devant elle et lui tendit la main pour qu'elle le rejoigne sur la piste. Tout le monde rit et applaudit lorsqu'elle se leva. Elle ne connaissait pas les pas de cette danse mais c'était sans importance. Ensuite, plusieurs hommes accomplirent la danse de l'épée et Lucy s'élança de nouveau avec Robert puis avec Jack. Bientôt, elle virevolta dans une inlassable succession de danses, au rythme des cornemuses et des violons.

Soudain, la porte s'ouvrit avec fracas. Un homme aux vêtements couverts de boue se tenait là, une torche à la main. L'air harassé, il chancela dans la pièce.

— Milord ! s'écria-t-il.

Les violons se turent brutalement. Les bavardages et les rires cessèrent. Quelqu'un entraîna le nouvel arrivant vers un banc où il s'effondra avec reconnaissance. Un autre mit une chope de bière dans sa main et l'homme s'empressa de boire une gorgée. Une atmosphère étrange régnait dans la pièce. Tous étaient attentifs et tendus. Les conversations s'échauffaient doucement, comme un volcan prêt à entrer en éruption.

Tout le monde attendait.

— Milord, répéta l'homme en s'essuyant la bouche du revers de la manche. Je m'appelle Stuart McCall et je viens de Golden Isle.

Lucy sentit Robert se tendre à côté d'elle. Elle l'observa furtivement. Il se tenait immobile. Son regard était froid et son sourire s'était évanoui. Elle ressentait les émotions qui bouillonnaient en lui. Il y avait de la colère, et autre chose qui s'apparentait à de la douleur. Elle contempla ses traits sévères et tendus, et eut l'impression de se tenir à côté d'un étranger. Le Robert Methven qu'elle avait commencé à connaître avait disparu.

— J'espère que vous êtes venu me présenter vos vœux de bonheur pour mon mariage, dit Robert en vidant sa chope.

Il la posa lentement sur la table et toisa le nouvel arrivant mais l'homme ne cilla pas.

— Oui, milord, dit McCall. Et aussi pour solliciter votre aide.

Il y avait quelque chose de terrifiant dans l'immobilité de Robert.

— Mon aide ? demanda-t-il tout bas.

— Oui, milord, répéta McCall. Les gens de Golden Isle sont affamés, milord, et aucun laird n'a pris la peine de nous rendre visite depuis huit ans, depuis que…

Robert abattit la main sur la table et Lucy sursauta.

— Vous avez un intendant pour satisfaire vos besoins, dit-il d'une voix dure et pleine de colère.

— Neil McTavish ne se soucie nullement de l'île, répondit McCall d'une voix calme. Il n'a rien fait pour nous aider lorsque les récoltes ont été mauvaises, et les navires ne viennent plus commercer avec nous. Il ne nous a pas protégés non plus de Wilfred Cardross.

À l'évocation de ce nom, tout le monde dans la pièce retint son souffle. McCall regarda Robert droit dans les yeux.

— Vous êtes le laird. Il est de votre devoir de nous aider.

Un autre murmure secoua la pièce, rapidement étouffé lorsque Robert parcourut la salle du regard d'un air farouche.

— Êtes-vous en train de m'accuser de faillir à mon devoir de laird ? demanda-t-il d'une voix éteinte.

Un silence de mort tomba. Lucy sentait la tension par toutes les cellules de son corps et voyait la façon dont tout le monde gardait les yeux baissés. Certes, ils respectaient Robert en tant que laird, ici, à Findon. Il n'avait fallu que quelques jours à Lucy pour s'apercevoir que ces hommes et ces femmes avaient confiance en lui, et savaient qu'il était quelqu'un de fort, capable de les protéger. Mais apparemment, Golden Isle était son point faible. Robert semblait avoir oublié cet endroit.

McCall se redressa et ses paroles résonnèrent dans la salle.

— J'ai entendu dire que vous étiez un laird juste et bon, reprit-il. Mais vous n'avez pas protégé Golden Isle. Vous avez failli à votre devoir.

Robert bondit sur ses pieds, les yeux étincelants, la main posée sur le manche de son épée. Jack Rutherford intervint rapidement.

— Sortons régler cette affaire, Rob, dit-il calmement.

— Pas le jour de mon mariage, grogna Robert.

Il se rassit et désigna sa coupe pour qu'on la remplisse. Sa bouche avait pris un pli amer. La violence vibrait dans la salle. Lucy sentait toutes les émotions compliquées qui traversaient Robert. Il y avait de la colère mâtinée de honte et aussi de douleur.

Elle sentait le regard de Jack peser sur elle, qui l'implorait en silence d'intervenir. Soit il surestimait son influence, soit il était désespéré. La dernière hypothèse était sans doute la bonne.

D'ailleurs, tous les regards étaient braqués sur elle à présent.

Elle posa doucement la main sur le bras de Robert.

— Milord, je sais mieux que quiconque le danger que représente mon cousin de Cardross, et je sais également que vous n'exposeriez pas un seul homme de votre clan. Je suis prête à me retirer. Pourquoi ne pas vous entretenir avec ces gentlemen et venir me rejoindre plus tard ?

Le regard de Robert s'apaisa légèrement mais il semblait encore réticent. Après quelques instants, il lui prit la main, lui embrassa les doigts et répondit avec un faible sourire :

— Comme vous voudrez, milady.

Toute la salle sembla soulagée et se leva lorsque Lucy et Mairi quittèrent la pièce. Il y eut quelques sourires et hochements de tête pour les saluer, ainsi que du respect dans le regard des hommes.

Isobel McLain les conduisit dans la chambre que Lucy avait quittée le matin avant de se rendre à l'église. Elle avait été rangée et des pétales de rose parsemaient le lit, dégageant un doux parfum.

— Qu'est-ce qui a pris à Lord Methven ce soir ? demanda Mairi en aidant Lucy à enfiler la chemise de nuit qu'Isobel avait suspendue à côté du feu.

— Je l'ignore.

Elle était fatiguée et inquiète après toutes les tensions qu'elle avait subies dans la journée.

— Je ne le connais pas assez bien pour te donner une réponse.

Elle aurait aimé interroger Isobel mais en même temps, elle ne voulait pas que l'aubergiste s'aperçoive qu'elle ignorait presque tout de son mari. C'était trop humiliant.

— C'est entendre parler de Golden Isle qui l'a changé, constata Mairi. Il était parfaitement détendu avant cela, mais il est clair qu'il ne souhaite pas se rendre là-bas…

— Pourquoi ne le demandes-tu pas à Mr Rutherford ? l'interrompit Lucy. Il doit être au courant.

— Je ne donnerai même pas l'heure à cet homme, dit-elle sèchement.

— Mais qu'a-t-il fait pour te mettre dans une colère pareille ? Il a l'air si charment, et il est beau comme un dieu…

— Il est beaucoup trop beau et il le sait. Quel chien arrogant !

— Oh ! mon Dieu, dit Lucy en esquissant un sourire. Tu ne l'aimes vraiment pas.

— Je le déteste, gronda Mairi. Je serai heureuse de ne plus avoir à le supporter demain. Je rentre à Édimbourg. Je suppose que vous irez à Methven ?

— Je ne sais pas.

Soudain, son ancienne vie lui manqua terriblement.

— J'ignore où nous nous rendrons, ou si nous allons partir en voyage de noces. Tout est arrivé si vite.

Mairi s'assit au bout du lit.

— Je suppose que le moment est venu de te donner quelques conseils maternels, dit-elle.

— Maternels… Oh !

Lucy rougit violemment.

— Ne te donne pas cette peine, balbutia-t-elle.

Le visage de Mairi s'éclaira.

— Oh ! eh bien, si tu l'as déjà fait…

— Non, protesta Lucy. C'est… un mariage de convenance.

Mairi lui lança un regard stupéfait.

— Tu te moques de moi.

— Non. Pourquoi le ferais-je ?

— Parce que…

Mairi prit une profonde inspiration.

— Parce que Methven te regarde comme s'il lui tardait de coucher avec toi, dit-elle franchement. Voilà pourquoi.

Lucy avait très chaud. Elle n'avait pas envie de tout expliquer à sa sœur.

— Nous ne nous connaissons pas encore très bien, expliqua-t-elle.

— Je comprends. Mais avec le temps… il voudra un héritier.

Lucy acquiesça.

— Avec le temps.

Mais en contemplant le vaste lit devant elle, elle ne s'imagina pas prête à franchir le pas.

— S'il est tendre avec toi, la première fois, ça ne sera pas si terrible, dit Mairi. Il se peut que tu aies un peu mal et que l'expérience ne te plaise pas, mais si jamais elle devient trop désagréable, essaye de penser à autre chose. Aux danses folkloriques écossaises, aux cornemuses, ou à la couleur des tentures que tu mettras dans le château de Methven…

— Tu ne m'aides pas beaucoup, l'interrompit Lucy.

— J'essaye de le faire. Je voulais te dire que cela ne pourra qu'être mieux avec le temps, mais à ce moment-là, tu seras déjà enceinte…

Lucy frissonna et croisa les bras sur sa poitrine. Mairi se dirigea vers la fenêtre pour la fermer.

— L'air est frais ce soir. Va te coucher et tout ira bien.

Mairi la borda, lui déposa un baiser sur la joue et recula, l'air soudain inquiet.

— Tu veux que j'attende avec toi ?

— Non, merci, dit Lucy vivement.

Puis, voyant le visage de Mairi se décomposer, elle comprit qu'elle avait été un peu abrupte. Elle prit la main de sa sœur.

— Je suis vraiment heureuse que tu sois venue à mon mariage, dit-elle doucement, en espérant que sa sincérité lui permette de combler le fossé qui s'était creusé entre elles. C'est tout ce qui m'importe.

Un sourire éclaira le visage de Mairi, qui serra sa main dans la sienne.

— Je pense qu'Alice a dû te manquer, aujourd'hui. Je sais que ce n'est pas pareil, que toi et moi n'avons jamais été aussi proches…

Lucy secoua la tête.

— J'ai beaucoup de chance de t'avoir, dit-elle.

Mairi la serra dans ses bras avant de partir et Lucy resta assise dans la chambre devenue silencieuse. La fête se poursuivait dans la salle. Elle entendait le rugissement de la musique et des voix. Elle ignorait dans combien de temps Robert viendrait la rejoindre.

Il allait devoir venir la retrouver dans sa chambre pour sauver les apparences, même s'il ne lui avait pas dit s'il dormirait avec elle ce soir.

Soudain, elle se sentit agitée, seule et pétrie de doutes.

Elle se dirigea vers le coffre en bois et fouilla dans ses jupons et ses corsages avant de trouver la fiole contenant la teinture de pouliot. Il fallait qu'elle en prenne, juste pour être sûre d'être protégée.

Certes, Robert lui avait promis qu'elle n'avait rien à craindre et un instinct plus profond, plus tenace que sa peur, l'incitait à lui faire confiance.

Elle resta à genoux devant le coffre jusqu'à ce que ses jambes lui fassent mal puis, lentement, elle reposa la fiole au fond du coffre, se redressa et ferma le couvercle.

Chapitre 15

Robert était d'une humeur massacrante. Aussitôt après qu'il avait accepté de parler avec Stuart McCall, pas moins de cinq hommes de Golden Isle avaient fait leur apparition pour se joindre à eux. Robert était surpris de ne pas les avoir vus arriver. Sauf que McCall ne pouvait pas être venu seul de l'île. Ses compagnons avaient dû attendre dehors la bonne occasion de venir trouver leur laird. En les voyant, Robert s'était senti coupable de les avoir négligés depuis tant d'années. Il n'aimait pas être dans son tort et depuis la veille, il se sentait rongé par la culpabilité et le doute, et ces sentiments étaient nouveaux pour lui.

Les messagers étaient rassemblés dans le petit bureau d'Iain McLain. Ils formaient un groupe hétéroclite d'hommes burinés par les tempêtes, avec leurs cheveux blonds et leurs yeux bleu vif qui rappelaient ceux de leurs ancêtres nordiques. Ils avaient refusé de s'asseoir, tous à l'exception du plus vieux d'entre eux, tellement âgé qu'il pouvait à peine tenir debout. Ils avaient l'air mal à l'aise, comme s'ils étaient cernés, comme si leur place naturelle était au grand air ou en pleine mer, et non dans des endroits confinés.

Robert leur avait présenté son cousin Jack comme étant son bras droit et les hommes l'avaient salué poliment d'un signe de tête, mais à leurs manières réservées et à leurs regards prudents, Robert avait compris qu'il allait devoir beaucoup œuvrer pour regagner et conserver leur respect. Il pouvait difficilement leur en vouloir.

Les hommes gardèrent le silence pendant que McCall rapportait à Robert la situation désespérée dans laquelle ils se trouvaient sur Golden Isle. Ils avaient payé un lourd tribut pendant la guerre contre la France et leurs commerces en avaient pâti. Les récoltes avaient été maigres et, aujourd'hui, la population était au bord de la famine. Les autorités avaient enrôlé de force les jeunes insulaires dans la marine sans aucune compensation pour leurs familles. McCall lui confia qu'ils avaient même emmené des enfants de douze ans. Robert était furieux contre lui-même et se sentait encore plus coupable. Il avait préféré laisser Golden Isle entre les mains de son régisseur et se voiler la face.

McCall mit ensuite en cause ce même homme. Il porta des accusations graves contre McTavish lequel, non content d'avoir négligé le bien-être des habitants de l'île, avait été incapable d'importer la nourriture dont ils avaient besoin et de vendre leurs produits à un bon prix. Robert découvrit également que son propre régisseur était à la solde de Wilfred Cardross. À la simple mention de ce nom, un froid glacial s'abattit sur la pièce. Les hommes s'agitèrent et marmonnèrent entre eux. Il y eut une pause pendant laquelle Robert sentit planer quelque chose, comme une hésitation. Les hommes lancèrent des regards en coin vers McCall, qui prit une profonde inspiration.

— Cardross est un traître, dit-il. Il se sert de Golden Isle pour donner rendez-vous en secret aux navires français.

Robert vit Jack se raidir et s'agiter. Jusqu'à cet instant, ce dernier était resté poliment à distance et Robert savait qu'il avait la tête ailleurs. Mais à présent, son esprit était en alerte. Jack adorait les défis.

— Vous accusez Wilfred Cardross de trahison, dit Robert. Vous devez être absolument certains des faits.

Tous les hommes braquèrent sur lui des regards qui ne recelaient pas la moindre lueur de doute.

— Nous sommes sûrs de nous, dit l'un d'eux.

Puis il se pencha en avant, comme s'il voulait cracher

par terre pour manifester son dégoût pour Cardross, mais en présence du laird, il se ravisa.

— J'ai vu de mes propres yeux son bateau ridicule qu'il ose appeler « navire », avec ses voiles rouge et or qu'il sait à peine diriger. Il donne rendez-vous à un corsaire français dans la baie.

— Il lui donne du brandy et de la dentelle en échange d'informations, déclara un autre homme.

— Quelles informations ? demanda sèchement Robert.

— Des informations liées à nos défenses, au nombre de troupes, aux manœuvres militaires, dit McCall d'une voix calme. Des informations sur la garnison de Zetland.

Les autres hochèrent la tête.

— L'un des membres de l'équipage de Cardross était le fils de Frazer, des îles Orcades, affirma l'un d'entre eux. Il est parti quand Cardross a trahi son frère en le livrant à ce même corsaire et ses sbires.

— Ce sale traître ! siffla un homme.

— Maudit renégat ! ajouta un autre.

— Il nous a volé notre droit de vendre du whisky de contrebande ! lança un troisième, indigné que leur propre trafic illégal ait été compromis par Wilfred Cardross.

— Ce bâtard !

Ce mot fut prononcé avec une telle haine que Robert sentit une violence presque palpable emplir la pièce.

— Le problème, c'est que personne n'a cru le fils de Frazer, dit le plus vieux d'entre eux, que Robert croyait endormi sur son fauteuil. Mais vous, ils vous feront confiance. Ils vous croiront.

— Oui, s'écrièrent aussitôt les autres hommes.

Le mot résonna de nouveau dans la pièce, accompagné cette fois de plusieurs hochements de tête énergiques.

Tous les regards étaient braqués sur Robert.

Il prit le temps de leur répondre. Il savait que, contrairement à ce que ces hommes pensaient, s'il accusait Wilfred Cardross de trahison sans preuves, personne ne le croirait. Le comte prétendrait que la partie adverse lançait de fausses accusations pour truquer le procès en cours. Qu'elles étaient motivées par la malveillance et non par des faits. Robert s'attirerait alors de graves ennuis.

Il se tourna vers Jack. Son cousin savait ce qu'il pensait : pour prendre Cardross, il fallait lui tendre un piège. Cette idée lui plaisait d'ailleurs beaucoup. Depuis qu'il avait vu ce que les hommes de ce prétentieux avaient fait à Lucy, il rêvait de le pourchasser et de le tuer.

— Vous avez bien fait de venir me trouver, déclara Robert.

Les hommes le regardèrent, les yeux écarquillés.

— Mais vous comptez aller trouver les autorités ? demanda le plus vieux.

— Je le jure.

C'était sa négligence qui les avait conduits à cette situation. Il lui incombait maintenant de la réparer.

— Je partirai pour Golden Isle après-demain, avec la marée du soir, dit-il en se levant.

Les hommes s'animèrent brusquement. Une lueur d'espoir éclairait leurs yeux. Ils se regardèrent et hochèrent la tête en signe de satisfaction. Robert tendit ensuite la main à McCall puis serra celle de tous les autres hommes.

— Allez vous joindre au banquet, dit-il. Je dois m'entretenir avec mon cousin.

— Nous vous souhaitons beaucoup de bonheur pour votre mariage, dit le plus âgé d'entre eux en ôtant son couvre-chef. Même si vous avez épousé une parente de Cardross.

Jack, qui suivait d'un doigt nonchalant le dessin d'un navire qui ornait la couverture des livres de comptes de McLain, leva la tête après le départ du dernier homme. Il avait le regard brillant.

— Qu'allons-nous faire, Rob ?

— Je croyais que tu devais repartir vers le sud en compagnie de Lady Mairi MacLeod, dit Robert.

Jack se rembrunit.

— Je préférerais t'aider. J'aime ces îles du Nord. Elles me rappellent l'époque où nous arpentions les contrées sauvages sans foi ni loi du Canada.

Il enfonça les mains dans ses poches.

— De plus, j'ai besoin de distractions. Je m'ennuie terriblement sinon.

— Je croyais que Lady Mairi était un défi pour toi.

Jack se renfrogna.

— Mêle-toi de tes affaires, ou je te provoque en duel le soir même de tes noces. Nous étions en train de parler de Cardross.

Robert sourit et accepta de changer de sujet.

— Tu crois que c'est un traître ?

— Sans l'ombre d'un doute. Tout concorde. Il est à court d'argent, il est pris à la gorge par les usuriers et il est à la solde des Français. Maintenant, tu reviens au pays et non seulement il risque de perdre la main sur Golden Isle, mais ses actes de trahison risquent également d'éclater au grand jour. Il doit être terrifié.

— Parfait, dit Robert. J'ai besoin que tu te rendes à Methven, que tu choisisses trente de nos meilleurs hommes et que tu les amènes à Findon. Sois discret. Cardross ne doit pas l'apprendre.

Jack acquiesça.

— Tu veux que tout soit prêt quand il viendra te chercher, dit-il avec un petit sourire aux lèvres.

— Exactement, dit Robert. Je vais me servir de McTavish pour démasquer Cardross. Je vais lui mettre quelques idées en tête. S'il est vraiment à la solde de Cardross, il l'en informera sur le-champ. Et lorsque Cardross viendra, je serai là pour l'attendre.

— Tu as l'intention d'emmener Lady Methven avec toi à Golden Isle ? demanda Jack.

Robert fronça les sourcils.

— Qu'est-ce que notre grand-mère vient faire ici ?

— Je parlais de ta femme, imbécile. Il serait plus sûr d'envoyer Lady Lucy à Methven jusqu'à ce que son cousin soit arrêté.

— Lucy reste avec moi, dit Robert dans un élan possessif.

Il ne voulait pas prendre le risque de laisser Cardross

s'approcher d'elle, et le moyen le plus sûr de s'en assurer était de la garder à ses côtés. Il se rappela ce qu'il avait ressenti quand il avait vu Lucy se battre contre les hommes de Cardross au bord du lac. Une terreur inédite s'était emparée de lui. Il avait essayé de se convaincre que ses émotions étaient dues au seul fait que Lucy était la clé pour sauver son clan et ses terres, mais cela ne lui aurait pas rendu justice. Il éprouvait pour elle un mélange complexe de sentiments et ce, depuis le jour de leur première rencontre. Mais les émotions compliquées n'étaient pas son fort. Elles obscurcissaient le jugement et affaiblissaient les hommes. Pourtant, face à Lucy, il n'avait pas vraiment d'emprise sur ses sentiments.

Jack l'observait d'un œil inquisiteur et Robert se demanda s'il avait laissé transparaître malgré lui ce qu'il ressentait. Son cousin ne dit rien, mais leva son verre dans sa direction.

— Dans ce cas, dit-il, ne perds plus ton temps.

Il désigna la porte.

— Tu dois engendrer un héritier avant que Cardross te tue, ajouta-t-il.

Robert ne savait pas ce que son visage trahissait mais Jack baissa lentement son verre et plissa les yeux.

— Désolé, dit-il. C'est un sujet sensible ? Lady Lucy est déjà…

— Non, rugit Robert en ressentant l'envie brutale de frapper son cousin.

— Oh ! alors…

— C'est un mariage de convenance, expliqua Robert en se demandant pourquoi diable il se confiait à lui.

Peut-être avait-il bu plus que de raison.

Jack faillit s'étrangler en buvant son verre et Robert lui tapa dans le dos – ce qu'il fit avec beaucoup de satisfaction.

— Tu plaisantes ! dit Jack en toussotant. Ou alors, tu es fou.

— Cela s'appelle de la patience, répliqua Robert entre ses dents. Mais ce n'est pas une qualité qui t'est familière.

— Garde tes remarques pour toi. Mais pourquoi diable

as-tu accepté un mariage de convenance alors que tu as envie de cette femme depuis le premier jour ?

— Mêle-toi de tes affaires, ou je te provoque en duel le soir de mes noces.

Jack soupira et vida son verre d'un trait.

— J'imagine que tu sais ce que tu fais, pour le bien de Methven.

— En effet.

— Parfait, dit Jack en désignant la porte. Maintenant, va jouer aux échecs ou à tout autre chose avec ta nouvelle femme, puisque ce n'est qu'un mariage de convenance.

Ils sortirent ensemble. Jack retourna à la fête et Robert à l'auberge. Il monta lentement l'escalier sombre en passant une main lasse dans ses cheveux. Il avait mal à la tête, comme s'il avait trop bu. Il regagna sa chambre plongée dans l'obscurité et s'aspergea le visage. Puis il se tint dans l'embrasure de la fenêtre et posa les mains sur la pierre, le regard tourné vers l'océan.

Il allait devoir tenir parole et retourner à Golden Isle, mais ce soir, il n'avait plus envie d'y penser. Il avait envie de Lucy. Il avait besoin d'elle.

Il ouvrit la porte de sa chambre et vit de la lumière filtrer sous celle de Lucy. Il frappa doucement et poussa le battant.

À sa grande surprise, Lucy était réveillée. Elle était assise sur le lit, vêtue d'une chemise de nuit blanche très sage, étroitement nouée à son cou, constata-t-il avec amusement. Elle lisait un mince volume relié de cuir.

Robert sourit. Elle était exactement comme il s'attendait à la trouver : respectable d'une manière qui aurait dû lui interdire toute tentative de séduction. Hélas, il avait encore plus envie de défaire ses liens en dentelle et de la renverser sur le lit. Sauf qu'il lui avait promis de ne pas la toucher et qu'un gentleman tenait toujours parole.

Lucy leva les yeux de son livre et chassa les cheveux de son visage. Ils tombaient en cascade comme des feuilles d'automne sous la lueur pâle de la bougie et Robert rêvait de les toucher, d'y enfouir son visage, comme dès le premier moment où il l'avait vue.

— Je croyais que vous dormiez, dit-il sur un ton bourru. La journée a été longue et vous aviez l'air fatiguée.

Il vit Lucy se mordre les lèvres. Il n'aurait pas dû s'exprimer ainsi. Ce n'était pas vraiment un compliment à dire à sa femme, si belle et gracieuse à ses yeux, mais aussi si tendue.

Il ne lui avait pas facilité les choses non plus pendant la fête. Il en était douloureusement conscient. Voir les messagers de l'île venir lui rappeler comment il avait failli à ses obligations l'avait mis de mauvaise humeur, et tout le monde avait eu à en pâtir.

Si seulement il n'avait pas accepté les conditions qu'elle lui avait imposées ! Car il avait envie d'elle *maintenant*, et rêvait de se perdre en elle, dans sa douceur, afin de laver la noirceur de son âme. Il ne voulait pas songer au passé mais refusait encore plus de réfléchir à ce qu'il ne pouvait pas avoir. Il fallait qu'il amadoue son épouse avec sa tendresse, qu'il l'aide à surmonter ses peurs, et non qu'il la renverse sur le lit sans tenir compte de ses sentiments. Son mal de tête lui martela plus durement les tempes.

— Vous étiez ravissante ce soir, s'empressa-t-il d'ajouter d'un air gauche. Je voulais juste...

— J'étais très nerveuse, dit simplement Lucy en posant son livre.

Elle leva vers lui ses yeux violets pleins de candeur. Robert comprit et fut pris d'un élan protecteur.

— Je vous ai promis de ne pas vous faire de mal, dit-il d'une voix plus rauque que voulu.

Elle écarquilla les yeux.

— Je le sais.

Elle venait brusquement d'adopter le ton et l'allure de la fille d'un duc.

— J'ai confiance en votre parole, ajouta-t-elle. Mais le mariage tient à bien plus de choses que ce qui se passe dans une chambre à coucher.

Elle baissa les yeux et froissa la couverture entre ses mains.

— Je ne suis pas certaine de savoir être une épouse. J'ai eu si peu de temps pour m'y préparer.

Robert s'assit au bord du lit et prit ses mains entre les siennes.

— Vous en savez autant que moi. Je ne sais pas plus que vous comment être un mari.

Lucy esquissa un sourire.

— Oui, j'imagine.

— J'ai mis tellement d'énergie à trouver ma fiancée que je n'ai jamais réfléchi à ce qui se passait après le mariage, dit-il.

Il ignorait pourquoi il était si sincère avec elle. Il n'avait pas pour habitude de se dévoiler autant et pourtant, la franchise de sa femme méritait la même honnêteté de sa part.

Le sourire de Lucy s'élargit.

— Je n'avais pas pensé que vous puissiez être vous aussi nerveux.

— Je suis terrifié, répondit précipitamment Robert.

— Seigneur, dit-elle, soudain intimidée. Pardonnez-moi si j'ai du mal à vous croire. Je ne pense pas que vous êtes du genre à avoir peur facilement.

— Pourtant, je sais comment vous pourriez m'aider.

— Vraiment ? dit-elle en haussant les sourcils.

— J'ai envie de rester avec vous ce soir, dit doucement Robert.

Une lueur d'inquiétude traversa aussitôt le regard de Lucy.

— Mais vous avez dit que…

Il posa un doigt sur ses lèvres pour la réduire au silence.

— Tout va bien. Vous n'avez rien à craindre. Je veux juste être avec vous.

Il était à deux doigts de la supplier, constata-t-il, choqué. Il n'avait pas envie d'être seul. Il avait besoin d'elle.

— S'il vous plaît, ajouta-t-il.

Lucy ne paraissait pas entièrement convaincue. Robert se pencha vers elle et l'embrassa doucement. Les lèvres de celle-ci, incroyablement douces et pleines, éveillèrent son désir. Elle ne chercha pas à échapper à son baiser, mais n'y répondit pas. Il sentait son incertitude et sa peur. Lucy avait confiance en lui, mais elle était fragile. Il ne pouvait pas la trahir, même si, à cet instant, il maudissait son sens de l'honneur. Il existait toutefois d'autres moyens de renforcer leur intimité, jusqu'à ce que Lucy soit prête à consommer leur mariage. Elle ne surmonterait jamais ses peurs s'ils se tenaient à distance. Cela ne pouvait que les éloigner un peu plus jusqu'à ce qu'ils deviennent des étrangers l'un pour l'autre. Robert ne pouvait pas permettre qu'une telle chose se produise.

Il ôta ses bottes et les posa à côté du lit. Lucy le regarda d'un œil voilé. Puis il se débarrassa de sa veste et passa sa chemise par-dessus sa tête. Les yeux de Lucy étaient ronds comme des soucoupes lorsqu'ils se posèrent sur son torse nu.

— Vous avez des frères, dit Robert pour dissiper la tension. Vous avez déjà dû voir un homme nu.

— Oui, lorsque nous étions jeunes. Mais ils n'avaient rien à voir avec vous. Lachlan était maigre et Angus est un faible. Ils n'ont pas de muscles.

Elle détourna le regard de son torse et cligna les yeux, comme éblouie. Robert aimait voir sa surprise. Elle lui faisait chaud au cœur. Il allait en revanche devoir garder son caleçon car il ne voulait pas la choquer. Il souffla la bougie et se glissa à côté d'elle dans le lit. Il la sentit s'éloigner de quelques centimètres et il retint un sourire.

— Il y a bien assez de place pour deux, déclara-t-il.

Ce qui était faux. Le lit était petit et il sentait la manche de la chemise de nuit de Lucy frotter contre son bras nu. Plus bas, la hanche de celle-ci était collée à la sienne et sa cuisse nue était chaude à travers son caleçon.

Il grinça des dents.

Ils restèrent figés comme des statues pendant plusieurs minutes. Il entendait la respiration rapide et profonde de Lucy. Elle était raide comme un piquet. Elle s'éloigna encore de quelques centimètres et il lui prit le bras pour l'empêcher de tomber du lit pour de bon. Puis il se redressa sur un coude et écarta doucement les cheveux de son visage. Sa peau était douce comme de la soie, si tentante. Non, il ne fallait pas faire cela. Il voulait simplement qu'elle s'habitue à partager son lit avec lui, et rien de plus, mais le désir le tenait en haleine.

— Si je vous promets de ne pas aller plus loin, dit-il, acceptez-vous de m'embrasser ?

Il pria pour que l'intonation de sa voix ne trahisse pas son immense désir de l'entendre accepter.

La respiration de Lucy s'accéléra. Sa poitrine montait et descendait en effleurant son torse. Elle émit un petit bruit de gorge qui l'excita encore plus. Mais mieux valait qu'elle ne le sache pas, sinon elle risquait de prendre peur et de s'enfuir du lit.

Robert lui effleura les lèvres. Cette fois, après une légère hésitation, celles de Lucy réchauffèrent les siennes, bougèrent et s'écartèrent. Le désir le submergea comme une vague de lave mais il le contint d'une main de fer et, au lieu de l'embrasser jusqu'à plus soif, il recula.

Lucy le contempla comme s'il était une énigme complexe qu'elle ne parvenait pas à résoudre, puis leva une main vers son visage et caressa timidement sa joue rugueuse. Robert ferma les yeux en réprimant un grognement de plaisir.

Cette fois, ce fut elle qui l'embrassa, timidement. Elle enroula une main derrière sa nuque et l'attira vers elle. Elle était maladroite et inexpérimentée mais il la laissa l'explorer. Il sentait sa curiosité pointer derrière son angoisse et l'invitait à s'épanouir. La langue de Lucy glissa entre ses lèvres, le goûta et le découvrit. Cette exploration innocente était tellement excitante qu'il fut sur le point d'exploser mais il parvint à se contrôler.

— Tout va bien ? murmura-t-il dans un souffle.

Les prunelles voilées, elle cligna les paupières.

— J'aime beaucoup vous embrasser, dit-elle à voix basse. Je pense que vous essayez de me séduire.

— Pas encore, dit Robert en espérant que ce soit vrai.

Puis il sourit.

— Vous avez ma parole.

Elle hocha la tête et il la vit se détendre. Le troisième

baiser était si bon, si doux, si excitant, si brûlant et si plein d'infinies promesses qu'il faillit remettre en cause toutes ses honorables intentions. Il s'écarta et contempla la poitrine de Lucy qui montait et descendait sous le fin tissu de sa chemise de nuit. Elle avait les joues rouges de désir. Cette fois, elle n'ouvrit pas les yeux.

La pièce était plongée dans la pénombre. En bas, la fête battait son plein. Les invités chantaient maintenant à tue-tête et martelaient le plancher en dansant. Robert tira sur le lien qui retenait la chemise de nuit et la soie glissa entre ses doigts tremblants. Il posa alors les lèvres dans le creux de la gorge de Lucy et goûta du bout de la langue sa peau aussi douce que du satin. Elle gémit doucement mais resta immobile. Robert était aussi dur qu'un câble. Très lentement, il suivit le contour de son épaule et lui déposa de doux baisers sur la gorge, sur le cou, sous l'oreille, avant de revenir vers la base de sa gorge où battait son pouls.

Lucy battit des cils et ouvrit les yeux.

— C'est très agréable, murmura-t-elle. Merci.

Elle était si polie qu'il sourit. Mais cela lui donna encore plus envie de la séduire sans autre forme de procès.

Une fois encore, il se retint.

— Cela peut être encore plus agréable, dit-il. Mais nous attendrons pour cela.

La lueur de déception qui brilla dans le regard de Lucy était-elle le fruit de son imagination ? Elle avait soutenu qu'elle n'avait pas peur de l'intimité en elle-même, et elle semblait avoir dit vrai. C'était les conséquences de l'amour qui l'effrayaient. Il l'embrassa de nouveau et elle lui répondit avec une confiance et un enthousiasme qui le rendirent fou.

Juste encore un peu…

Il tira un peu plus sur la chemise de nuit avant de se pencher sur le creux entre ses seins. Sa peau était délicieusement chaude et douce, et sentait la lavande et la rose. Ses seins tendaient la soie de sa chemise de nuit. Le désir rugit en lui et il s'écarta brusquement.

— Ça suffit, grogna-t-il, sinon, je risque de ne plus répondre de mes actes.

Elle ouvrit les yeux, l'air désorienté. Puis elle comprit et rougit.

— Voulez-vous retourner dans votre chambre ? demanda-t-elle.

— Non, répondit Robert en priant pour pouvoir se contrôler. Je veux rester ici avec vous.

Elle acquiesça et ferma les yeux, puis poussa un petit soupir de contentement et se blottit contre son épaule. Son corps doux reposait contre le sien.

Seigneur. Robert savait qu'il devait se sentir heureux de la confiance aveugle qu'elle avait en lui, puis il se demanda, à moitié désespéré, s'il allait passer toutes les nuits avec Lucy dans cet état d'excitation. Poussant un soupir de frustration, il ferma les yeux et essaya de dormir.

Plusieurs heures plus tard, il somnolait encore sans vraiment trouver le sommeil lorsque le cri de Lucy le réveilla complètement. Il tendait déjà la main vers son poignard lorsqu'il s'aperçut que ce n'était pas un intrus qui était à l'origine de ce cri mais un cauchemar. Il roula sur le côté pour la regarder. Elle était allongée sur le dos et haletait, les yeux écarquillés. Sa peau était couverte de sueur et lorsqu'il la toucha, il la sentit fiévreuse. Son visage était brûlant et ses mains, glacées.

Il tenta de l'attirer vers lui mais elle lui résista quelques instants.

— Tout va bien, dit-il doucement en l'apaisant comme si elle était une enfant. Ce n'est qu'un mauvais rêve, rien de plus. Vous êtes en sécurité avec moi.

Elle parcourut son visage des yeux d'un air désespéré.

— Alice, dit-elle.

Mais Robert l'avait déjà deviné. Elle lui avait dit qu'elle faisait des cauchemars et il ne pouvait pas espérer les chasser aussi vite. Il réprima le pincement de colère et d'abattement qui l'avait saisi en voyant ses peurs refaire surface aussi tôt. C'était le signe qu'elle redoutait son mariage, qu'elle était terrifiée à l'idée de devoir engendrer un héritier. Mais il ne pouvait pas se laisser envahir lui aussi par le désespoir. Il ne pouvait pas abandonner avant même d'avoir commencé.

Doucement, prudemment, il la reprit dans le creux de son bras. Elle tremblait et il se servit de son corps pour la réchauffer. Peu à peu, elle s'apaisa et ses membres se détendirent de nouveau tout contre lui.

— Merci, murmura-t-elle.

Il aperçut le scintillement d'une larme sur sa joue et la chassa délicatement.

— Rendormez-vous, murmura-t-il.

Il la tint dans ses bras jusqu'à ce qu'elle retrouve le sommeil.

Comme il était étrange de se réveiller avec un homme dans son lit. La lueur pâle du matin qui filtrait dans la chambre à travers les volets l'avait tirée de son sommeil. La douceur de Robert et la chaleur de son corps avaient dissipé son cauchemar. Elle se souvenait s'être endormie dans ses bras. À présent, elle se sentait étrangement sereine. Elle resta quelques instants immobile, s'imprégnant de la singularité de la situation, puis elle roula sur le côté pour contempler son mari.

Il dormait, la couverture baissée sur la taille. Il avait posé un bras bronzé sur son corps de manière possessive. Elle pouvait voir la perfection de sa musculature, comme celle des statues de marbre de la bibliothèque de Forres. Sauf que Robert était chaud, vivant et fort, et elle brûlait de le toucher, mais sans le détachement qu'elle avait ressenti pour les sculptures froides de chez elle. Elle était poussée par une curiosité et un désir inédits.

Les sensations l'envahirent et elle se rappela les baisers et les caresses de Robert, la veille. Elle était nerveuse et fatiguée, tendue comme un arc, mais elle avait confiance en lui et il avait tenu sa promesse. Elle frémit légèrement en se souvenant de ses lèvres glissant sur sa peau. Elle porta la main à sa gorge et retraça le chemin que les siennes avaient pris. La veille, elle était presque trop fatiguée et apeurée pour se sentir excitée. *Presque*. Car le désir s'était emparé d'elle malgré tout. Et ce matin, il était encore plus vif. Elle se sentait vivante et ressentait un manque qu'elle ne comprenait pas.

Cédant à son impulsion, elle posa la main sur le torse de Robert, juste sur son cœur. Sa peau était chaude et ferme. Elle eut alors envie de coller ses lèvres contre les siennes pour apprécier leur goût. L'idée la choqua, au point de la faire sursauter. Elle s'écarta vivement. Puis elle se pencha un peu plus près pour étudier son visage, avec ses ridules au coin des yeux, ses longs cils noirs et la ligne dure de sa mâchoire. Une barbe naissante et rugueuse lui assombrissait les joues. Lucy était fascinée par ce spectacle. Jamais elle n'avait vu un homme d'aussi près auparavant.

Soudain, il leva la main, l'emprisonna contre son torse et ouvrit les yeux. Il lui adressa un sourire encore lourd de sommeil et Lucy sentit vibrer quelque chose dans sa poitrine.

— Bonjour, dit-il doucement.

Il enfouit la main dans ses cheveux pour l'attirer vers lui et l'embrassa.

— Il est trop tôt pour se lever, murmura-t-il contre ses lèvres. Tout le monde dort.

L'auberge était en effet silencieuse. Lucy chuchota à son tour :

— Qu'allons-nous faire, alors ?

Robert sourit et l'attira dans la chaleur du lit avant de l'embrasser de nouveau comme il l'avait fait la veille. Sous l'effet de ses longs baisers langoureux, Lucy se sentit lourde et fiévreuse. Tout était différent à la lumière du jour, plus audacieux et plus sensuel. Tous ses sens étaient envahis par la présence de Robert, par l'odeur de sa peau qui se mêlait au léger parfum de lavande des draps et lui donnait le vertige. Il l'embrassa longuement et elle perdit la notion du temps et de l'espace. Elle oublia tout ce qui n'était pas lui, la chaleur de son corps, de ses caresses et de sa bouche, de son essence même.

Lorsqu'elle finit par s'écarter, étourdie et torturée par le désir, elle découvrit que sa chemise de nuit avait glissé de ses épaules et s'était aussi étroitement enroulée autour de ses cuisses. Le tissu était trop serré, trop lourd, et l'emprisonnait. Elle désirait s'en défaire.

— Tout va bien, ma chérie ? demanda Robert en lui caressant la joue.

Ses doigts étaient frais alors qu'elle se sentait brûlante.

— Non, dit-elle avec humeur. Je veux…

Il partit à rire.

— Nous ne pouvons pas faire cela.

Quelle provocation ! Le poids chaud et lourd du désir faillit lui faire serrer les poings de frustration. Pourquoi son corps la tourmentait-il autant ? Pourquoi son esprit ne lui laissait-il pas de repos ? Elle oscillait entre le désir et la peur. L'espace d'une seconde, le désir sembla l'emporter mais la peur familière revint en force, comme un piège, l'étreignit tel un étau et dissipa tout son plaisir, jusqu'à ce qu'elle se sente de nouveau dévastée et vide.

Elle se mordit très fort les lèvres pour ne pas pleurer.

Dans un élan d'énergie, elle rabattit les couvertures et s'apprêta à quitter le lit. Tout, plutôt que rester allongée et laisser cette vague sombre la submerger.

— Je vais me lever, dit-elle.

— Revenez vous coucher, dit Robert d'une voix grave.

Lucy frissonna de nouveau, mais pas uniquement à cause du froid ou de la peur.

— Non, je…

— Il faut que l'on parle.

Il s'était redressé sur un coude, les cheveux délicieusement ébouriffés. Elle ressentit un pincement de désir. Il était si beau. Son cœur se serra à la fois de bonheur et de douleur. Elle se dirigea vers la porte puis se souvint que c'était sa chambre et qu'elle n'avait nulle part où aller.

— Je ne pense pas…

— Vous avez peur.

Il s'était exprimé d'une voix implacable, ne lui laissant pas l'occasion de fuir.

— Je comprends, poursuivit-il. Mais tout va bien se passer à présent, Lucy.

La tendresse de son regard lui donna envie de pleurer.

— Je vais veiller sur vous, conclut-il.

Elle voulait tellement le croire. Mais comme elle n'y arrivait pas, son cœur se serra de désespoir.

— Lucy, dit Robert en lui tendant la main. Venez ici.

Elle ne pouvait pas. Elle était complètement figée par la peur et la douleur.

Soudain, elle comprit qu'elle devait échapper à l'intimité de cette pièce et au regard de Robert, à la panique qui lui emplissait la poitrine et lui coupait le souffle. Les souvenirs étaient trop proches, trop effrayants. Ses défenses étaient trop fragiles. Quelque chose était en train de changer sans qu'elle sache dire quoi.

— J'ai des choses à faire, dit-elle d'une voix désespérée. Des courses… et puis je dois faire mes bagages. Mairi peut m'aider.

— Je doute que les boutiques de Findon vous occupent plus d'une heure, dit Robert.

Il soupira et se leva à son tour.

— Ma réputation n'y survivra pas si l'on apprend que mon épouse est debout de si bonne heure le lendemain de son mariage, dit-il sèchement en se baissant pour ramasser sa chemise.

Il se dirigea vers elle et l'embrassa profondément, en prenant tout son temps, afin qu'elle puisse sentir le désir qui pulsait derrière sa tendresse.

— Nous ne pouvons pas revenir en arrière, Lucy, dit-il avec fougue contre ses lèvres. Je ne le permettrai pas.

Puis il la lâcha et sortit à grands pas de la pièce.

Chapitre 16

— Tu es debout de bonne heure, constata Jack en entrant dans le salon réservé au petit déjeuner où Robert finissait son repas, le regard tourné ostensiblement vers l'horloge. Ah oui, je me souviens. Tu m'as dit que c'était un mariage de convenance.

Il se glissa sur une chaise et tendit la main vers la cafetière.

— Tu n'as pas l'air dans ton assiette, ajouta-t-il avec une compassion feinte. Tu as passé une mauvaise nuit ?

Robert lui décocha un regard noir.

— Je suis debout de bonne heure parce qu'il y a beaucoup à faire avant de partir pour Golden Isle.

Jack lui adressa un large sourire.

— Bien sûr. Et tout cela est beaucoup plus important que de séduire ta femme.

Robert lança rageusement son journal.

— Je t'ai demandé hier soir de te mêler de tes affaires, grogna-t-il avant de se lever. Tu me trouveras sur le port, dès que tu auras cessé de perdre du temps.

Il sortit. Ce matin de mai était très froid, mais il apprécia cette fraîcheur qui l'aida à s'éclaircir les idées – et à tempérer d'autres parties de son corps. Il aimait voir le jour se lever. C'était une heure de la journée qu'il avait toujours appréciée.

Ces quelques instants de tranquillité lui donnaient du temps pour réfléchir à Lucy. En arpentant les rues calmes de la ville qui s'éveillait, il songea à la façon dont elle avait répondu à ses baisers, l'avait embrassé en retour et caressé avec un plaisir mêlé de curiosité innocente. Elle avait failli se laisser séduire, jusqu'à ce que ses souvenirs la figent et la tirent du lit. Il l'avait vue se replier sur elle-même et ériger de nouveau les barrières dont elle s'était servie pour se protéger par le passé. Il allait devoir faire tomber ces murs. Il ne pouvait pas laisser la tragédie du passé détruire son futur.

Quand il bifurqua vers le quai, le vent le frappa avec force. Il avait chassé tous les nuages et, au loin, Robert vit Golden Isle flotter à l'horizon. Il carra les épaules. Il avait épousé Lucy pour sauver son héritage et cette île en faisait partie. La veille, il avait été durement confronté à ses responsabilités. Il ne pouvait plus les fuir à présent.

Il passa la journée sur le quai à charger des provisions pour le voyage, à s'entretenir longuement avec McCall sur les conditions de vie sur Golden Isle et à parler avec Jack de son plan pour piéger Wilfred Cardross.

Enfin, lorsque le soleil plongea à l'ouest derrière les montagnes, il reprit le chemin de l'auberge avec Jack, conscient de son corps exténué, conscient de s'être volontairement épuisé afin de faire barrage à tout le reste. Car un seul regard sur Lucy suffisait à lui rappeler ses frustrations.

Elle était assise dans le salon éclairé par le feu de la cheminée et parlait à voix basse avec sa sœur tout en finissant son repas. Elles avaient manifestement fait les boutiques car Lucy portait une nouvelle robe. Même Robert, qui ne s'intéressait pas beaucoup à la mode, pouvait voir qu'elle lui allait à merveille. Elle était d'un brun profond avec un liseré doré et un décolleté plongeant en dentelle blanche qui soulignait le haut de sa gorge. Ses cheveux étaient relevés en chignon, mais des mèches rebelles bouclaient sur sa nuque. Lucy donnait l'impression d'avoir été peinte avec des couleurs d'automne, lumineuses et flamboyantes. Contrairement au jour précédent, où Robert l'avait vue pâle et tendue dans sa robe de mariage, elle semblait rayonner. Dans l'ombre, ses iris brillaient comme des améthystes.

À côté de lui, Jack poussa un long sifflement admirateur. Lady Mairi parut apprécier ce geste aussi peu que lui. Il fusilla Jack du regard en voyant celle-ci se lever dans un bruissement de soie.

— Ah, vous êtes enfin de retour ! lança-t-elle à Robert sur un ton lourd de reproches. Pardonnez-nous d'avoir dîné sans vous. Nous avions faim.

Puis elle passa devant eux en prenant soin de se tenir aussi loin que possible de Jack. Robert l'observa d'un œil amusé tandis qu'elle tirait soigneusement sur ses jupes pour qu'elles ne touchent pas Jack. Quelques instants plus tard, ce dernier sembla se ressaisir et lui emboîta le pas. Robert ferma la porte derrière eux.

Lucy s'était levée à son tour. Malgré toute son élégance, son regard exprimait ses incertitudes. Robert se rappela la veille, quand elle lui avait dit qu'elle ne savait pas comment se comporter en tant qu'épouse, et il sentit monter une bouffée de tendresse.

— Il reste encore du bœuf, proposa-t-elle, si jamais vous avez faim.

Robert était affamé mais il avait d'autres choses en tête : il traversa la pièce, prit Lucy dans ses bras et l'embrassa. Il sentit sa surprise ainsi qu'un soupçon de résistance. Puis elle émit un petit bruit de gorge et ses résistances se dissipèrent tandis qu'elle répondait à son baiser.

Il faillit renoncer à son dîner tant son désir de monter lui faire l'amour était grand. Au prix d'un gros effort, il se ravisa au dernier moment et la lâcha. Bon sang, s'il ne contrôlait pas mieux ses élans, il risquait de lui faire peur de nouveau, et tous les progrès obtenus jusque-là seraient réduits à néant.

— Je devrais aller me laver et manger, grommela-t-il.

Elle acquiesça. Elle avait les joues roses et ses yeux brillaient comme des étoiles. Elle se mordit les lèvres et le regarda. Robert sentit son corps se tendre à la limite du supportable. Il chercha à tâtons la poignée de la porte afin de mettre de la distance entre eux.

Avec un vague signe de la main, il avança à reculons dans la pièce et faillit percuter Isobel qui arrivait avec un autre plateau de nourriture. Il s'excusa rapidement en maudissant sa maladresse. Sa nouvelle épouse était en train de le rendre fou.

Lucy le regardait d'un air soucieux à présent, comme si elle s'inquiétait pour lui.

— Vous vous sentez bien ? demanda-t-elle en tendant les mains vers lui.

Il fit un bon en arrière.

— Rien qu'un bon repas chaud ne puisse arranger.

— Bien sûr, dit-elle en laissant retomber ses mains le long de son corps.

Elle sourit à Isobel, fit à Robert une révérence parfaite et sortit. Il se passa la main dans les cheveux et se maudit de nouveau. Il aurait préféré que Lucy reste pour lui parler, même s'il risquait de se ruer sur elle plutôt que sur son repas. Maintenant, elle était fâchée, et certainement confuse. Mais il se sentait tellement nerveux qu'il ne pouvait rien faire pour la rassurer.

Il s'assit sur une chaise et s'attaqua à sa tranche de bœuf, de mauvaise humeur. Qui eut cru que ce mariage s'avérerait si compliqué ?

Lucy faisait les cent pas dans sa chambre. En l'absence de leurs servantes, Mairi l'avait aidée à se changer pour la nuit avant de se retirer. Si seulement elle avait demandé à sa sœur de rester ! N'importe quelle compagnie aurait été la bienvenue. Elle avait pris son livre et avait essayé de lire sans comprendre les mots qui défilaient sous ses yeux. Elle ne parvenait pas à se concentrer. Elle ne cessait de se demander pourquoi Robert l'avait si délicieusement embrassée avant de s'éloigner d'elle si brusquement.

Ce matin, il lui avait juré qu'il ne la laisserait pas mettre des barrières entre eux et, même si elle tremblait en secret, elle avait envie de lui faire confiance. Pour le bien de son mariage et l'avenir de Methven, elle savait qu'ils ne pouvaient pas vivre séparément, éloignés l'un de l'autre. Jour après jour, elle sentait une partie de son cœur s'ouvrir et voyait s'y répandre un trait de lumière. Elle savait que Robert ne lui ferait jamais de mal. C'était un bon début. Elle s'était donc préparée à ce qu'il vienne la retrouver ce soir, pour continuer ce qu'ils avaient commencé la veille. Mais il s'était éloigné d'elle comme si elle avait la peste.

Ah, les hommes ! Elle avait le sentiment que jamais elle ne les comprendrait.

En entendant des pas dans l'escalier, elle bondit sur ses pieds. Le parquet craqua sur le seuil. Robert échangea quelques mots avec son cousin avant de lui souhaiter bonne nuit. Lucy attendit en retenant son souffle.

La porte en face de la sienne se ferma avec un bruit sec. Puis le silence se fit. Lucy se rassit dans son fauteuil. Le tic-tac de l'horloge et les crépitements du feu résonnaient dans ses oreilles. Elle serra les accoudoirs en attendant, puis la tension s'accentua. Le temps passa. Elle avait les pieds glacés.

Il ne viendrait pas la retrouver, ni même lui souhaiter bonne nuit.

Sans prendre le temps de réfléchir, ni de se laisser gagner par la peur, elle s'empara d'une bougie sur la table de nuit puis ouvrit la porte de sa chambre. Dans le couloir, le froid s'engouffra autour de ses chevilles et elle frissonna. Puis elle frappa doucement à la porte de Robert et, sans attendre sa réponse, entra dans la chambre.

Il était étendu dans un fauteuil devant la cheminée, un verre de brandy dans la main. Il leva les yeux vers elle mais ne paraissait pas heureux de la voir.

Elle avait commis une erreur.

La peur qui lui tenaillait le cœur faillit la faire reculer vers la porte ouverte, mais son caractère obstiné lui fit faire un pas en avant.

— Vous n'êtes pas venu me souhaiter bonne nuit, dit-elle en fermant le battant derrière elle.

Puis elle posa délicatement la bougie sur la commode.

— Ce matin encore, continua-t-elle, vous disiez que vous alliez vous battre pour notre avenir, et maintenant, vous me rejetez.

Le silence dura si longtemps qu'elle crut qu'il ne lui répondrait pas. Puis il leva les yeux vers elle, des iris d'un bleu vif étincelant. Elle se demanda s'il était ivre, et son cœur manqua un battement.

— Je m'efforce de respecter vos souhaits, grogna-t-il, et non de vous prendre sur-le-champ.

Il parcourut lentement son corps du regard, avec insolence, et Lucy prit conscience de ses pieds nus et des mèches de cheveux qui s'échappaient de sa longue tresse.

— J'aurai beaucoup de mal à me contrôler, continua-t-il platement, surtout si vous apparaissez dans ma chambre vêtue d'une simple chemise de nuit transparente.

— Oh.

Les joues de Lucy s'empourprèrent. Elle se sentait naïve et stupide à la fois.

— Je vois.

— Oui, lança-t-il sur un ton railleur. Et je m'excuse de vous trouver si irrésistible. Ma vie est un enfer.

Il se leva et, d'instinct, Lucy recula d'un pas. Ce geste n'échappa pas à Robert et il haussa les sourcils. Non, il n'était pas ivre et elle en éprouva un grand soulagement.

— Je suis désolée, dit-elle. Je dois m'en aller.

Mais elle ne fit pas un geste.

Il attendait, lui donnant tout le temps nécessaire pour se décider, alors que son cœur tambourinait dans sa poitrine.

Mais elle ne bougeait toujours pas. Elle ne pouvait détourner les yeux de son visage aux traits durs, comme taillés dans la pierre. Cependant, elle n'était pas effrayée. Elle savait que derrière cette dureté se cachait une tendresse qui lui faisait fondre le cœur. En deux pas, il réduisit la distance qui les séparait et la prit dans ses bras. Lucy poussa alors un petit cri de soulagement en se blottissant contre lui. Elle l'enlaça et le serra contre elle.

— Pourquoi êtes-vous restée ? demanda-t-il contre ses cheveux.

— Parce que nous nous sommes promis d'essayer…

Elle tremblait.

— Parce que j'ai envie d'être avec vous, ajouta-t-elle. J'ai confiance en vous.

Il s'écarta un peu d'elle pour la couver du regard.

— Je ne vous ferai pas l'amour, Lucy. Il est trop tôt. Vous n'êtes pas prête.

Elle le savait déjà. Elle avait envie de lui mais cela ne suffisait pas à bannir les souvenirs qui planaient dans son esprit comme des vautours, ni à chasser ses peurs. Pas encore.

— Je le sais, dit-elle, alors qu'une partie d'elle rêvait qu'il la prenne sans tarder.

Mais elle ne voulait pas le regretter plus tard.

— La nuit dernière...

Elle s'interrompit et se rappela que Robert la trouvait irrésistible, il le lui avait dit. C'était certainement trop lui demander que de mettre à l'épreuve plus que de raison sa capacité à se contrôler. Malgré son manque d'expérience, elle savait cela des hommes.

— Je suis navrée, dit-elle encore. C'est injuste pour vous.

Robert la prit alors dans ses bras et l'allongea sur le lit avant de s'allonger sur elle.

— Bon sang, souffla-t-il contre son oreille. Je préfère que vous restiez avec moi, que ce soit injuste ou non.

Quelle folie ! Robert contempla sa femme allongée à côté de lui sur le lit et comprit qu'il allait au-devant d'une nouvelle nuit de frustration et d'inconfort. Mais le prix à payer était bien faible car Lucy avait tendu la main vers lui et, pour la première fois, elle était venue à lui de son propre chef. L'idée qu'elle puisse être prête à se donner à lui faisait battre son cœur. S'il parvenait à chasser la noirceur qui l'habitait pour la remplacer par de la lumière et de l'espoir, cela en valait la peine, même s'il mourait de frustration en chemin.

Dans la vie, rien n'était jamais gagné, il le savait mieux que quiconque, mais il était fermement décidé à ce que celle de Lucy ne soit pas gâchée par la peur.

Il tira alors sur le ruban qui attachait sa tresse et le défit. Puis il libéra méticuleusement ses cheveux et passa les doigts dans sa chevelure soyeuse, comme il avait rêvé de le faire toute la journée. Ils étaient aussi doux qu'il l'avait imaginé. Leur couleur et leur texture le fascinaient.

Lucy resta immobile, le regard voilé et les yeux grands ouverts. Puis Robert céda à l'envie de se pencher vers elle pour l'embrasser. Elle émit alors un petit bruit de gorge en s'abandonnant, comme si elle attendait ce moment depuis longtemps. Ses lèvres étaient douces et brûlantes.

Robert était déjà tendu mais il maîtrisa son désir en se félicitant de découvrir en lui des trésors de retenue qu'il ignorait jusque-là.

Il délaissa Lucy brièvement pour se débarrasser de sa veste, de sa chemise et de ses bottes, comme il l'avait fait la veille. Cette fois, lorsqu'il revint vers elle, elle le prit avec fougue dans ses bras et caressa ses épaules nues, ses bras et son dos, explorant son corps. Robert serra les dents mais la laissa faire. Ses caresses étaient pleines d'une innocence et d'une curiosité aussi tentantes que séduisantes.

— Votre peau est si douce, si chaude, murmura-t-elle.

Elle passa la main sur son ventre, juste au-dessus de son pantalon, et Robert sentit son sexe frémir. Il s'empara fermement de son poignet.

— Ça suffit. Sauf si vous voulez éprouver encore plus mon sens de l'honneur et me faire mentir.

Elle écarquilla les yeux, puis s'humecta les lèvres. Robert retint un grognement. Puis il l'embrassa de nouveau et glissa la langue dans sa bouche pour l'explorer en profondeur, jusqu'à ce que Lucy se tortille sur les draps en le caressant avec ferveur.

Il s'écarta. Les volets n'étaient pas fermés et dans la pénombre, Lucy semblait se languir, si séduisante, comme prête à se donner à lui. Son regard était voilé par le désir, ses lèvres étaient entrouvertes. Sa poitrine montait et descendait rapidement sous le tissu diaphane de sa chemise de nuit. Robert inspira profondément pour se calmer.

Ils jouaient à un jeu dangereux.

— Comment vous sentez-vous, ma chérie ? demanda-t-il.

Elle lui sourit et posa la main sur son torse nu.

— Je me sens très bien, merci, murmura-t-elle. Je me sens… en sécurité.

Bon sang. Ce n'était pas du tout son sentiment. Si sa tendresse et son instinct protecteur croissaient encore, il serait perdu pour de bon. Il lui déposa un baiser dans le creux de la gorge. Sa peau était chaude, légèrement salée, et il sentit son propre corps se tendre.

— Voulez-vous que j'arrête ? demanda-t-il d'une voix rendue rauque par son désir contenu, une voix qu'il reconnaissait à peine.

— Non. Pas si vous avez envie de continuer.

Il aperçut une lueur de défi dans son regard, dépourvu de toute crainte. Elle n'était que triomphe face à sa faiblesse.

— J'en ai envie, grogna-t-il. Vous me plaisez beaucoup.

Il tira alors sur le lien à son cou qui retenait sa chemise de nuit. Le col s'ouvrit et il aperçut toutes les ombres et les courbes secrètes de son corps qu'il brûlait de posséder. Lentement, prudemment, il traça une ligne qui partait de son menton vers le creux de sa gorge, puis de plus en plus bas, sur la vallée de sa poitrine voluptueuse.

Elle retint son souffle. Ses seins se raidirent sous sa fine chemise de nuit. Robert se pencha pour prendre leur bout entre ses lèvres et les mordilla doucement à travers le tissu. Lucy poussa un petit cri de plaisir étonné et une fois encore, Robert eut l'impression d'être un dieu.

Elle s'arc-bouta sur le lit, son corps offert à lui, l'implorant de lui donner plus de plaisir.

— S'il vous plaît, supplia-t-elle, bouleversée. Ne vous arrêtez pas.

Robert tira sur la chemise de nuit et la dénuda jusqu'à la taille. La bougie était sur le point de s'éteindre et les ombres avaient envahi la chambre. Le corps de Lucy était pâle, presque éthéré dans l'obscurité. Robert avait envie de se délecter du spectacle mais ne voulait pas rompre le charme en rallumant une bougie. Il préféra lui caresser doucement les épaules, avant de revenir lentement vers le doux renflement de ses seins. Il lui effleura le flanc et suivit le contour de sa poitrine jusqu'à ses pointes, jusqu'à entendre les halètements de plaisir de Lucy. Il répéta encore et encore ce mouvement et la sentit se raidir sous ses doigts doux mais insistants, l'amenant à satisfaire un désir dont elle ignorait tout.

Lorsqu'il suivit avec les lèvres les côtes de Lucy pour remonter vers le sommet de ses seins, elle cria de nouveau et s'arc-bouta au point de se soulever du lit, tandis que son corps implorait Robert en silence.

Il ne se fit pas prier. Il aspira, mordilla, suça sa poitrine ronde et pleine jusqu'à ce que Lucy se torde dans ses bras et qu'elle s'abandonne à ses caresses en oubliant toutes ses peurs. Elle avait un goût de rose et de désir, et le sexe de Robert était si raide qu'il brûlait de plonger en elle. Mais il ne perdait pas de vue que ceci n'était que le début. Le plus petit faux pas pouvait réveiller de nouveau ses peurs.

Lucy s'accrocha aux draps lorsqu'il abandonna ses seins pour lui caresser le ventre et que sa langue lui lécha langoureusement le nombril. Sa chemise de nuit s'était enroulée autour de ses cuisses, et Robert se demanda si elle était consciente qu'elle les avait écartées en une muette et instinctive invitation. Elle était allongée au milieu des draps froissés, les paupières fermées et les sourcils légèrement froncés.

— Je veux..., marmonna-t-elle, comme si elle était ivre, comme si elle n'arrivait pas à trouver les mots pour formuler ce qu'elle désirait.

Robert glissa une main sur sa cuisse et caressa fermement la peau douce de son entrejambe. Lucy tremblait de manière incontrôlable et soulevait le bassin dans une supplique muette.

Il se pencha vers elle et embrassa la peau moite de son cou où s'accrochaient quelques mèches de cheveux. Puis il lui effleura le lobe de l'oreille.

— Vous voulez être satisfaite.

Entre eux, il n'y avait pas de place pour la fausse modestie ou l'inhibition. Si elle voulait lui faire confiance, elle devait le faire ouvertement et franchement, sans faux-semblants, et admettre ses envies et ses plaisirs.

Il ne laisserait pas les fantômes du passé s'interposer entre eux.

Elle ouvrit les paupières mais au même moment, il posa la main sur son sexe et trouva son point le plus sensible. Il l'observa et vit son expression changer, ses yeux s'écarquiller, ses lèvres s'ouvrir lorsqu'il la caressa. Un éclair traversa son regard, étincelant d'incrédulité, presque accusateur, comme si elle peinait à croire au plaisir qu'il lui donnait.

Il l'effleura délicatement une fois, deux fois, et elle jouit aussitôt, sans pouvoir se retenir. Elle poussa un cri, le corps secoué de soubresauts. Il continua de la caresser et vit le plaisir la rattraper une deuxième fois, encore plus violemment. Le choc et la surprise se muèrent en pure extase de sensualité et elle ferma les yeux, sans force et haletante, le corps couvert de sueur.

Après quelques instants, il alluma la bougie et finit par lui retirer complètement son innocente chemise de nuit avant de la prendre dans ses bras, où elle se blottit sans broncher. Sa poitrine montait et descendait encore rapidement contre son torse, ce qui ajoutait à son tourment qu'il parvenait à supporter si, en échange, il pouvait être le témoin de son plaisir à elle. Car cela ne faisait aucun doute qu'il l'avait amenée à l'extase, et il avait pris un immense plaisir à lui apprendre les bonheurs de l'amour. Il ignorait que le simple fait de lui donner du plaisir puisse lui apporter autant de joie. Cette découverte était vraiment étonnante.

— Mais que m'avez-vous fait ? demanda-t-elle d'une voix exténuée.

Ses prunelles de femme comblée brillaient comme des étoiles sombres.

— Je vous ai montré ce que votre corps peut ressentir, expliqua Robert.

Il avait compris que, dans l'esprit de Lucy, le corps n'était que synonyme de douleur et de danger. Son expérience avec Alice avait modifié sa vision des choses. Il lui incombait de lui montrer que le plaisir physique, la sensualité pouvaient lui apporter un bonheur incommensurable.

— En effet, dit-elle avec un sourire en coin. Je l'ignorais.

Robert l'embrassa et cette fois, la réponse de Lucy fut différente. Elle était plus ouverte, dans l'acceptation et la reconnaissance du plaisir. Il s'empara pleinement de sa bouche et donna libre cours à ses désirs, imitant le mouvement qu'il souhaitait réaliser avec son corps. Lucy émit un grognement rauque et s'ouvrit un peu plus à lui. Soudain, Robert fut à deux doigts d'exploser à son tour sans même qu'elle l'eut touché, ce qui ne lui était plus arrivé depuis son adolescence.

Il roula sur le côté en maudissant son incapacité à se contrôler. Ils n'étaient mariés que depuis deux jours et il ne voulait pas prendre le risque d'effrayer Lucy en lui dévoilant ses désirs. Ils allaient devoir attendre.

Car elle avait beau avoir l'air d'un ange déchu, elle pouvait se muer en vierge effarouchée en une seconde s'il manifestait trop d'empressement à percer ses défenses.

Elle était toujours allongée langoureusement, les cheveux en bataille, les yeux entrouverts, à le regarder. La bougie nimbait sa peau d'une lueur dorée et faisait ressortir les taches de rousseur qui parsemaient ses épaules. Elle paraissait si délectable, si douce, si ravie. Le désir qui le tenaillait ressemblait à une bête hurlante de frustration. Jamais il n'avait été soumis à une telle épreuve.

— À quoi pensez-vous ? demanda-t-elle.

Il ne pouvait pas lui dire qu'il rêvait de lui faire l'amour, de se répandre en elle, de la prendre et de sceller leur promesse en la faisant sienne.

— Je me disais que rien ne me plairait plus que de vous faire encore crier de plaisir.

Elle parut choquée par sa franchise et, l'espace d'un instant, il crut qu'il était allé trop loin. Sa confiance était trop fragile, toujours menacée par la peur des souvenirs.

Mais Lucy possédait également une curiosité intellectuelle très saine. Et elle était une femme passionnée, qui venait à peine de comprendre ce que l'amour pouvait lui apporter.

Il patienta.

Puis elle leva timidement les yeux vers lui.

— Est-ce possible ? demanda-t-elle d'un air détaché, très rationnel. Peut-on vraiment expérimenter encore un plaisir aussi intense ?

— Pourquoi ne pas en faire l'expérience ? répondit Robert poliment.

Il ne bougea pas. Il incombait à Lucy de faire son choix et de savoir jusqu'où elle voulait aller.

Elle le regarda fixement, et il vit son pouls pulser au creux de sa gorge.

— Vous me demandez si…, commença-t-elle d'une voix rauque.

— Si vous voulez le découvrir. Oui.

Elle se mordit les lèvres et il comprit que c'était trop dur pour elle. À la lumière de la bougie, la réalité était en train de la rattraper, tandis que l'extase s'éloignait. Raison de plus pour la chercher à nouveau. La nuit ne faisait que commencer. En bas, dans la salle à manger de l'auberge, régnait une ambiance tapageuse.

— Faites-moi encore confiance, dit-il. Laissez-moi vous éveiller au plaisir.

Elle lui sourit.

— J'avoue que j'ai toujours beaucoup aimé apprendre de nouvelles choses.

Il lui sourit aussi. Parfait, car s'il ne pouvait pas satisfaire ce soir ses propres désirs, apprendre à Lucy les délices de la chair était une juste revanche.

Lucy croisa le sourire de Robert et se demanda pourquoi diable elle avait accepté. La première fois, elle avait eu une bonne excuse : elle avait voulu revivre une intimité qu'ils avaient déjà tissée et prouver à Robert qu'elle se sentait concernée par leur avenir. Elle voulait lui prouver qu'elle avait confiance en lui, et cette confiance l'avait conduite à cette extase qu'elle n'aurait jamais soupçonnée. Même à cet instant, alors que la vague de plaisir continuait à lui alourdir le corps, elle n'arrivait toujours pas à croire que cela puisse être aussi bon.

Et maintenant, Robert lui proposait de recommencer. Différemment. Or elle brûlait de se laisser aller. Désespérément, même. Et elle serait en sécurité car Robert lui avait promis que ce soir, il ne serait question que de son plaisir à elle. Elle n'avait pas à craindre qu'il couche avec elle ni de s'exposer aux dangers d'un tel acte. Elle pouvait se libérer de l'emprise du passé pour ne vivre que l'instant présent. Robert lui avait demandé de s'en remettre à lui et cela aurait été une insulte de refuser son invitation.

Mais même ainsi, elle se sentait angoissée. Son cœur cognait dans sa poitrine et sa nervosité croissait de seconde en seconde.

— Venez ici.

Il s'était dirigé vers la table près de la fenêtre, avait allumé une autre bougie et servi deux verres de vin. Il lui en tendit un et trinqua avec elle.

— Buvez.

— J'ai besoin de vin ? s'étonna Lucy.

Il rit doucement.

— Peut-être. Vous avez l'air un peu tendu. La clé consiste à boire juste assez de vin pour vous détendre, mais pas trop pour ne pas devenir insensible.

— Je m'en souviendrai, répondit-elle en prenant une gorgée, puis une autre, jusqu'à presque vider son verre.

Le vin était bon et glissa avec douceur dans sa gorge. Robert lui prit le verre des mains et le posa sur la table de nuit. Quelques instants plus tard, elle retrouva le goût du vin sur ses lèvres quand il l'embrassa. Il avait raison. Elle éprouvait à présent de délicieux vertiges sensuels, et elle ignorait s'ils étaient dus au vin ou au baiser qui lui donnait l'impression de flotter. Une douce chaleur lui envahit le corps.

— Allongez-vous.

Ses instructions, prononcées d'une voix douce, accélérèrent les battements de son cœur. Elle s'allongea sur le lit, soudain intimidée, et voulut échapper à son regard mais il lui écarta les bras en grand et s'assit sur les talons pour mieux la contempler. À présent, exposée en pleine lumière, elle ne pouvait plus se cacher. Tout cela était beaucoup trop intime mais malgré ses anciennes peurs, elle s'efforça de rester immobile et de les affronter. Après quelques secondes, l'impression d'être prise au piège disparut.

— Vous êtes très belle.

Il lui effleura les épaules et lui caressa les bras, puis les seins, avec la même douceur et la même lenteur que précédemment. Lucy commençait à repérer les réponses de son corps à présent. Elle se sentait si comblée qu'elle n'imaginait pas voir son désir s'éveiller de nouveau, mais chaque passage des mains de Robert sur son corps semblait la tendre comme un arc. Elle se souvint du bonheur qu'elle avait ressenti pendant le massage, et comment son corps en avait demandé plus. Robert était capable de la faire réagir si facilement.

Y avait-il quelque chose de mal à cela ? Une petite voix dans un coin de son esprit lui rappela qu'elle se trouvait avec son mari et que, ce soir, elle n'avait rien à craindre. Elle n'avait pas besoin de réfléchir. Il serait bien temps de s'interroger plus tard.

Poussant un soupir de soulagement, elle permit à son corps de s'alanguir et de s'ouvrir, ainsi exposé au regard de Robert. Elle l'observa à travers ses paupières mi-closes pendant qu'il contemplait sa nudité, et fut surprise de se complaire à être ainsi désirée. Elle se sentait féminine et puissante.

Robert l'attira vers elle et l'enlaça fermement avant de l'embrasser avec tant de fougue qu'elle fut prise de vertige. Puis il abandonna ses lèvres pour ses seins et une spirale de plaisir l'emporta de nouveau. Elle rejeta la tête en arrière et s'arc-bouta entre ses bras.

Elle sentit les mains de Robert se déployer sur son dos nu et la retenir tandis qu'il alternait les baisers, les mordillements et les jeux de langue. Son vertige s'accrut. Son bas-ventre devint lourd et se mit à pulser d'un désir demandant à être satisfait.

Il l'allongea doucement sur le lit et laissa glisser les mains sur ses cuisses. Lucy frissonna. Sa peau était brûlante, fiévreuse. Tous ses sens étaient en éveil. Elle le sentit lui écarter un peu plus les cuisses et frémit au contact de ses cheveux sur la peau douce de son entrejambe. Elle fut suffisamment choquée par son geste pour s'extraire à moitié de sa torpeur sensuelle. Elle se redressa sur les coudes mais Robert posa la main sur son ventre, juste au-dessus de son pubis, et appuya doucement pour l'obliger à s'allonger. Aussitôt, son ventre frémit de désir et elle tomba sur le lit en grognant.

Bientôt, elle sentit la langue de Robert sur son sexe et eut l'impression de voler en éclats. Son corps se tordit, pulsa sous l'intensité du plaisir et elle cria son nom. La sensation s'intensifia encore et encore tandis qu'il la caressait avec sa langue. Elle se sentait au bord d'un gouffre de plaisir, impuissante, dans l'attente, prête à tout pour tomber. Chaque caresse l'amenait plus près de l'abîme tout en prolongeant les sensations, jusqu'à la rendre folle de désir. C'était différent de ce qu'elle avait expérimenté plus tôt, plus intense, plus aigu, et aussi plus difficilement supportable.

Elle se mit à l'affût des sensations, désespérément en quête d'un répit, mais plus elle les cherchait, plus elles lui échappaient. Elle savait qu'elle suppliait Robert. Elle entendait ses propres paroles haletantes, sentait le sourire de Robert contre sa peau.

Enfin, lorsqu'elle fut certaine d'avoir atteint ses limites, lorsqu'elle se tordit entre ses mains et contre sa langue, elle s'abandonna et se sentit exploser avec une force qui la laissa exsangue et pantelante.

Sa vue se voila. Son corps était toujours pris de soubresauts qui ne semblaient pas vouloir s'arrêter. Elle se sentait comblée mais étrangement toujours excitée. C'était insupportable, comme si elle avait pris tout ce qu'elle pouvait et qu'elle en attendait plus. Elle sentit alors la langue de Robert se poser de nouveau sur elle et passer sur son point sensible qui pulsait encore. De nouveau, son plaisir atteignit des sommets. C'était à la fois choquant, rapide et implacable, et elle jouit une deuxième fois en criant, traversée par un plaisir aussi acéré que des griffes, douloureux dans son intensité.

Cette fois, lorsqu'elle revint à elle, la délicieuse excitation ne s'atténua pas. Bien au contraire, chaque cellule de son corps s'animait. Elle les sentait palpiter de la racine de ses cheveux au bout de ses orteils, et même au plus profond de son être. Robert était allongé à côté d'elle et lui mordillait délicatement les seins. Son bas-ventre se tendait à chaque passage de sa langue, là où battait son désir. La sensation était indescriptible, insupportable, un vrai tourment. Elle n'arrivait pas à croire qu'il puisse continuer à faire chanter son corps de cette façon et la maintenir à la lisière du plaisir, satisfaite mais pas tout à fait comblée, jusqu'à ce qu'elle se torde de frustration et de désespoir. Elle était incapable de réfléchir. Incapable de penser à rien d'autre qu'à ses sensations.

Robert lui écarta plus largement les cuisses et elle sentit un air frais sur son sexe. Elle était tellement sensible à présent que la plus légère caresse pouvait la faire bondir et frémir.

— Non, je ne peux plus…

C'en était trop. C'était merveilleux et insupportable à la fois. Elle voulait le supplier d'arrêter, et de lui offrir le soulagement ultime.

— Je ne peux plus recommencer, dit-elle.

— Je pense que si, murmura-t-il contre son oreille. Une fois encore. Faites-moi confiance.

Faites-moi confiance.

Il bougea et la flamme de la bougie vacilla dans l'air froid de la nuit. Des frissons lui parcoururent le corps. Elle était allongée, pouvant à peine respirer, le plaisir suspendu à un fil et le corps hurlant son besoin d'être soulagé.

Elle le sentit passer ses doigts sur elle. Elle était tellement humide et brûlante à présent. Il ne lui fallut pas plus qu'une simple et douce caresse pour jouir une dernière fois en un éclair qui plongea son corps dans le plus parfait abandon.

Lorsqu'elle rouvrit les yeux, elle ne savait pas combien de temps s'était écoulé. Elle se sentait épuisée, vidée. Son corps lui faisait mal. Elle croisa son reflet dans le miroir posé sur la commode et aperçut ses cheveux défaits, son regard brillant. Elle avait l'air d'une dépravée ainsi alanguie sur le lit, les jambes écartées et le corps offert aux caresses et aux baisers de Robert. Elle ressentit un choc. Elle saisit les draps pour se couvrir mais il l'en empêcha. Il la parcourut d'un regard à la fois ardent et intime, de sa gorge rouge à ses cuisses écartées.

— Il est trop tard pour manifester de la timidité, dit-il, les prunelles brillant d'une fierté possessive.

Dans un recoin de son esprit, Lucy était horrifiée de s'être ainsi abandonnée, de l'avoir supplié et d'avoir demandé du plaisir. Robert surprit son air scandalisé et partit à rire en la serrant dans ses bras. Elle posa alors sa joue brûlante contre son épaule nue et huma l'odeur de sa peau. Elle commençait à se sentir gagnée par le sommeil, terrassée et comblée par cette expérience physique.

— Vous avez l'air fier de vous, murmura-t-elle. Heureux du pouvoir que vous avez sur moi.

Il ne l'avait fait que pour elle, songea-t-elle. En s'oubliant, Robert avait dû se sentir extrêmement frustré. Mais repousser ses limites et lui prouver quel pouvoir il avait sur son corps, l'obligeant à se soumettre complètement à lui, était une maigre récompense.

Il lui embrassa les cheveux et elle comprit à l'intonation de sa voix qu'il souriait.

— Cela m'a beaucoup plu, dit-il.

— J'ai beaucoup aimé, moi aussi.

Il l'embrassa pour cet aveu prononcé du bout des lèvres mais déjà, elle sombrait dans le sommeil, épuisée. L'obscurité s'abattit sur elle. Et pour une fois, aucun cauchemar ne vint s'immiscer dans ses rêves.

Chapitre 17

Lorsque Lucy se réveilla, elle se sentit différente. Son corps était épanoui, rassasié, et en même temps affamé. Elle roula sur le côté et tendit la main vers Robert mais le lit était vide.

Elle cligna les yeux. La chambre était inondée de clarté. Elle contempla alors les rayons du soleil qui dansaient au plafond. Que de plaisir. Elle avait encore du mal à le croire. Et que d'intimité. Elle était choquée, à dire vrai. Choquée par les désirs de son corps, des désirs qu'elle n'avait jamais imaginés. Elle comprenait à présent qu'elle les avait étouffés, qu'elle les avait intellectualisés pour les rendre froids, dépourvus de passion, sans danger pour elle. Et maintenant, Robert avait tout bouleversé en les éveillant.

Pourtant, il n'en avait pas profité pour aller au-delà de ce qu'elle pouvait accepter. Et elle ne lui avait rien donné en retour pour la nuit la plus époustouflante qu'elle avait jamais vécue, ce qui lui paraissait bien injuste rétrospectivement.

Elle se rappela que, dans le feu de l'action, elle avait promis à Robert de lui faire confiance, de faire tout ce qui était en son pouvoir pour dépasser ses peurs de l'intimité. À ce moment-là, elle n'avait pas compris que cela impliquait de s'abandonner complètement à lui. Elle frémit de nouveau. Où cette promesse allait-elle la conduire ? Déjà, son corps perfide en demandait beaucoup plus. Mais maintenant qu'elle s'était éveillée au désir, elle sentait la noirceur qui revenait peu à peu lui envahir l'esprit et lui rappeler que

Robert finirait par exiger d'elle qu'elle devienne sa femme pour de bon et qu'elle lui donne l'héritier dont il avait besoin.

Elle chassa ces sombres pensées en frissonnant. La brise qui entrait par la fenêtre ouverte était froide sur son corps nu. Elle était sur le point de ramener sur elle les couvertures lorsqu'elle se ravisa et contempla avec curiosité sa nudité. Jamais elle ne l'avait regardée de près avant ce jour.

Elle s'était détournée de tout ce qui était physique parce qu'elle avait vu Alice mourir, torturée par la douleur. Maintenant, pour la première fois, elle voyait son propre corps comme un instrument de plaisir. Elle caressa pensivement ses seins ronds et pleins, avec leurs pointes rosies par toutes les attentions de Robert la nuit précédente. Ils étaient très sensibles mais la sensation n'était pas désagréable du tout. Sa peau lui paraissait curieusement réactive.

Elle posa ensuite la main sur son ventre encore tendu par le souvenir secret du plaisir. Il était rond, lui aussi. Elle n'était pas aussi élancée que Mairi ou Lachlan, mais tout en courbes, de ses fesses rebondies mais fermes grâce à l'équitation jusqu'à ses cuisses robustes. Elle n'était pas une femme souple et mince et pourtant, elle se sentait désirable ce matin.

De nouveau, le doute et la peur lui envahirent le cœur. Car Alice avait dû se sentir comme elle. Séduite par la passion, désespérément amoureuse, elle avait tout donné avant de tout perdre. L'amour était un sentiment trompeur et dangereux.

Il pouvait pousser une personne à perdre la raison et à tout oublier.

Pour la première fois, elle préféra interrompre le fil de ses pensées avant que la peur s'empare d'elle. Alice avait aimé et elle était morte. C'était une tragédie mais cela ne voulait pas dire qu'elle allait suivre le chemin de sa sœur. Le trait de lumière dans son cœur s'élargit un peu plus.

Soudain, elle entendit frapper à la porte et Isobel entra dans la chambre. Lucy rabattit à la hâte les couvertures pour se couvrir, mais l'aubergiste lui décocha un sourire entendu. La chemise de nuit de Lucy gisait au sol près du lit et les draps froissés en disaient long sur la nuit qu'ils avaient passée. Lucy se souvenait avoir crié quand Robert l'avait amenée à l'orgasme, et elle se demanda si quelqu'un l'avait entendue. Elle n'y avait pas pensé, ne s'en était pas souciée, mais tout le monde le prendrait comme une preuve de la vigueur de leur laird. Cela ne l'empêcha pas de rougir.

— Lord Methven a dit que vous aviez besoin de vous reposer, dit Isobel d'un air entendu.

Elle posa le plateau au pied du lit et aida Lucy à enfiler un peignoir en dentelle.

— Il m'a demandé de vous rappeler que vous partirez pour Golden Isle avec la marée de l'après-midi. Vous avez donc un peu de temps devant vous.

L'idée que Robert ne soit pas là pour lui faire part de ses projets vint ternir sa bonne humeur. Comme la veille, où il avait disparu toute la journée, la laissant livrée à elle-même. Elle se rappela alors le banquet et le changement qui s'était opéré en lui lorsque Golden Isle avait été mentionnée.

Elle porta sa tasse de chocolat chaud parfumé à sa bouche puis s'interrompit.

— Isobel… Je sais que Golden Isle appartient à Lord Methven mais pourquoi… n'aime-t-il pas que l'on en parle ?

La femme de l'aubergiste paraissait sur ses gardes. Elle s'affaira dans la chambre, ramassa la chemise de nuit de Lucy et la lissa de la main avant de la poser.

— Lord Methven ne vous a rien dit ?

Quelque chose dans son intonation retint l'attention de Lucy.

— Pas un mot.

Ils en étaient encore à apprendre à se connaître.

Malgré l'intimité qu'ils avaient partagée la veille, Lucy prit conscience qu'il y avait beaucoup de choses qu'elle ne savait pas ou qu'elle ne comprenait pas chez Robert.

Un sentiment de solitude lui étreignit le cœur.

Isobel posa la chemise de nuit au pied du lit et croisa le regard de Lucy.

— C'est là-bas que Gregor Methven est mort, expliqua-t-elle. On dit que Lord Methven déteste cet endroit. Il a eu une terrible dispute avec son grand-père après la mort de son frère. Il a embarqué sur le premier bateau qui quittait le port et n'est plus jamais revenu sur l'île.

Lucy aperçut pour la première fois Golden Isle à travers un épais rideau de pluie et de grêle. L'île était grise, et non dorée comme l'indiquait son nom. Pour la première fois, dans un élan de compassion pour Robert, elle comprit pourquoi il n'avait pas envie de s'y rendre. D'immenses falaises se dressaient au-dessus de la mer bouillonnante. Des mouettes décrivaient des cercles dans le ciel en criant. Les roches étaient grises, la mer était grise, le ciel était gris. On aurait dit un paysage d'apocalypse.

Ils naviguaient depuis six heures et Lucy avait froid, elle était mouillée, nauséeuse et se sentait misérable. Toute la journée, elle avait attendu que Robert vienne lui parler de ses projets, qu'il se confie à elle et qu'il lui livre ses sentiments sur son retour à Golden Isle. Mais il avait été accaparé par les préparatifs de leur voyage. Lorsqu'elle était allée le rejoindre sur le quai, il l'avait accueillie distraitement avant de retourner superviser le chargement des provisions. Lucy s'était sentie exclue et inutile.

Elle avait fait ses adieux à Mairi sur le quai à Findon, et elle avait dû faire un immense effort pour ne pas supplier sa sœur de rester avec eux. Elle imaginait la réaction de celle-ci si elle l'avait implorée de l'accompagner pendant son voyage de noces… Mairi se serait inquiétée et en aurait déduit que sa nuit de noces avait été désastreuse. Elle lui aurait demandé des explications détaillées, à voix haute et sans le moindre tact. Lucy avait donc serré sa sœur très fort dans ses bras et l'avait envoyée à Édimbourg avec une lettre pour leur père et la promesse de les inviter tous à Methven dès son retour. Elle avait ensuite suivi des yeux Mairi qui chevauchait à côté de Jack Rutherford. Naturellement, ils étaient déjà en train de se disputer.

Au début, le voyage en mer avait été paisible. Un soleil pâle perçait à travers des nuages blancs et cotonneux tandis que le petit navire s'éloignait du port de Findon. Assise dans la cabine, Lucy avait regardé Robert manœuvrer avec l'équipage. Il était habillé comme eux, pieds nus, avec un pantalon en coton épais, une chemise ouverte au cou et un veston en cuir. Il était évident qu'il avait fait cela de nombreuses fois, depuis sa plus tendre enfance sans doute. Il avait le pied marin et paraissait parfaitement à l'aise avec ses hommes.

Une fois encore, Lucy s'était sentie seule, un peu trop aristocrate, assise dans sa cabine sans rien faire.

Peu à peu, les côtes avaient disparu à l'horizon. Le vent s'était rafraîchi et des nuages sombres avaient commencé à s'accumuler au loin.

Le voilier se mit à tanguer et bientôt, Lucy commença à se sentir très mal. Elle n'avait jamais voyagé en mer avant ce jour et n'était montée qu'une seule fois sur un bateau, à l'occasion d'une visite à son cousin Wilfred à Greenock, lorsque ce dernier avait insisté pour leur montrer son voilier. Il était bien plus grand que ce petit navire. Sa cabine était entièrement décorée de velours rouge avec des galons dorés, frappés aux armoiries des Cardross. Lucy l'avait trouvée tape-à-l'œil et vulgaire mais à cet instant, elle aurait donné cher pour une couchette confortable où s'allonger, alors que le bateau tanguait au milieu des vagues et que son estomac se retournait.

La porte de la cabine s'ouvrit brusquement et Robert entra. Il apportait un plateau avec semblait-il deux bols de bouillon. Rien que l'odeur donna à Lucy des haut-le-cœur. Robert la regarda, posa violemment le plateau et l'entraîna avec lui dans le couloir. Il la traîna dans l'escalier et monta sur le pont si vite qu'elle faillit se prendre les pieds dans ses jupes.

— Mais que diable faites-vous ? siffla-t-elle. Je me sens très mal. Laissez-moi tranquille !

L'air frais lui fit l'effet d'une gifle après le confinement de la cabine. Presque aussitôt, ses vertiges cessèrent et son estomac cessa de protester. Elle prit de grandes goulées d'air frais et iodé. Les embruns lui rafraîchissaient la peau. Elle s'accrocha fermement au bastingage.

— Si vous regardez l'horizon, vous ne serez pas malade, dit Robert, debout à côté d'elle, la main autour de sa taille.

Il l'entraîna à côté du mât principal et elle s'assit sur un rouleau de cordes. Elle fixa un point à l'horizon, là où la mer se soulevait et plongeait comme dans une chevauchée folle sur un cheval mal débourré. Il faisait froid et sa robe et son manteau étaient déjà trempés, mais elle se sentait mieux qu'à l'intérieur.

— Voulez-vous de la soupe ? demanda Robert en lui souriant.

Elle avait envie de le gifler d'être aussi à l'aise, contrairement à elle.

— Non, merci.

La nourriture aurait été de trop.

— Dans ce cas, si vous désirez rester ici, je vais aller vous chercher une couverture pour vous tenir chaud.

— Vous êtes trop aimable.

Un large sourire lui fendit le visage en réaction à son ton glacial puis il revint avec deux épaisses couvertures qui sentaient le poisson mais qui étaient délicieusement chaudes.

— On appelle cet endroit de la mer « le perchoir », expliqua Robert. C'est là que se rejoignent plusieurs courants. C'est pour cette raison que nous sommes tellement secoués et que la traversée est si longue.

Lucy s'en fichait du moment que tout ce remous s'arrêtait, mais il ne fit qu'empirer peu à peu. La pluie tombait comme un rideau sur la mer, les voiles claquaient au-dessus de sa tête, et la coque craquait à faire peur chaque fois qu'une vague venait se fracasser sur le navire.

Enfin, vers 8 heures du soir, les falaises de Golden Isle surgirent derrière le brouillard et le petit voilier se glissa dans le port. Robert aida Lucy à mettre pied à terre. Personne n'était venu les accueillir. McCall, l'homme qui s'était présenté à Findon la veille, marmonna qu'il allait prévenir les villageois de leur arrivée et disparut dans la brume. Le capitaine du port leur fournit un cabriolet tiré par un petit cheval qui paraissait de très mauvaise humeur.

— Le village est à trois miles, dit Robert en aidant Lucy à s'installer sur le siège en bois.

Il avait l'air de nouveau maussade. Il avait les traits tendus et Lucy sentait sa nervosité. Après tant d'années, revenir dans cet endroit perdu, sans personne pour les accueillir qu'une brume épaisse et la lande grise... Le cœur de Lucy se serra.

Pendant la première partie du trajet, ils gardèrent le silence. Le chemin était chaotique et le poney peu coopératif. Il s'arrêtait souvent sans raison particulière. Lucy était glacée et trempée jusqu'aux os à présent. Elle se pelotonna sur son siège pour se protéger du vent froid qui descendait des collines. Elle regarda Robert qui tenait les rênes et contempla son visage crispé et son expression aussi froide que celle d'un étranger.

— Isobel m'a dit que vous n'étiez pas revenu à Golden Isle depuis des années, dit-elle enfin.

— Oui, c'est vrai.

Son visage restait résolument fermé et, au ton de sa voix, elle comprit qu'il valait mieux ne pas l'interroger plus avant.

Il remonta le col de son manteau, sans doute pour se protéger de la pluie, et aussi pour masquer son expression.

— Vous semblez prendre grand soin de vos terres et de vos gens. Je suis surprise que...

Les mots lui manquèrent tant elle se sentait nerveuse.

— Cet endroit est très beau, ajouta-t-elle dans l'espoir qu'il ne la contredise pas.

— Oui, c'est vrai, dit-il en regardant la route d'un air morose.

Il était clair qu'il n'avait pas envie de lui répondre. Lucy commençait à se sentir contrariée et à maudire les hommes pour leur incapacité à communiquer. Ou plutôt Robert, pour la tenir à l'écart. Il devait savoir qu'Isobel lui avait parlé de Gregor et de sa dispute avec son grand-père.

Mais les événements du passé devaient être trop douloureux pour lui. Elle le comprenait car elle avait ressenti la même chose quand Alice était morte. Elle avait enfoui sa douleur profondément en elle. Et le chagrin n'était pas un sentiment limité dans le temps.

Elle tendit la main vers Robert et lui toucha la manche. Elle avait peur mais elle désirait trouver assez de courage pour parler de cela avec lui. Elle voulait qu'il sache qu'elle était là, à ses côtés, quelles que soient les épreuves à affronter. Elle se sentait si seule. Elle était capable de le soutenir en tant qu'épouse, mais il fallait qu'il fasse le premier pas. Il avait été si aimable et patient avec elle lorsqu'elle lui avait confié ses plus grandes peurs. Elle comprenait assez mal que Golden Isle le change à ce point et le transforme en cet étranger sévère et mutique.

— Parfois, il est difficile de revenir dans un endroit qui renferme trop de souvenirs, avança-t-elle prudemment. Cela m'a beaucoup aidée de vous parler d'Alice. Peut-être que si vous vous livriez à moi…

— Ce n'est pas pareil, répliqua sèchement Robert. Je n'ai pas envie d'en parler, milady. N'ai-je pas été suffisamment clair ?

Avec un geste brusque de la main, il arrêta la voiture et descendit d'un bond. Son regard bleu vif était menaçant.

— Puisque vous avez de nombreux talents, ajouta-t-il, je suis certain que vous saurez ramener la voiture jusqu'à la maison.

Puis, sans rien ajouter, il partit à travers champs et la laissa assise là, indignée et furieuse. Elle était tellement en colère qu'elle crut qu'elle allait exploser comme une bouilloire laissée trop longtemps sur le feu. Le temps de convaincre le récalcitrant poney d'avancer, sa fureur était encore montée d'un cran. L'animal semblait savoir où il allait, ce qui était loin d'être son cas à elle. Le petit cabriolet passa devant plusieurs fermes et Lucy garda la tête haute. Elle salua et sourit à toutes les personnes qu'elle croisa.

Ils passèrent devant une église et une école, et les nuages

se dispersèrent suffisamment pour lui permettre d'apercevoir le sud de l'île où se détachaient d'autres falaises ainsi que les contreforts rocailleux d'un grand phare. Le cabriolet passa enfin sous un porche qui débouchait sur une cour. Un palefrenier se dirigea en courant vers le cheval. Lucy attendit, mais personne ne vint l'aider à descendre. À ce moment-là, si elle avait eu la possibilité de faire demi-tour et de retourner sur la terre ferme, elle l'aurait saisie et aurait envoyé au diable Robert Methven et son héritage.

Lucy découvrit une grande bâtisse en pierre en forme de L. Elle était peinte en blanc, avec les plus jolis pignons en escalier qu'elle ait jamais vus. La porte venait de s'ouvrir et une personne qui devait être la gouvernante s'empressa de venir à sa rencontre, avec autant de chaleur que la lumière qui se déversait sur les pavés derrière elle. Lucy faillit vaciller de soulagement.

— Mrs Stewart, pour vous servir, dit la femme en la saluant par une révérence. Venez avec moi, milady, et bienvenue à Auld Haa et à Golden Isle. J'ai entendu dire que le maître était allé au village pour s'entretenir avec le régisseur.

Lucy comprit qu'elle parlait de Robert. Tout le monde semblait savoir où il se trouvait sauf elle. Mais cela lui était égal car à l'intérieur de cette maison elle serait au chaud et au sec, et un plat fumant, un bain et un lit moelleux l'attendaient. Mrs Stewart proposa de lui faire office de servante mais Lucy avait plutôt envie de rester seule.

Mairi lui avait promis d'envoyer Sheena la rejoindre, et en attendant l'arrivée de sa bonne, elle allait devoir se débrouiller seule. Pour l'heure, elle rêvait de paix et de sérénité dans une chambre qui ne tanguait pas. Elle avait besoin de temps pour réfléchir.

Pendant qu'elle se lavait pour se débarrasser de l'odeur du poisson et de sa fatigue, elle se dit qu'elle avait appris beaucoup de choses sur son mari aujourd'hui. Elle savait qu'il pouvait faire preuve d'une tendresse et d'une patience infinie, mais qu'il n'était pas prêt à lui parler de ses sentiments et de ses émotions. Le serait-il un jour ?

Elle était assise devant le miroir, à se brosser les cheveux avant d'aller se coucher, quand elle entendit la porte d'entrée claquer et Robert saluer Mrs Stewart. Puis elle suivit ses bruits de pas dans l'escalier. Son cœur battait dans sa poitrine. Robert frappa à la porte et entra sans attendre d'y être invité. Une fois à l'intérieur, il hésita et s'appuya sur le chambranle.

Lucy préféra poser sa brosse à cheveux tant elle rêvait de la lui lancer à la figure.

— Je vois que vous avez réussi à faire avancer ce cheval, dit-il enfin en esquissant l'ombre d'un sourire.

— Dès demain, il saura sauter et galoper, j'en suis sûre, répliqua Lucy, et la prochaine fois que vous me laissez ainsi, je vous réduis en miettes.

Le sourire de Robert s'élargit.

— J'en suis certain.

Il avança vers elle et croisa son regard dans le miroir.

— Je suis navré. Je me suis très mal comporté. Je vous prie d'accepter mes excuses.

C'était un bon début. Et Lucy avait déjà appris qu'il y avait un moment pour débattre de certains sujets, et celui-ci n'était pas le bon. Si elle essayait de le faire parler de la mort de Gregor et de sa dispute avec sa famille, les choses pouvaient très mal se terminer.

Mais même ainsi, elle était toujours en colère après lui et n'était pas prête à lui pardonner si facilement. Elle planta son regard dans le sien.

— Merci, dit-elle froidement.

Robert lui sourit d'un air triste. Lucy détourna les yeux, lui indiquant par là qu'il pouvait s'en aller, et elle s'empara de nouveau de sa brosse. Mais au lieu de partir, Robert la lui prit des mains et entreprit de lui brosser lentement les cheveux. La sensation était délicieuse.

Elle voulait lui demander d'arrêter tant elle était fâchée après lui, mais elle ne pouvait résister aux gestes longs et sensuels de Robert. Elle résista à l'envie de fermer les yeux pour ne pas lui montrer ce qu'elle ressentait.

Il lui effleura alors la nuque du bout des lèvres et elle ouvrit brusquement les yeux avant de lui adresser un nouveau regard dur. Il continua de lui sourire et se remit à lui brosser les cheveux.

— J'espère que vos appartements sont confortables, dit froidement Lucy malgré son pouls qui s'était accéléré.

— Je l'ignore, dit Robert. J'ai l'intention de passer de nouveau la nuit avec vous ce soir.

— Vous êtes trop présomptueux, répliqua-t-elle avec hauteur. Je ne vous ai pas invité à rester avec moi.

Une lueur amusée dansa dans les yeux de Robert.

— Vous voulez donc me punir.

— Vous le méritez.

— Je me suis excusé…

— Oui, mais cela ne suffit pas.

Robert paraissait apprécier de plus en plus ce petit jeu.

— Qu'attendez-vous de moi, alors ?

— Je n'y ai pas encore réfléchi.

— Vous pourriez peut-être imaginer quelque chose qui me fasse souffrir.

Lucy tenta de réprimer son excitation, mais il était trop tard. Robert avait déjà lu sa réaction dans son regard.

En une fraction de seconde, il lança la brosse, prit Lucy dans ses bras et l'embrassa avec une fougue qui lui coupa le souffle. L'exigence de ses baisers la fit vibrer et lui rappela tout le plaisir qu'il était capable de lui donner.

Il l'allongea sans ménagement sur le lit avant de venir la rejoindre. Le matelas était si doux et accueillant qu'il faillit les avaler tous deux.

— Je suis toujours très en colère après vous, dit-elle en le repoussant de la main.

— Je sais.

Le désir brillait dans ses prunelles.

— Vous venez de découvrir qu'à l'instar du vin, la colère pouvait donner à l'amour une dimension très agréable.

Il l'embrassa de nouveau et elle roula sur lui mais Robert s'empressa de la renverser de nouveau sur le dos. Furieuse, elle se débattit pour lui échapper et parvint à le chevaucher de nouveau. Encore une fois, il l'allongea sous lui. Elle poussa alors un petit cri de colère et de frustration, et il l'embrassa.

Lucy n'hésita pas à le mordre et il lui plaqua les mains au-dessus de la tête avant de l'embrasser à pleine bouche.

Cette fois, ils se débarrassèrent ensemble à la hâte de leurs vêtements. Lucy tremblait au fond d'elle, à la fois impatiente et effrayée.

— Je ne peux pas…

— Je sais.

Sa voix et ses mains caressantes la rassurèrent.

— N'ayez pas peur. Ne pensez à rien.

Malgré leur dispute, elle n'eut aucun mal à lui faire confiance, sur ce point au moins, et à s'abandonner complètement à ses mains et à sa bouche. Cette fois, elle l'explora elle aussi et caressa les muscles de son dos et de ses épaules, son ventre et ses cuisses rugueuses, jusqu'à ce qu'il grogne et lui immobilise les mains, la maintenant immobile pour l'amener à la lisière d'un plaisir incommensurable. Une fois encore, elle trembla dans ses bras et tomba si facilement et si vite dans cette spirale sombre où plus rien d'autre n'existait que le plaisir et le désir qu'elle fut prise de vertige. Elle était désespérée de constater que Robert pouvait exiger tellement d'elle sans qu'elle puisse lui résister, tout en étant avide du bonheur qu'il lui donnait. Il enlaça son corps alangui et l'embrassa. De nouveau, elle sentit ses sens s'éveiller, son cœur s'accélérer, et cria en jouissant.

Ils restèrent allongés côte à côte. Lucy haletait encore.

— C'était merveilleux pour moi, mais pour vous ?

— L'expérience fut très agréable, dit Robert.

Elle hésita.

— Mais n'est-ce pas un peu… injuste ?

Il rit nerveusement, comme s'il était mal à l'aise. Puis il murmura d'une voix tendue :

— J'avoue que je suis si dur qu'il ne me faudrait que quelques secondes pour être satisfait à mon tour.

— Il serait donc cruel de ne pas vous l'accorder.

Lucy se sentait bizarre, comme si elle ne s'appartenait plus, comme si elle était devenue une femme extraordinairement voluptueuse et sensuelle. Pourtant, elle savait maintenant qu'elle n'avait pas changé, que c'était sa peur qui avait étouffé ses désirs érotiques et qui avait fait d'elle une femme froide et intellectuelle. Maintenant, sa fougue si longtemps réprimée pouvait s'exprimer car elle se sentait en sécurité avec Robert. Dans cette douce chaleur, elle pouvait laisser libre cours aux fantasmes de son choix, tout en sachant qu'il ne la forcerait jamais à consommer leur mariage, sauf si elle le décidait.

— Je ne voudrais pas vous choquer, dit-il d'une voix qui sonnait comme un avertissement.

— Je me choque moi-même.

Elle tendit la main vers lui et la posa sur son sexe. Elle avait vu de nombreux dessins dans les livres de son grand-père. Mais aucun d'eux n'aurait pu la préparer à cet émerveillement lorsqu'elle sentit sa peau, si chaude et si douce, comme de la soie, et son sexe aussi dur que la pierre.

Elle commença à le caresser et il grogna. Puis elle referma les doigts autour de lui.

— Comme ceci ? demanda-t-elle en craignant soudain de lui faire mal.

— C'est trop doux, dit-il entre ses dents.

Il ferma sa main autour de la sienne pour lui montrer.

— Plus fort.

Lucy s'appliqua à faire de son mieux. C'était si étrange, effrayant et en même temps merveilleux d'avoir autant de pouvoir. Puis elle se souvint des dessins dans la bibliothèque de son grand-père, descendit le long du corps de Robert et le prit dans sa bouche. Il étouffa un juron et s'arc-bouta lorsqu'il sentit ses lèvres et sa langue sur lui. Lucy eut le sentiment d'être encore plus perverse et sensuelle. Maintenant, ce n'était plus seulement lui qui lui donnait du plaisir. Elle venait de découvrir à quel point elle pouvait le satisfaire à son tour.

Il enfonça les doigts dans ses cheveux et la fit remonter vers lui doucement avant de l'embrasser à pleine bouche, avec fougue. Elle continua de le caresser jusqu'à ce que le corps de Robert soit soudain secoué de soubresauts. Puis il s'effondra sur le dos et jouit à son tour longuement.

Il lui fallut plusieurs minutes avant de pouvoir parler. Il avait les yeux fermés et sa poitrine montait et descendait en cadence. Lucy espérait ne pas lui avoir fait mal. Son inexpérience et son enthousiasme pouvaient être une combinaison fatale.

— Où avez-vous appris…, dit-il d'un air exténué.

— Dans les livres pornographiques de mon grand-père.

Il ouvrit les yeux et croisa son regard.

— Bien sûr.

Un sourire dansa sur ses lèvres.

— J'avais oublié. Dire que vous avez effectué toutes ces recherches sans jamais les mettre en pratique.

Elle gigota pour s'allonger à côté de lui.

— Ce n'est plus le cas, répondit-elle.

Chapitre 18

La chaise de Robert se balança en arrière lorsqu'il se leva. Il traversa le bureau du régisseur et se dirigea vers la fenêtre pour contempler l'étendue irrégulière de l'océan. Cet endroit n'avait pas changé depuis la nuit des temps, et lorsqu'il y était entré une semaine plus tôt, il avait eu l'impression de n'être jamais parti. Il avait découvert le même bureau usé, la même vue sur le port, les mêmes fenêtres recouvertes de sel apporté par les embruns, la même odeur de livres moisis et de bottes encore plus humides. Ce sentiment était réconfortant mais le dérangeait aussi. Gregor et lui avaient entreposé leurs cannes à pêche dans un coin de ce bureau. Ils s'étaient assis côte à côte près de cette fenêtre, pétris d'ennui et frétillant d'impatience lorsque le temps était mauvais. Ils avaient couru avec entrain vers la plage dès que la pluie s'éloignait. Il entendait presque la voix de son frère portée par le vent :

— Allez, viens, Rob, ou nous allons manquer la marée !

Ils avaient mis le bateau à la mer, pris chacun une rame. Ils s'étaient allongés dans l'herbe moelleuse pour observer les faucons pèlerins planer au-dessus des falaises. Ils s'étaient enfuis en secret pour rejoindre les contrebandiers dans leurs expéditions… L'espace d'un instant, la poitrine de Robert se serra tellement fort qu'il en eut le souffle coupé. Golden Isle était pleine de fantômes avec lesquels il ne se sentait pas à l'aise.

Il savait qu'il avait vertement rembarré Lucy la semaine

passée lorsqu'elle lui avait demandé de lui parler de ses sentiments. Il en avait honte. Mais en réalité, il avait perdu les deux choses qui étaient les plus précieuses à ses yeux sur cette île : son frère, qui était aussi son meilleur ami, et la seule vie qu'il connaissait. Il s'était reconstruit ailleurs, mais rien ne pourrait jamais remplacer le frère qu'il avait perdu, et se retrouver sur Golden Isle ne faisait qu'exacerber son manque. Tout lui rappelait son passé. Il aurait aimé partir avec le premier bateau mais cette fois, il allait devoir rester pour accomplir son devoir. Jour après jour, il s'était jeté à corps perdu dans son travail pour chasser ses souvenirs et éviter de raviver de vieux sentiments en parlant de ce qu'il ressentait.

Son régisseur le regardait avec attention à présent. C'était un homme constamment sur les nerfs. Il avait failli s'évanouir lorsque Robert s'était présenté à l'improviste chez lui le soir de son arrivée à Golden Isle. Il avait marmonné qu'il devait faire un peu de rangement pour le recevoir et avait laissé Robert debout sur le seuil tandis qu'il s'affairait comme un lapin apeuré. Robert était entré sans attendre qu'il l'invite à le faire et l'avait vu jeter des feuilles de papier dans la cheminée, sous prétexte qu'il « manquait de petit bois ».

Gardant à l'esprit les accusations de McCall sur le fait que le régisseur était à la solde de Cardross, Robert avait passé en revue page par page d'un œil sombre les comptes des huit dernières années. Comme il s'en doutait, les récoltes avaient souffert des mauvais étés, si bien que l'île ne pouvait plus produire assez de nourriture pour la population, et encore moins vendre ses surplus aux navires de passage.

La guerre avait également affecté le commerce et les officiers de la marine avaient emmené presque tous les hommes vaillants. Il ne restait presque plus que les femmes et les enfants pour travailler dans les champs. La situation était désespérée.

Robert était conscient d'avoir honteusement négligé Golden Isle, mais plus il fouillait dans les comptes et plus il voyait que McTavish n'avait rien fait pour protéger l'île bien qu'il ait été grassement payé pour cela. Bien au contraire.

Ce dernier n'avait eu de cesse de vendre les produits de l'île à des prix inférieurs à ceux du marché. Il avait omis d'importer des biens de première nécessité. Il avait laissé la condition des habitants se détériorer lentement mais inexorablement. Mais pourquoi ? Quels étaient les véritables intérêts du régisseur ?

Manifestement, les soupçons de McCall et des anciens étaient fondés.

— Milord ? dit le régisseur en se raclant la gorge.

— Je vais partir avec quelques hommes réparer les phares cet après-midi, déclara Robert.

Il fit volte-face juste à temps pour voir l'air affolé de McTavish.

— Les phares, milord ? répéta faiblement ce dernier.

— Oui, gronda Robert. Les phares sont censés servir à prévenir d'un danger en temps de guerre. Ces mêmes phares que vous avez laissés à l'abandon.

— Il n'y a plus personne pour faire ce travail, milord…

— Si, *moi*, répliqua Robert, et la poignée d'hommes que les officiers de la marine n'ont pas emmenés. Nous allons également réparer la tour de garde à la pointe de l'île.

Il s'empara d'une plume et tira une feuille de papier vers lui.

— Je vais écrire à mon cousin d'envoyer des hommes de Methven…

— De M-Methven, milord ? dit McTavish d'une voix tremblante. Est-ce vraiment nécessaire ?

— Oui, ça l'est, répondit Robert sur un ton sans appel.

Il s'assit et fixa le régisseur d'un œil méfiant.

— Vous venez vous-même de dire que nous manquions de bras sur place. Si je fais venir des hommes de Methven, nous pourrons bientôt restaurer les défenses de l'île.

Il voyait bien que l'idée ne semblait pas ravir McTavish et il ne fallait pas aller chercher bien loin l'explication. Le régisseur ne voulait pas que l'île soit défendue, bien au contraire. Son attitude transpirait la culpabilité.

— Certains rapports indiquent la présence d'un corsaire français près d'ici, continua Robert. Je crains qu'il y ait bientôt un raid et par ces temps de guerre, nous devons être vigilants. Je vais faire venir la moitié des hommes de mon clan afin de lui tendre un piège et capturer ce pirate.

Il écrivit rapidement sa missive, saupoudra la lettre de sable puis la plia avant de la remettre au régisseur.

— Emportez ceci sur la terre ferme, McTavish, et veillez à ce que ce message arrive à Methven.

Il regarda l'homme sortir à la hâte du bureau et descendre le chemin vers le port avec un sourire amer. Il était certain que le régisseur s'arrangerait pour que la lettre parvienne directement à Wilfred Cardross, ou alors pour la lire et informer aussitôt Cardross de son contenu. Il faudrait à ce dernier au moins une semaine pour avoir vent de ses projets, plus longtemps s'il était parti à Édimbourg. Mais il finirait par l'apprendre et viendrait à Golden Isle aussi vite qu'une souris apeurée. Cardross ne pouvait pas se permettre que son allié français soit capturé, car ce dernier ne manquerait pas de parler pour sauver sa peau, et de dénoncer la trahison de Cardross au passage.

Robert revint vers le bureau et écrivit une deuxième lettre, adressée cette fois à Jack à Findon.

> *Envoie des hommes sur l'île dès que tu recevras cette lettre. J'ai mis le ver dans le fruit et je veux que nous soyons prêts.*

Il ajouta quelques lignes, signa la lettre et la scella. Stuart McCall la porterait à Jack dès que McTavish serait en chemin. Il ne leur restait plus qu'à attendre, songea Robert en se renversant dans son fauteuil.

— Tout le monde dit que Lord Methven déteste Golden Isle, commenta Sheena le lendemain matin en aidant Lucy à s'habiller. Après la mort de son frère, il n'y a plus jamais remis les pieds, ni lui ni son grand-père. On raconte même qu'ils ont laissé pourrir cet endroit. C'est comme si Lord Methven accusait l'île d'être la cause du décès de son frère et que ses habitants devaient souffrir pour cela.

Lucy soupira. Sheena n'était sur Golden Isle que depuis une semaine et elle était déjà au courant de tous les commérages. Tous les matins, elle répétait à Lucy ce qu'elle avait entendu la veille et, tous les matins, Lucy s'efforçait de ne pas se laisser abattre par les paroles de sa bonne. Il était clair que Sheena avait raison. Pourtant, elle savait que Robert souffrait. Elle le sentait, même s'il n'était pas prêt à partager ses sentiments avec elle pour soulager sa peine.

Depuis leur arrivée, elle ne pouvait pas lui reprocher de manquer d'implication dans l'île. Il passait le plus clair de son temps avec McTavish à parcourir les comptes, à discuter du prix des récoltes de l'année, de la pêche et du gibier à plume, ou à parcourir Golden Isle pour s'entretenir avec tous les fermiers : les coupeurs de tourbe des collines du nord, les minotiers près de la rivière et les pêcheurs du port au sud.

Pendant le petit déjeuner, il parlait à Lucy de ses projets pour la journée mais ne l'invitait jamais à se joindre à eux. Et au cours du dîner, il lui racontait ce qu'il avait fait. Ensuite, ils s'asseyaient dans le salon et partageaient un verre de whisky. Lucy jouait quelques airs sur le vieux piano. Cette vie était agréable, calme, mais Lucy se sentait exclue.

À l'opposé, leurs nuits étaient tellement différentes, si belles, si intimes et excitantes, si pleines de plaisirs interdits et grisants, comme une drogue. Peu à peu, Robert la conduisait vers l'union de leurs corps, et une partie d'elle s'en languissait déjà. En même temps, pour elle, il existait entre les jours et les nuits un gouffre tel qu'elle avait de plus en plus de mal à l'accepter, comme si elle était mariée à deux hommes très différents, l'un silencieux et réservé, et l'autre en qui elle avait placé sa confiance et qu'elle était capable de suivre pour le reste de ses jours.

— Mrs Stewart est très bavarde, continua Sheena. Elle me dit tout. Elle est très seule, la pauvre femme. Elle était gouvernante à Methven mais l'ancien laird l'a renvoyée et l'a expédiée ici. Je deviendrais folle si j'étais isolée dans un endroit comme celui-ci.

Elle regarda par la fenêtre le brouillard à couper au couteau.

— Dire qu'on appelle cet endroit l'Île Dorée. L'Île Lugubre lui irait mieux.

— J'ai déjà vu le soleil, intervint Lucy. Il est sorti une fois la semaine dernière et l'île était magnifique. Je pense que le brouillard va se lever aujourd'hui.

Sheena tordit le nez. Elle finit par attacher le ruban dans les cheveux de Lucy et recula d'un pas pour admirer son travail.

— Voilà. Vous êtes très jolie. Espérons que Lord Methven le remarque. Il ne donne pas l'impression d'être très observateur pour ce qui est important.

Lucy leva rapidement les yeux vers sa servante dans le miroir, mais Sheena se détourna et s'affaira à ramasser les épingles qui étaient tombées par terre et à ranger le dessus de la coiffeuse. Lucy fut soudain prise d'un doute. Sa bonne avait-elle cherché délibérément à la blesser ? Ces petites piques pour semer le doute et tisser le malheur étaient devenues fréquentes. Pourtant, l'idée était ridicule : Sheena s'occupait d'elle depuis qu'elle était enfant. Elle était employée à Forres depuis toujours et sa loyauté était à toute épreuve.

— Qu'allez-vous faire aujourd'hui, milady ? demanda la servante.

— Je n'en sais rien, répondit Lucy en se sentant soudain très seule.

La Auld Haa était une petite maison qui ne demandait pas beaucoup d'entretien, et Mrs Stewart s'occupait de tout. Lucy ne voulait pas aggraver encore plus la situation de la pauvre femme en lui retirant ses tâches attitrées. Mais elle ne voulait pas non plus rester assise à attendre de la visite, ni sortir pour des mondanités. Le nombre d'habitants sur l'île était très limité. Les femmes des deux gardiens de phare étaient déjà venues la veille. Mrs Hall était très aimable et réservée et l'autre, Mrs Campion, avait un avis sur tout et riait très fort. Les deux femmes s'accordaient à traiter les insulaires de barbares. Mrs Campion avait suggéré d'un air faussement timide d'inviter Robert et Lucy à dîner, ainsi que le maître d'école et le pasteur, qui, selon elle, étaient les seuls habitants de l'île dignes d'être ses hôtes. Les marchands qui vivaient dans des cabanes près du port étaient très pauvres et ne méritaient pas qu'elle s'y intéresse. De plus, c'était des étrangers, des Norvégiens, qu'elle ne jugeait pas fréquentables. Lucy trouva son snobisme insupportable. Elle n'avait plus invité les deux femmes.

Elle aurait pu se remettre à écrire, bien sûr, mais soudain, son projet de guide pour trouver le gentleman parfait lui parut à la fois sans intérêt et déplacé.

Elle pouvait toutefois enquêter sur l'histoire de l'île pour laquelle elle éprouvait un début d'intérêt. Mrs Stewart, qui était effectivement aussi bavarde que Sheena l'avait dit, lui raconta comment on avait trouvé de l'or provenant du naufrage d'un navire de l'Armada, ainsi que des histoires de Vikings qui étaient les ancêtres des habitants de l'île. Leurs phares se dressaient toujours sur la colline derrière la Auld Haa, et le port portait encore les traces de leurs longs bateaux.

— Vous allez sortir avec Lord Methven aujourd'hui ? insista Sheena.

— Non, je ne crois pas, répondit brièvement Lucy.

Elle crut apercevoir un léger sourire sur les lèvres de la servante, avant que celle-ci se tourne pour plier et ranger ses habits de nuit dans les tiroirs.

— Puis-je vous accompagner aujourd'hui ? demanda-t-elle à Robert dès qu'ils furent assis dans le salon du petit déjeuner.

La pièce sentait le café fraîchement moulu et des rayons de soleil qui avaient percé le brouillard striaient les murs lambrissés.

— La journée est belle et j'aimerais découvrir un peu plus l'île, ajouta-t-elle.

Robert posa durement sa tasse.

— Je vais travailler à remettre en état les phares aujourd'hui, dit-il.

Il se leva et sortit, laissant Lucy blessée par cette rebuffade.

Elle en avait assez ! Elle harnacha l'un des petits poneys têtus et partit se promener. Faute de selle adaptée pour monter en amazone, elle fut obligée de monter comme un homme, ce qui l'obligea à emprunter un pantalon au neveu de Mrs Stewart. Elle découvrit très vite que sa monture était une créature fougueuse avec un caractère bien trempé, plus grand qu'un poney des Shetlands et deux fois plus buté. Ils se livrèrent à une courte bataille où chacun tour à tour prit le dessus, puis l'animal se calma et devint aussi docile qu'un agneau.

Les jours qui suivirent, elle parcourut toute l'île, des falaises recouvertes de bruyère au nord jusqu'aux champs d'herbe douce au sud. Les fermiers la saluèrent en la voyant passer. Le deuxième jour, ils lui offrirent du lait frais pour l'aider à se rafraîchir. Le troisième jour, elle fut invitée à entrer dans l'une des maisons, où on lui offrit des galettes d'avoine grillée et du lait. Au quatrième jour, les femmes de l'île décidèrent qu'il était temps de lui apprendre à filer. Comme elle n'était pas très douée, elle se contenta de les écouter raconter leur vie sur l'île. Au début, les femmes rechignaient à parler devant elle et détournaient les yeux avec méfiance. Lucy comprenait leur réticence. Mais peut-être commencèrent-elles à comprendre à quel point elle était seule car, après avoir s'être copieusement moquées d'elle en la voyant tricoter, elles s'assirent autour d'une tasse de thé et toutes leurs différences sociales furent oubliées.

— J'ai entendu dire que vous étiez allée vous promener à cheval, dit Robert un soir au cours du dîner.

Il était rentré tard et s'était rendu aussitôt dans le salon avec ses bottes crottées et ses manches retroussées jusqu'aux coudes.

— C'est vrai, dit Lucy. Voulez-vous vous joindre à moi un jour ?

— J'ai beaucoup trop de travail.

Ce fut la goutte d'eau qui fit déborder le vase. Lucy repoussa son bol de soupe et se leva.

— Vous vous comportez comme un enfant gâté, dit-elle.

Elle était blessée d'être ainsi rejetée. Au fond d'elle, elle était rongée par le chagrin et avait l'impression de passer son temps à essayer de se rapprocher de Robert tandis qu'il la fuyait.

Il posa sur elle ses prunelles froides. Il était intimidant mais elle était bien décidée à ne pas se taire.

— Je sais que vous n'aimez pas cet endroit, dit-elle en pesant ses mots. Je comprends que cela soit douloureux pour vous en raison de la mort de Gregor et de votre dispute avec votre grand-père…

Un éclair vif et fulgurant dans le regard de Robert l'invita aussitôt à se taire. Elle y lut un chagrin qui la brûla comme une flamme. Pourtant, il ne dit mot, et Lucy vit avec désespoir comment il réprimait encore plus ses émotions, les sourcils froncés et la mâchoire serrée.

— Je sais que vous ne voulez pas en parler, insista-t-elle.

Maintenant qu'elle avait commencé tout en sachant qu'elle commettait une erreur, elle était prête à aller jusqu'au bout.

— Non, je n'en ai aucune envie.

Le calme de Robert était terrifiant, de même que son immobilité et son sang-froid.

— J'essaie simplement de vous aider, expliqua Lucy.

— Je n'ai pas besoin de votre aide, siffla-t-il sur un ton mordant.

— Et je n'ai pas envie d'être mariée à un homme aussi triste et maussade.

Elle jeta sa serviette qui claqua sur la table et atterrit dans la soupe, puis elle se dirigea à grands pas vers la porte, tout en espérant qu'il la retienne, qu'il s'excuse, qu'il dise quelque chose, n'importe quoi. Mais Robert resta muet.

— Ne venez pas partager mon lit ce soir, lança-t-elle

par-dessus son épaule. Je suis votre femme, pas votre maîtresse, et je ne peux souffrir d'être ignorée le jour et de ne vous servir que la nuit.

Une fois dans sa chambre, elle se blottit dans un fauteuil près de la fenêtre et contempla la mer. La lune, pleine et brillante, baignait l'île d'une lueur dorée. Pour une fois, Golden Isle lui paraissait calme et fidèle à son nom.

La flamme de la bougie était basse et Lucy avait froid. Elle n'avait pas entendu Robert monter l'escalier. Elle ignorait ce qu'elle ferait s'il venait quand même la rejoindre. Elle se sentait meurtrie et déçue qu'il rejette chacun de ses efforts pour se rapprocher de lui. Il lui avait manifesté tant de tendresse ! Mais le plus dur était de constater que cette douceur ne voulait pas dire qu'il était prêt à partager avec elle une quelconque proximité émotionnelle.

Soudain, elle entendit un bruit de cuir sur la pierre, ainsi que le grincement de la barrière. La lune projeta l'ombre longue d'un homme sur le mur. À sa façon de se déplacer, elle reconnut Robert.

Sa curiosité monta d'un cran. Jusqu'à présent, elle avait entendu de nombreuses histoires sur l'île, des histoires peuplées de légendes, de naufrages et de contrebandiers. Par une nuit comme celle-ci, il était aisé de croire aux fantômes et aux mythes. Elle se leva et enfila ses bottes.

Son manteau était bien chaud et heureusement, la nuit était plutôt douce. L'escalier craqua sous ses pas feutrés mais personne ne se manifesta. Mrs Stewart et les autres domestiques logeaient dans l'aile ouest du bâtiment. Elle ouvrit la porte d'entrée et sentit la brise fraîche lui mordre la peau du visage. Elle eut tout juste le temps d'apercevoir la silhouette de Robert se diriger vers les falaises. Elle décida de le suivre.

Chapitre 19

Wilfred Cardross était ivre quand le messager pénétra dans le hall, mouillé et crotté, avec ses deux lettres serrées dans la main.

— Je viens avec des messages urgents de Golden Isle, milord, dit-il en s'empressant de battre en retraite pour ne pas se faire botter le train par Wilfred.

Ce dernier fit descendre la servante dépenaillée de ses genoux. Celle-ci travaillait quelque part en cuisine et avait essayé assez maladroitement de l'exciter. Mais il était trop contrarié et trop ivre pour réagir à ses caresses. Il tendit une main incertaine vers son verre. Quelques gouttes éclaboussèrent les lettres. Il porta l'alcool à ses lèvres et but goulûment le précieux liquide.

Il reposa violemment son verre sur la table.

— Apportez-m'en plus ! dit-il à la fille indignée.

— J'espère que vous allez vous étrangler avec, marmonna méchamment celle-ci dans sa barbe en se dirigeant vers la cuisine.

Wilfred l'ignora. Il ouvrit la première lettre et la déchira un peu dans sa hâte. Comme il s'y attendait, il découvrit l'écriture de McTavish. Wilfred en lit quelques mots et posa le message sur la table avec dégoût. McTavish était aussi nerveux qu'une vieille femme. Il lui parlait des phares et des soupçons de Methven concernant un éventuel raid des Français. Le Boucanier, le corsaire français, ne se montrerait jamais s'il existait un risque qu'il soit capturé. Et tant que le Boucanier était en liberté, Wilfred savait que ses secrets étaient bien gardés.

Pourtant, même en essayant de se rassurer, un pincement de doute lui vrilla le ventre et commença à le ronger. En supposant que Methven soit assez malin pour piéger le pirate, le Boucanier ne manquerait pas de négocier sa liberté en échange d'informations sur le noble écossais qui vendait traîtreusement les secrets de son pays à l'ennemi.

Wilfred contempla son verre de vin d'un œil noir. Pouvait-il prendre ce risque ?

Puis une autre ligne attira son regard.

Methven demande à ce qu'on lui envoie la moitié de ses hommes des terres de l'ouest pour réparer les phares et défendre l'île.

Wilfred fit une pause. Comme il serait cocasse, songea-t-il, que tous les hommes de Methven soient capturés et enrôlés de force dans la Royal Navy. Ensuite, non seulement le marquis perdrait la moitié de ses gens, entraînant ainsi son domaine dans la misère et la ruine, mais lui, Wilfred, pourrait réclamer sa récompense pour avoir amené de si bonnes recrues dans les filets des officiers chargés du recrutement. Plus il y pensait, plus cette idée lui plaisait, et plus il rêvait d'assister à la colère et au désespoir de Methven lorsqu'il perdrait ces hommes qu'il s'était tant évertué à protéger.

Wilfred rit avant d'avaler une dernière lampée de vin. Un peu du précieux liquide se renversa sur la table et il jura bruyamment. Il appela à grands cris son intendant et lui demanda de lui apporter une plume et de l'encre. Il écrirait sur-le-champ à Wilson et Scott, les officiers chargés du recrutement dans le Nord, et les enverrait à Golden Isle pour capturer les hommes de Methven. Comme un chancre, l'avidité le rongeait. Lui aussi serait du voyage. Wilson était un homme brutal et corrompu qui ne manquerait pas de le poignarder dans le dos à la première occasion. Et une fois ses hommes capturés, Robert Methven battrait en retraite vers le sud pour panser ses blessures. Wilfred pourrait alors reprendre son commerce de contrebande très lucratif et vendre des informations aux Français. Il ne pouvait pas perdre.

Wilfred était tellement absorbé par cette idée qu'il en oublia presque la deuxième lettre encore scellée sur la table. Il s'en empara d'une main impatiente, la déplia et parcourut son contenu d'abord avec précipitation, puis avec un regain d'intérêt. Il fit alors une pause et tapota la feuille sur le rebord de la table, un petit sourire aux lèvres. L'espion qu'il avait placé dans la maison de Lady Methven venait de lui transmettre des informations intéressantes. Son sourire s'élargit lorsqu'il y réfléchit.

Robert Methven ne remplirait jamais les conditions de son héritage. Il n'aurait pas d'héritier.

Cette fois, la décision de Wilfred était prise : il se rendrait en personne sur Golden Isle pour assister à la chute de son rival. Il informerait le marquis en personne de la trahison de sa femme, et se réjouirait du choc que cette nouvelle ne manquerait pas de provoquer.

Son intendant n'était pas revenu, pas plus que la fille avec son vin. Il les maudit tous les deux en se levant péniblement et alla organiser les préparatifs de son voyage dans le Nord.

C'était les fantômes qui avaient fini par attirer Robert à l'extérieur. Après le départ de Lucy, il était resté assis un long moment, aux prises avec la frustration qui l'étreignait. Il avait fini par prendre le chemin du rivage, en direction de la baie où Gregor et lui avaient si souvent joué quand ils étaient enfants. Il avait aimé cette île, à cette époque de sa vie. C'était le royaume de son frère. Pas une seule fois il n'avait imaginé que cela pouvait changer.

Puis Gregor était mort et il avait détesté Golden Isle pour lui avoir pris son frère. Il l'avait détestée autant qu'il l'avait aimée. Il comprit alors que Lucy et lui avaient cela en commun : ils avaient tous les deux perdu un frère, une sœur qui leur étaient chers, à tel point que leur absence les hantait toujours.

L'air de la nuit était doux, tout comme le chuchotement des vagues sur le sable. Robert s'assit sur l'un des rochers qui surplombait la côte et sentit le granit froid sous ses paumes. Sur les falaises au-dessus de lui se trouvait le Pont du Diable, d'où Gregor était tombé. Personne n'avait pu expliquer cette chute. Gregor et lui étaient aussi lestes que des chamois. Les falaises ne leur faisaient pas peur. Pourtant, ce jour-là, Gregor était allé au Pont du Diable pour tenter de sauver un garçon en difficulté qui avait essayé d'escalader la falaise à la recherche d'œufs de fou de Bassan. L'enfant s'en était tiré mais en essayant de l'aider, Gregor était tombé du pont et avait trouvé la mort.

Robert soupira. Il savait qu'il devait retourner à la Auld Haa pour retrouver Lucy. Il fallait qu'il s'excuse de nouveau pour sa mauvaise humeur. Il devait cesser de fuir. Lucy avait été beaucoup plus courageuse que lui. Elle lui avait confié ses peurs alors qu'il lui avait caché les siennes.

Il se leva lentement. La nuit était tellement calme. La lune teintait la mer mouvante de reflets argentés. Tout respirait la paix.

Puis il aperçut Lucy. Elle se tenait de l'autre côté du Pont du Diable. Au début, il crut que ses souvenirs avaient fait apparaître un fantôme. Puis, le ventre serré par la peur, il comprit qu'il n'en était rien. C'était vraiment Lucy qui s'avançait vers lui sur l'étroite arche de la falaise.

Il entendit les pierres rouler dans le gouffre en contrebas. Glacé par la peur, il se tint immobile.

Elle allait tomber.

Il s'élança vers elle en courant et trébucha sur les touffes d'herbe. Il faillit chuter et poussa un juron avant d'entrer en collision avec elle. Il la saisit à bras-le-corps et l'éloigna du bord de la falaise et des rochers noirs et dangereux. Il sentit son corps chaud et bien réel dans ses bras, même si lui-même haletait sous l'effet de l'effort et de la peur.

— Robert ? dit-elle. Je suis venue vous retrouver. J'étais inquiète…

Elle n'était même pas à bout de souffle.

— Petite idiote ! Vous êtes stupide, complètement folle…

Il mourait d'envie de la prendre par les épaules pour la secouer. Il éprouvait une immense colère, galvanisée par la terreur. Il tremblait de tous ses membres.

Il était incapable de parler. Puis le soulagement balaya toutes ses peurs et il serra brutalement Lucy contre lui avant d'enfouir son visage dans le cou de celle-ci, pour sentir sa chaleur, écouter sa respiration.

— Oh ! dit-elle, comme si elle venait d'avoir une révélation.

— J'ai cru que j'allais vous perdre, dit Robert.

Il se sentait trembler. Il lui fallut déployer de gros efforts pour la lâcher.

— Je vous aime tellement et j'ai cru que Golden Isle allait vous enlever à moi, vous aussi, ajouta-t-il.

Il ignorait d'où lui venaient ces paroles. Il savait seulement qu'elles étaient sincères. Ses émotions complexes étaient devenues très simples, tout à coup. Auparavant, il croyait qu'il s'agissait de désir, de tendresse, d'admiration, tout sauf de l'amour.

Lucy prit son visage en coupe et le serra tout aussi fort. Il sentit cette émotion déferler sur lui comme une vague puissante et irrésistible.

Il allongea Lucy sur une étendue d'herbe douce qui leur offrit un lit aussi délicieux que confortable, et elle se blottit docilement dans ses bras. Il repoussa son manteau et découvrit qu'elle ne portait que sa chemise de nuit, déchirée par les rochers pointus qu'elle avait escaladés. Il finit de mettre à mal le fin tissu et sentit qu'elle tremblait. Il trouva ses bottes bizarrement érotiques et ne les lui enleva pas. Son corps nu était pâle et doré sous les rayons de lune. Lorsqu'il l'embrassa, elle lui rendit son baiser avec fougue, glissa les mains dans son dos et l'attira vers elle. Elle ne manifestait ni doute ni hésitation, et il comprit que son attente était terminée. Il fut alors envahi par une telle vague de désir possessif qu'il en eut le souffle coupé.

Il prit son visage en coupe et savoura le contact soyeux de ses cheveux.

— Je n'ai pas envie de vous faire mal.

Il était effrayé par la force de son désir pour elle.

— Vous ne me ferez pas mal.

Elle se hissa vers lui pour l'embrasser et ses seins lui effleurèrent le torse.

— S'il vous plaît, Robert. J'en ai envie. Je vous aime aussi.

Il se défit de son pantalon d'une main tremblante. Puis il lui écarta les cuisses et se glissa en elle très doucement, malgré son immense désir pour elle. Il la sentit se raidir et l'entendit retenir son souffle. Elle ouvrit les yeux.

Elle paraissait perplexe, sur le point de perdre ce merveilleux plaisir sensuel.

— Je suis navré, murmura-t-il. Dans quelques instants, cela passera.

Elle hocha la tête.

— Ne vous arrêtez pas, dit-elle à voix basse. S'il vous plaît, ne vous arrêtez pas maintenant.

Robert domina son besoin de plonger en elle, de la posséder pleinement, et l'embrassa de nouveau, mettant tout son amour et son désir dans ce baiser. Il sentit le corps de Lucy se détendre à nouveau et s'ouvrir à lui, et il commença à bouger, doucement, s'efforçant de se contrôler malgré les chairs chaudes et humides qui menaçaient d'avoir raison de la retenue qu'il possédait encore. Il l'entendit soupirer et elle l'attira vers lui, encore plus profondément, et ce sentiment était merveilleux. Puis elle se cambra pour aller à sa rencontre et il fut perdu. Il se sentit basculer, durement et rapidement. Le soulagement et le bien-être physique qu'il en ressentit était sidérant, aveuglant de beauté, et suffisamment fort pour lui arracher un grognement. Derrière ce plaisir était tapie une autre sensation, comme un besoin satisfait, l'impression d'être revenu chez lui.

Il enveloppa ensuite Lucy dans son manteau rouge et la

ramena à la maison, puis dans son lit. Il avait envie de lui faire encore l'amour, mais il savait que cela pouvait être douloureux pour elle. Il se contenta donc de la prendre dans ses bras et ce sentiment fut terriblement bon. Son désir de possession était à présent submergé par d'autres émotions si puissantes et profondes qu'il en fut bouleversé. Tenir Lucy dans ses bras lui apportait une grande paix. Cela lui rappelait à quel point il l'aimait et combien il avait besoin d'elle. Mais à cet amour se mêlait aussi la peur.

Il allait devoir apprendre à vivre avec elle car même dans le cas contraire, il ne la laisserait jamais s'éloigner de lui, ce qui était pour le moins gênant.

— Robert ?

Elle était réveillée. Elle tendit la main pour lui caresser la joue, comme elle l'avait fait plus tôt et, une fois encore, il ressentit une immense bouffée de tendresse et de désir.

— Je suis navré de ne pas m'être confié à vous, dit-il.

Il se sentait humble, différent. Il posa la tête et loin de se sentir frustré ou nerveux, il éprouva une grande paix.

— J'essayais d'ignorer à quel point je déteste être sur cette île en me lançant corps et âme dans le travail, tout en refusant d'en parler.

Lucy était allongée à côté de lui et le regardait, avec ses longs cheveux couvrant ses épaules nues.

— Cela ne m'étonne pas que vous détestiez cet endroit, dit-elle doucement. Votre frère y est mort, Robert. Une partie de votre vie s'est arrêtée ici.

Il tendit la main et attira Lucy contre son torse.

— Et c'est aussi ici qu'une autre partie de ma vie commence, répondit-il. Mon avenir avec vous.

Lucy s'éveilla lentement à l'aube. Elle resta immobile quelques instants. Elle avait chaud et elle sentait chanter dans ses veines un ronronnement de satisfaction. Puis quelque chose vint hanter un coin de son esprit, comme une pensée, une ombre. C'est alors que les souvenirs revinrent.

La nuit passée, elle n'avait pas fait de cauchemars.

Elle se rappela ce qui s'était passé. Elle s'était donnée à Robert librement, sans penser à rien d'autre qu'à satisfaire le désir de son mari et le sien. Il s'était abandonné à elle et elle l'avait désiré, aimé lui aussi.

Une légère peur vint lui titiller l'esprit, puis s'effaça. Elle attendit qu'elle revienne et qu'elle grossisse comme le monstre qui la harcelait depuis toujours. L'obscurité ne tarderait pas à venir. Mais il ne se passa rien. Le lit était profond et chaud. Elle se sentait heureuse, comblée. Elle bâilla.

Elle pouvait très bien être enceinte. Elle décida alors de tester volontairement ses sentiments. Elle se força à affronter sa plus grande peur. De nouveau, elle ressentit un léger malaise, mais il s'évanouit comme des empreintes de pas sur la plage effacés par une vague. Peut-être ressentirait-elle toujours une pointe de peur. Il était idiot d'imaginer qu'elle disparaîtrait complètement, mais cette crainte avait perdu son pouvoir sur elle.

Elle roula sur le côté et observa Robert. Il dormait encore. Il paraissait serein et ses traits durs étaient détendus. Une barbe naissante lui noircissait le menton et les joues. Derrière cet homme, Lucy percevait l'ombre de l'adolescent qu'il avait été lorsque la tragédie l'avait durement frappé. Elle espérait que sa haine pour Golden Isle s'en irait à présent.

Elle savait qu'il l'aimait. Elle l'avait vu dans ses yeux et à sa façon de la toucher lorsqu'il l'avait prise dans ses bras avec tant de férocité et de tendresse sur la falaise. Elle savait que cette fureur n'était due à rien d'autre qu'à son désir et son amour pour elle. Et elle l'aimait aussi, pour sa force et sa détermination envers son clan, sa loyauté, sa patience et sa tendresse pour elle.

— Lucy.

Il lui souriait. Il tendit la main vers elle et lui caressa l'épaule, le bras, lui prit le poignet et le porta à ses lèvres pour l'embrasser.

— Comment allez-vous, ma chérie ?

Elle vit l'ombre d'un doute dans son regard. Il craignait

qu'elle regrette ce qui s'était passé et que la nuit l'ait replongée dans l'obscurité de ses peurs.

— Je vais très bien, dit-elle franchement.

— Vous en êtes sûre ? demanda-t-il en l'observant attentivement.

Elle ne voyait qu'un seul moyen de le rassurer. Elle se pencha vers lui et l'embrassa. Lorsqu'elle s'écarta, la lueur qui éclairait les prunelles de Robert s'était intensifiée. Elle était plus chaude, plus forte. Elle contempla son visage tandis que la lumière bleue du matin illuminait les traits de son visage, la ligne excitante de sa bouche, de sa mâchoire, de sa joue. Son regard était plus vif et très bleu. Elle savait qu'il attendait qu'elle se décide. La nuit précédente, tout s'était passé de manière impulsive, dans le feu de l'action.

Maintenant, il voulait qu'elle choisisse.

Son cœur battait à tout rompre. L'excitation se nicha dans le creux de son ventre et lui coupa le souffle. Elle savait ce qu'elle voulait.

Ils se regardèrent fixement un très long moment, puis il la renversa sur le dos et se coucha sur elle, dans un élan désespéré et en même temps si pur, si puissant. La bouche de Robert était brûlante sur sa gorge. Elle le prit dans ses bras, uniquement concentrée sur ses sensations et sur son désir. Il lui caressa la poitrine, la taquina et joua avec elle au point de la faire trembler. Elle connaissait déjà l'immense et généreuse capacité de son propre corps à prendre du plaisir et maintenant, elle rêvait de s'abandonner totalement. C'était la première fois qu'elle se sentait complètement débarrassée de ses ombres.

Elle renversa la tête en arrière et Robert enfonça les doigts dans ses cheveux avant de se pencher vers elle pour s'emparer de ses seins. Lorsqu'il emprisonna leur pointe entre ses lèvres, Lucy soupira de bonheur et son corps fondit entre les bras de Robert. Son désir pour lui monta en flèche. Il lui caressa l'entrejambe sans lui lâcher les seins, et Lucy se sentit délicieusement impudique tandis qu'il jouait avec son corps et que lentement, inexorablement, il l'emmenait vers l'acmé du plaisir. C'était délicieux, presque irrésistible, et pourtant, une partie de son esprit se rebella. Il n'allait pas être le seul à mener la danse.

Rapide comme l'éclair, elle parvint à se dégager et le mouvement du matelas le déstabilisa. Il roula sur le dos. Lucy en profita pour l'enjamber. Elle s'empara de la tête de lit en bois et s'empala sur lui. Il était dur comme un roc.

Son cri de plaisir surpris fut sa récompense. Elle commença à bouger, à monter et descendre sur lui. La douce friction et cette impression de contrôle lui donnèrent un sentiment de pouvoir triomphant. Elle sentait chaque muscle du corps de Robert se tendre de frustration parce qu'il n'était plus le maître du jeu. Elle se pencha vers lui et l'embrassa doucement, le goûta, puis recula. Elle frotta ses seins contre son torse et l'entendit gémir.

— Lucy…

Sa voix rauque n'était qu'un murmure.

— Oui ?

Elle fit une pause et il renversa la tête en arrière.

— Ne vous arrêtez pas.

Elle le serra très fort.

— Vous aimez comme cela ?

Elle se redressa puis s'empala lentement sur lui.

— Ou bien comme ceci ?

— Petite coquine.

Un dernier glissement lui arracha un grognement. Il lui enlaça la taille et la renversa sous lui. Le matelas s'enfonça et grinça tandis qu'il plongeait en elle. Lucy s'arc-bouta pour aller à sa rencontre. Un plaisir intense l'envahit, irrésistible, violent et doux. Elle jouit aussitôt et les contractions de son corps entraînèrent Robert, qui se répandit en elle en criant. Ils restèrent enlacés longuement dans un enchevêtrement de plaisir et de soulagement.

— Bon sang, dit-il après avoir récupéré son souffle. Je voulais vous faire l'amour doucement et tendrement cette fois.

— La prochaine fois peut-être.

Il rabattit les couvertures sur eux et prit Lucy dans le creux de son bras, mais elle se sentait trop agitée, trop réveillée pour dormir. Elle avait l'impression que le plaisir, la satiété et le soulagement l'avaient rendue ivre.

Elle se dégagea de son étreinte et se dirigea vers la fenêtre avant de s'agenouiller sur le siège garni de tapisserie. Elle contempla l'étendue infinie de la mer.

— C'est si beau à l'aube, dit-elle, si paisible.

— Revenez vous coucher, dit Robert.

Il s'était redressé sur un coude et la regardait, les yeux lourds de désir. Lucy sentit un aiguillon brûlant répondre à son regard. Elle était d'humeur joueuse et espiègle, comme jamais elle ne se l'était autorisé auparavant. Ce sentiment s'épanouit en elle comme une tentation. Pendant tant d'années, elle avait renié ses désirs physiques. À présent, elle était presque trop impatiente de rattraper le temps perdu.

— Non, dit-elle.

Elle écarta le rideau si bien que la lumière pâle du jour éclaira son corps nu.

— Si vous me voulez, venez me chercher.

Il écarquilla les yeux et n'eut pas besoin qu'elle renouvelle son invitation. Poussant un rugissement, il bondit du lit et s'élança vers elle, mais Lucy fut plus rapide que lui. Elle ouvrit la porte de la chambre à la volée et descendit l'escalier. Ses pieds nus martelaient le parquet en bois. Elle sentait Robert sur ses talons. Elle se précipita dans la salle à manger, contourna la table, fit trembler la porcelaine puis s'échappa de la pièce pour entrer cette fois dans le salon, où Robert l'enlaça par-derrière. Il passa un bras sous son ventre nu et plaqua son corps chaud contre son dos. Il haletait. Elle sentit qu'il avait de nouveau une énorme érection.

Elle se frotta contre lui et l'entendit pousser un grognement rauque.

— Bon sang, vous êtes insatiable.

Lucy gloussa. Elle se sentait délicieusement coquine.

— Vous ne parvenez pas à me satisfaire, milord ? murmura-t-elle de manière provocante. Vous êtes peut-être trop vieux ? Ou trop fatigué ?

Pour toute réponse, il la poussa en avant et la pencha sur le vieux piano délabré. Elle posa les mains à plat sur le bois froid et brillant où ses seins vinrent s'écraser.

Robert se fraya du bout des doigts un passage dans son sexe, puis les remplaça par son membre.

— J'ai toujours dit que vous étiez très douée pour cet instrument.

Il la pénétra et elle retint son souffle face à cette invasion. Il était si gros, et tout était si nouveau, si différent. Les sensations étaient beaucoup plus profondes et intenses, et son désir n'en fut que plus violent. Elle se cambra et sentit ses seins frotter d'avant en arrière sur le bois froid, tandis que Robert s'enfonçait chaque fois plus loin en elle. Il la tint par les hanches et la fit haleter sous ses puissants coups de reins. Les cordes du piano tremblaient et résonnaient à chaque soubresaut de son corps, créant une cacophonie toujours plus forte. Robert la prenait de manière profonde et l'amenait inexorablement vers l'extase. Un tourbillon de plaisir finit par l'emporter et elle voulut l'emmener avec elle mais il se retira.

— Je peux attendre, murmura-t-il.

Elle crut qu'il allait s'arrêter mais il ne lui laissa pas de répit. Il la prit de nouveau par la taille et la pénétra en cadence en soutenant son corps. C'était sublime, merveilleux. Elle s'accrocha au plateau en bois tandis qu'il l'amenait toujours plus près de l'abîme, toujours plus haut. Elle aimait son côté charnel, la façon dont ses seins tressautaient à chaque coup de reins, la façon dont son ventre se contractait. Ce désir à l'état brut était une autre révélation.

Son orgasme arriva brusquement, la terrassa et la fit trembler de plaisir. Elle entendit Robert crier et le sentit se répandre en elle. Son dernier coup de reins eut encore raison d'elle et la propulsa dans un tourbillon de délices qui dépassait l'imagination. Elle s'effondra dans ses bras, tandis que l'écho de son extase résonnait encore dans son corps.

Elle tremblait. Ses jambes chancelantes refusaient de la porter. Robert la prit dans ses bras et l'emmena vers un fauteuil où il l'assit sur ses genoux. Puis il l'embrassa de nouveau, doucement, tendrement, en commençant par le coin de sa bouche, la ligne de sa mâchoire et le creux de sa gorge.

Elle se blottit contre lui et huma le parfum de sa peau, chaude et douce, et celui de son savon parfumé au bois de santal qui lui donnait le tournis.

— La Highland Ladies Blue Stockings Society ne nous apprend pas à utiliser les pianos de cette façon, dit-elle en lui embrassant le torse.

Elle posa la main sur son cœur et sentit le grondement de son rire dans sa poitrine.

— Je suis épuisée, murmura-t-elle.

— C'est bien fait pour vous, répondit Robert en écartant ses cheveux emmêlés de son visage.

Puis il l'embrassa longuement, avec toute sa tendresse.

— Vous avez froid.

Les mains de Lucy étaient glacées sur la peau de Robert quand il la porta dans l'escalier en direction de leur chambre.

— Laissez-moi vous réchauffer.

Il l'allongea sur le lit et se glissa à côté d'elle avant de rabattre les couvertures sur eux. Lucy endurait le contrecoup du plaisir dans ses membres las.

— Je vous aime, dit-elle en l'embrassant.

Lorsqu'elle se réveilla, la pièce était inondée de soleil. Robert était en train d'enfiler sa chemise en jurant parce qu'il allait être en retard pour rencontrer le capitaine du port. Lorsqu'il revint embrasser Lucy avec fougue, elle aperçut Sheena qui se glissait dans la chambre avec son plateau du petit déjeuner. Mais elle se sentait trop épuisée pour boire ou manger.

Sa bonne ramassa sa chemise de nuit et par son silence et ses sourcils dressés lui fit savoir qu'elle avait remarqué les draps froissés de son lit et ses cheveux emmêlés. Sheena posa le plateau sur la table de nuit et se dirigea vers le coffre en bois. Elle fouilla tout au fond et lui dit :

— Vous allez en avoir besoin. J'ai remarqué que vous ne l'aviez pas pris. C'est téméraire et dangereux, si vous voulez bien m'excuser, milady. Vous deviez pourtant savoir que cela finirait par arriver.

Lucy leva le nez de sa tasse de chocolat chaud.

Sheena tenait dans la main une petite fiole. Au début, Lucy ne la reconnut pas, puis les souvenirs de la teinture de pouliot lui revinrent avec un pincement au cœur.

Elle se rappela la jeune fille effrayée qu'elle était autrefois, hantée par son passé, et ressentit une certaine compassion pour elle.

— En réalité, je n'en veux pas, répondit-elle. Je n'en ai pas besoin. Je n'ai plus peur.

Une bouffée d'excitation et de joie l'envahit.

Sheena ouvrit des yeux ronds comme des soucoupes.

— Mais milady, vous ne pouvez pas prendre un tel risque ! Vous devez prendre cette teinture !

Il y avait des accents de panique dans sa voix tandis qu'elle tendait la fiole à Lucy.

— Je vais vous chercher une autre teinture, au cas où vous seriez déjà enceinte, dit-elle. Personne ne l'apprendra.

Puis elle ajouta d'une voix implorante :

— Ce ne serait pas raisonnable que vous ayez un enfant, milady. Songez à ce qui est arrivé à votre sœur ! S'il vous plaît, écoutez-moi…

— Non, répondit Lucy d'une voix ferme.

Elle se leva et prit Sheena par le bras puis l'obligea à s'asseoir sur le lit. Le visage de la bonne était tout chiffonné, comme si elle était sur le point de pleurer. Elle tremblait. Lucy reçut un choc : elle ignorait que Sheena avait été elle aussi hantée par la peur de perdre sa maîtresse. Mais la servante avait été leur nourrice à Alice et elle, alors c'était compréhensible.

— Sheena, dit doucement Lucy. Je comprends que vous

ayez envie de me protéger. Vous le faites depuis que je suis enfant. Mais il n'y a rien à craindre, je vous assure.

Il était clair que sa bonne n'avait plus envie d'en parler. Elle affichait une expression froide et elle avait les lèvres pincées.

— Très bien, milady. N'en parlons plus.

Elle prit le plateau et débarrassa la tasse de Lucy qui avait à peine bu la moitié de son chocolat chaud. Elle prit une tranche de pain avant que Sheena s'en aille.

Plus tard, une fois habillée, Lucy prit la fiole de pouliot et la glissa dans la poche de son manteau. Puis elle se dirigea vers la falaise où soufflait une brise fraîche et offrit son visage à la chaleur du soleil. Arrivée au bord, elle lança la fiole.

Elle la jeta aussi loin qu'elle le put, de toutes ses forces, et l'entendit rebondir sur les rochers en contrebas, avant que la mer l'emporte dans son sillage.

Son geste était jouissif.

Les rayons du soleil s'étaient embrasés et Lucy leur présenta son visage. L'espace d'un instant, portés par la brise, elle crut entendre la voix et le rire d'Alice qui ne venaient plus la hanter dans l'obscurité. Elle n'était plus réveillée par de terribles cauchemars. Seul le souvenir de sa sœur dansant sous le soleil lui restait. Elle sentait toujours la présence de celle-ci à ses côtés mais sous la forme d'un fantôme bienveillant.

Lucy ouvrit alors son cœur et laissa les souvenirs de sa jumelle s'envoler.

Chapitre 20

Lucy se promena sur la plage. Elle retira ses chaussures et ses bas pour mieux sentir le sable froid et mouillé sous ses pieds. Ces derniers jours, elle avait le sentiment étrange de percevoir les moindres sensations. Elle était plus réceptive aux odeurs, aux saveurs. Même sa peau était plus sensible, comme si tout était nouveau. Par rapport à sa précédente vie si rationnelle, le nez plongé dans les livres, le changement était immense. Aujourd'hui, elle aimait toujours lire et écrire, mais son existence avait pris une autre dimension où les sens avaient toute leur place. Elle avait l'impression de s'être éveillée à la vie.

La semaine qui venait de s'écouler avait été parfaite. Le soleil avait brillé tous les jours et Golden Isle avait fait honneur à son nom. Lucy avait réussi à convaincre Robert de passer un peu moins de temps à remettre l'île en état pour aller piquc-niquer avec elle à Golden Water, le petit lac qui avait donné son nom à l'île. Ils avaient chevauché ensemble à travers les collines et s'étaient baignés dans la mer. Même en cette période de l'année où l'été arrivait dans ces îles du Nord, l'eau était froide à couper le souffle, mais ils avaient trouvé une grotte à l'abri du vent avec des bassins naturels d'eau turquoise chauffés par le soleil. Lucy sourit en se rappelant avoir retiré ses vêtements pour y plonger, complètement nue. Cet après-midi était resté gravé dans sa mémoire.

Ils avaient aussi parlé. Un soir, alors qu'ils étaient allongés côte à côte, Robert lui avait confié que sa grand-mère était la seule personne de sa famille à avoir continué de lui écrire lorsqu'il était au Canada, s'opposant ainsi à son mari.

— Je suis sûr qu'elle vous appréciera beaucoup, avait-il dit en lui déposant un baiser sur la gorge puis entre les seins. Une fois mon travail ici terminé, je serais heureux de vous emmener à Methven.

Lucy avait alors songé au travail en question. Elle avait vu des bateaux aller et venir de Findon, toujours plus nombreux, chargés d'hommes et de matériaux. McTavish avait été renvoyé, lui avait dit Robert, et Jack Rutherford était venu de Methven pour gérer les comptes. Lucy était certaine que d'autres choses se tramaient, mais lorsqu'elle avait interrogé Robert, il avait prétendu qu'il ne faisait que renforcer les défenses de l'île contre les contrebandiers français qui avaient été aperçus plus au nord. Jack, à sa manière raffinée et charmante, ne l'avait pas contredit, mais Lucy n'était pas convaincue par cette réponse.

Le vent était frais sur son visage. La nuit était en train de tomber et les ombres s'allongeaient. Elle serra son châle autour de ses épaules et se dirigea d'un pas un peu plus rapide vers le port. Devant elle, un groupe de femmes et d'enfants ramassaient du bois flotté sur les rochers.

Les arbres sur l'île étaient tellement rares que le bois avait toujours été un bien précieux. La marée montait et venait lécher les pieds nus de Lucy. L'eau était froide et elle frissonna un peu. Les vagues éclaboussèrent sa robe et ses jupons, et vinrent s'écraser sur les rochers derrière lesquels les enfants jouaient dans des flaques. Leurs cris arrivèrent aux oreilles de Lucy, portés par la brise. Tout paraissait si paisible et pourtant, pour une raison qu'elle ignorait, elle avait un mauvais pressentiment.

En arrivant sur le quai, elle aperçut Robert en compagnie de Jack. Elle sentit son cœur se serrer un peu, comme chaque fois qu'elle voyait son mari. Elle hâta le pas pour les rejoindre, mais elle n'eut pas le temps de leur lancer un salut. Un étrange silence s'était abattu sur la foule rassemblée sur le quai. Tous étaient tournés vers le large où le soleil se couchait dans un grand éclaboussement de feu.

Devant eux, les voiles noires d'un bateau se détachaient, menaçantes.

— La marine royale, murmura quelqu'un.

Puis le murmure enfla et se propagea comme le vent dans un champ de blé.

— La marine est là... Ils viennent pour nous enrôler de force !

Au même moment, quelqu'un se tourna et pointa le doigt vers le sud, où un phare venait de s'allumer.

— Le village est attaqué !

Lucy vit le corps de Robert se crisper, comme si la foudre venait de s'abattre sur lui.

— Cardross, rugit-il. Il arrive et a amené la marine royale avec lui.

Lucy sentait la terreur et la haine des hommes rassemblés. Ils avaient déjà assisté à cette scène, à la destruction de leurs vies. Robert lui prit les mains.

— Retournez à la Auld Haa, dit-il d'un air grave. Enfermez-vous et n'ouvrez à personne.

Il l'embrassa.

— Je viendrai aussi vite que je le pourrai.

— Non, répondit aussitôt Lucy. Je veux vous aider, Robert.

Elle se tourna et désigna les femmes et les enfants amassés sur le quai.

— Laissez-moi veiller sur eux. Si jamais Wilfred se présente, je saurai me défendre. Je le fendrai en deux avec une épée.

Un léger sourire éclaira le visage grave de Robert.

— Je sais que vous en êtes capable, mais je ne peux pas vous laisser courir le moindre risque. C'est trop dangereux.

Il l'attira vers lui et elle sentit son cœur battre contre le sien, ainsi que son impatience et son besoin de défendre son île.

— Vous ne pouvez pas risquer votre vie, Lucy. Il ne s'agit pas que de moi, même si Dieu sait que je ferais n'importe quoi pour vous protéger. Mais je dois le faire pour Methven.

Lucy le comprenait. Il parlait de l'avenir, de l'héritier qu'elle portait peut-être déjà dans son ventre. Elle se sentait terriblement déchirée. Elle voulait de toute son âme les aider et détestait l'idée de rester à attendre sans rien faire. Pourtant, elle comprenait à quel point il était important pour Robert et pour le clan Methven qu'elle soit en sécurité.

— Maudit Wilfred, dit-elle d'une voix tremblante. Vous devez y aller, Robert, et l'arrêter.

Elle regarda par-dessus son épaule la chaloupe que la marine avait lancée à la mer.

— Je sais que vous ne les laisserez pas emmener d'autres hommes, mais soyez prudent. Ces individus ne respectent aucune loi ni aucun homme.

Robert l'embrassa une dernière fois et son baiser, bien que fugace, bouleversa son âme.

— Revenez-moi vite, murmura-t-elle. Il faut que nous soyons deux pour donner un héritier à Methven.

Elle s'écarta légèrement de lui.

— De plus, je vous aime et je n'ai pas envie de rester veuve.

— Je vous aime aussi, dit Robert en l'embrassant de nouveau, plus longuement, plus profondément, avant de la lâcher pour aller rejoindre ses hommes qui l'attendaient.

Lucy remonta lentement le chemin qui menait à la Auld Haa. Pourtant, en arrivant devant le portail, elle eut un moment d'hésitation. Devant elle, la route serpentait en haut de la colline, vers le phare au nord de l'île. Il n'avait pas été allumé, ce qui signifiait que personne n'avait prévenu les autres habitants qu'ils étaient attaqués.

De nouveau, un sombre pressentiment la fit frémir. Wilfred avait de toute évidence mis le feu aux fermes du sud. La marine avançait à l'ouest. Et si une autre attaque avait lieu parmi les fermes vulnérables et exposées du nord ? L'île était parsemée de criques et de grottes. Des hommes pouvaient débarquer de partout et lancer une attaque de manière impromptue.

Lucy s'empara de la torche qui éclairait l'entrée de la

Auld Haa et remonta rapidement le chemin qui menait au phare, à quelques centaines de mètres devant elle. Les pierres roulaient sous ses pieds. Plus loin, sur sa gauche, le Golden Water brillait sous les derniers rayons du soleil. Un vent froid la fit frissonner. Elle avait l'impression que quelqu'un l'observait. Elle lança la torche au milieu des bûches entassées dans le phare et revint vers la route, soulagée.

— Pas si vite, cousine.

Wilfred Cardross se tenait devant elle. Sa silhouette se détachait, telle une ombre noire, sur l'étendue bleu foncé de l'océan. Derrière lui se trouvaient quatre hommes de son clan. Lucy entendit le brasier s'allumer en sifflant dans le phare et s'élever en rugissant. Wilfred était arrivé trop tard pour l'éteindre et bientôt, les fermiers le verraient et pourraient partir se mettre à l'abri.

Wilfred s'avança lentement vers elle. Son visage était éclairé par les flammes. Il portait comme à son habitude ses plus beaux atours, garnis de précieuses dentelles et de rubans, mais son regard féroce contrastait avec l'élégance et le raffinement de sa tenue. Lucy sentit son cœur chavirer.

Elle redressa la tête et le défia du regard.

— Wilfred, dit-elle, je vois que vous êtes venu avec plus d'hommes cette fois. C'est en effet plus sage.

— Ma chère cousine, répondit ce dernier en s'inclinant vers elle. Quelle joie de vous trouver ici. Je vous remercie de m'avoir épargné la corvée de venir vous chercher.

Sur un signe de tête, il ordonna à ses hommes d'avancer. Ils avaient l'air de bêtes affamées. Lucy sentit la peur lui serrer la gorge et s'empressa de la ravaler.

— Quelle négligence de la part de Methven de vous laisser vous défendre seule, lança Wilfred d'un air satisfait. Il devrait mieux protéger ce qui lui appartient.

— Mon mari est en train de protéger son clan, concept qui vous est complètement étranger, Wilfred. Vous détroussez vos propres gens, si je ne me trompe. Vous volez leur bétail et brûlez leurs maisons.

Wilfred rit bruyamment. Il regarda vers le sud, où une

ligne de flammes délimitait les dégâts que ses hommes infligeaient à l'île.

— Il ne reste plus grand-chose à protéger ici. La marine va emmener les derniers habitants ainsi que tous les hommes de Methven.

Puis son regard se posa durement sur elle.

— Et une fois que je vous aurais prise, ce sera la fin, conclut-il.

Il approcha d'un pas. Lucy voyait les traits de son visage à la lueur des flammes. Il souriait. Il semblait savourer sa victoire. Elle recula jusqu'au mur en pierre du phare et chercha à tâtons la torche qu'elle avait emportée. Ses doigts grattèrent la pierre et sentirent la morsure des flammes. Il fallait empêcher à tout prix Wilfred de deviner ses intentions. Il croyait qu'elle n'était pas armée et elle ne voulait pas gâcher l'effet de surprise.

— Qu'y a-t-il ? demanda-t-elle d'un air méprisant. Avez-vous peur que je vous pousse si vous vous approchez trop près, Wilfred ?

Son cousin leva son épée et posa la pointe sous son menton. Lucy sentit le tranchant de la lame sur sa gorge.

— Je n'ai pas peur de vous, ni de votre laird, répliqua-t-il.

Il tendit l'oreille.

— Le voilà qui arrive.

Lucy entendit des bruits de sabots sur la route. Il n'y avait qu'un seul cavalier. Elle tourna brusquement la tête et sentit l'épée mordre un peu plus sa chair. Un filet de sang coula sur son cou.

— Methven ! cria Wilfred. Je suis si heureux que vous ayez reçu mon message. Je tiens votre femme.

— Non…, commença Lucy.

Mais Wilfred posa l'épée sur son cœur cette fois.

Robert s'avança dans le cercle des flammes. Il était seul. Aussitôt, quatre hommes l'encerclèrent.

— Ah, Methven, dit Wilfred d'un air courtois. Jetez donc votre épée.

Voyant que Robert ne s'exécutait pas sur-le-champ, il

appuya son épée plus fort sur la poitrine de Lucy, qui se mordit les lèvres pour réprimer un cri.

Robert obtempéra sans la quitter des yeux.

— Parfait, dit Wilfred.

Il bougea et l'épée effleura la poitrine de Lucy comme une caresse.

— Il y a quelque chose que vous devez savoir, Methven, dit-il. Votre jolie épouse vous a trahi.

L'épée trancha le corsage de Lucy, qui s'ouvrit largement, et laissa une longue entaille sur la peau blanche de son sein. Elle retint son souffle pour ne pas se laisser envahir par la douleur.

— La trahison est une vilaine chose, vous ne trouvez pas ? répéta Wilfred tout en souriant d'un air admiratif face à son œuvre.

Le cœur de Lucy s'emballa et elle fut prise de nausée. Elle savait ce que Wilfred s'apprêtait à révéler. Lorsqu'elle l'avait battu près du lac, il avait été humilié et maintenant, il allait se venger.

— J'ai bien peur que votre femme ne vous donne jamais d'héritier, dit-il d'une voix mielleuse.

Il donna un autre coup d'épée sur la robe qui croisa la première entaille. Le corsage de Lucy s'ouvrit entièrement et les pans de tissu tombèrent doucement au sol comme des feuilles mortes. Elle baissa les yeux et aperçut une nouvelle coupure sur son sein, suivie d'une vive douleur.

Wilfred sourit, donna un autre coup de poignet et réduisit son corsage en miettes, exposant sa peau laiteuse à la lueur des flammes. Robert esquissa d'instinct un mouvement mais les hommes de Wilfred s'empressèrent de le maîtriser. Lucy leva la main pour se couvrir, mais Wilfred pointa de nouveau son épée sous sa gorge.

— Restez tranquille, cousine.

Quelqu'un partit à rire. Lucy vit la mâchoire de Robert tressaillir. Ses muscles étaient tendus comme un arc. Il ne parlait toujours pas.

Wilfred avait reporté son attention sur elle.

— En parlant de trahison, ma cousine, dit-il d'une voix douce, sachez que votre servante est prête à tout pour une poignée d'or. C'est elle qui m'a vendu vos secrets.

Un goût amer lui emplit la bouche. Elle se rappela Sheena dans sa chambre à la Auld Haa, avec la fiole de pouliot dans la main. Le choc et l'incrédulité lui donnèrent la nausée.

— Votre épouse malhonnête est allée rendre visite à une sage-femme pour lui acheter une potion destinée à l'empêcher de tomber enceinte, continua Wilfred d'une voix plus forte. Chaque fois que vous la preniez…

L'épée quitta les seins de Lucy pour pointer le sommet de ses cuisses.

— … elle faisait en sorte de ne pas avoir d'enfant. Pendant que vous attendiez l'heureuse nouvelle d'une naissance, elle savait que cela n'arriverait jamais. Elle vous a trahi aussi sûrement que si elle m'avait donné vos terres.

— Les choses ne se sont jamais passées comme cela, protesta Lucy en retrouvant sa voix, rendue rauque par la fumée. Robert, je vous jure que…

Robert ignora ses paroles. Il regardait fixement Wilfred.

— Laissez-la partir, Cardross, dit-il.

Wilfred poussa un grand rire.

— Lady Lucy vient avec moi. J'attends depuis longtemps de batifoler avec elle. Et lorsque j'aurai terminé, je suis sûr que mes hommes voudront leur part, eux aussi.

Il avait attrapé Lucy par le bras, et elle sentait ses doigts s'enfoncer dans sa chair au-dessus de son coude. L'un de ses hommes était venu se placer sur le côté. Lucy tendit la main derrière elle et toucha le bout de la torche. Les flammes lui brûlèrent la paume mais elle serra les dents pour résister à la douleur.

— Venez, ma cousine, dit Wilfred. Vous ne ferez plus autant la fine bouche quand j'en aurai fini avec vous.

Il tira Lucy en avant et Robert poussa un rugissement. Il se tourna brusquement vers l'homme le plus proche de Wilfred, le poussa et fit un bond sur le côté tandis que les trois autres s'abattaient sur lui. Puis il s'empara de l'épée de celui qui était tombé et se tourna pour affronter ses assaillants. Il frappa l'un d'eux avec le plat de sa lame et ne fit qu'une bouchée du deuxième.

Au même moment, Lucy décrivit un arc de cercle avec son bras et brandit la torche vers Wilfred qui hurla en voyant les flammes embraser ses manches en dentelle. Il lâcha Lucy et partit en courant vers le lac. Elle lança la torche vers l'autre homme qui était resté debout, immobile, bouche bée, encore sous le choc. Il battit en retraite en poussant un cri et s'enfuit, tandis que Robert le faisait déguerpir encore plus vite en le menaçant de son épée. Plusieurs hommes de Methven étaient arrivés et encerclaient le lac où Wilfred se débattait en jurant. Deux d'entre eux s'élancèrent à la poursuite des autres assaillants.

Lucy ramassa la torche et la jeta dans le feu qui illuminait à présent le phare. Elle tremblait tellement qu'elle tenait à peine debout. En deux pas, Robert la rejoignit et posa un bref instant les mains sur ses épaules pour contempler l'œuvre de Wilfred, son corsage en lambeaux et les vilaines coupures qui lui striaient les seins. Ses traits étaient empreints de fureur meurtrière.

— Si vous ne lui aviez pas mis le feu, dit Robert, je l'aurais tué de mes propres mains pour ce qu'il vous a fait.

— Ce ne sont que quelques égratignures, répondit Lucy en claquant des dents. Il ne l'a fait que pour se donner en spectacle, pour m'humilier et m'effrayer.

Les mains de Robert retombèrent.

— Vous devez retourner à l'auberge et vous faire soigner, dit-il.

Il la contempla un long moment, mais son regard ne contenait ni chaleur ni tendresse. Puis il ajouta très doucement :

— Je sais que ce que Cardross a dit était vrai. Je l'ai vu dans votre regard.

Il tourna les talons et se dirigea vers son cheval. Lucy courut derrière lui et sentit son cœur se briser.

— Robert, attendez ! lança-t-elle. Laissez-moi vous expliquer…

Il se tourna à moitié vers elle. D'un geste brusque, il l'interrompit.

— A-t-il dit vrai à propos de la teinture ?

— Oui, mais…

— Et quand vous l'êtes-vous procurée ?

Sa voix était froide, mais sous sa colère, Lucy sentait sa douleur, visible également dans son regard brûlant, de se savoir trahi.

— Quand, Lucy ? demanda-t-il d'une voix calme.

— Juste avant notre mariage, avoua-t-elle en tremblant. Mais je ne l'ai pas prise ! Jamais ! Vous devez me croire !

Robert secoua la tête. Il paraissait las, comme s'il avait le cœur gros.

— Je croyais que vous aviez confiance en moi, dit-il. Je vous ai dit que vous pouviez vous fier à ma parole, mais il semblerait que vous ne m'ayez jamais cru.

— Non, c'est faux ! protesta Lucy. Je vous faisais confiance mais…

Elle s'interrompit. Ce dernier mot n'illustrait que trop bien le peu de foi qu'elle avait accordé à la parole de Robert.

— Vous savez à quel point c'était dur pour moi, murmura-t-elle. J'étais terrifiée. J'avais besoin de me sentir protégée.

— Vous étiez en sécurité, répliqua-t-il. Vous l'avez toujours été avec moi. Quel dommage que vous ne m'ayez jamais fait confiance.

Il n'accepterait plus qu'elle se justifie ni qu'elle s'explique. Peut-être qu'avec le temps il serait prêt à l'écouter, mais leur bel et brillant avenir, qui venait tout juste de se profiler à l'horizon, gisait maintenant à ses pieds. Lucy avait beau être une femme têtue et déterminée, elle ne trouva pas les mots. Elle avait la gorge sèche comme de la paille et les larmes lui brouillaient la vue.

— Vous devez avoir froid, dit Robert. Vous avez beaucoup fait pour Golden Isle ce soir et je vous en suis reconnaissant.

Sa froideur et sa politesse lui firent l'effet d'un coup de poing.

— Je vais vous ramener à l'auberge. Ensuite, je dois me rendre au village pour aider mes hommes.

— Bien sûr, répondit Lucy avec raideur.

Son cœur se brisa un peu plus.

— Ne vous donnez pas la peine de me raccompagner…

— J'insiste.

Il lui tendit la main pour l'aider à monter devant lui sur son cheval et elle ne put s'empêcher de grimacer de douleur lorsque sa main brûlée toucha celle de Robert. Il tourna sa paume vers lui.

— Vous vous êtes brûlée, dit-il.

— Ce n'est rien. Juste quelques cloques.

Robert la lâcha, et ne plus sentir la chaleur de son contact lui fit encore plus mal que ses brûlures. Ils chevauchèrent en silence, puis il la déposa devant le portail de l'auberge sans ajouter un mot.

Chapitre 21

Robert travailla toute la nuit avec ses hommes pour éteindre les incendies et s'assurer que tout le monde était sain et sauf. Il ne prit pas de repos. Il n'avait pas envie de réfléchir, ni d'analyser ce qu'il ressentait. Cardross avait été arrêté ainsi que tous ses hommes. Mieux encore, le Boucanier avait été capturé par Jack, qui avait réussi à le débusquer. Ce dernier s'était servi du voilier de Cardross pour lui tendre un piège. La marine était partie, en emmenant le pirate. C'était une justice sommaire qui s'appliquait dans les îles, loin du roi et de ses lois, mais Robert était prêt à s'en contenter. Cardross serait jugé pour trahison et les terres de Methven ne seraient plus menacées.

Lorsque l'aube se leva sur l'océan, Jack arriva enfin, crasseux et sentant la fumée. Lui-même ne devait pas avoir meilleure mine, songea Robert. Son cousin lui tendit une flasque d'eau en cuir et il avala son contenu avec reconnaissance.

— Tu dois te reposer, Rob.

— Il reste encore beaucoup à faire, répondit-il d'une voix laconique.

— Et beaucoup de temps pour le faire. Allez, va dormir. Va parler à Lucy…

Robert esquissa un mouvement de recul et Jack marqua une pause, avant de poser son regard émeraude sur le visage de son cousin.

— Lucy a essayé de sauver Methven pour toi, tu ne le

vois donc pas, espèce d'idiot ? dit Jack. Elle avait besoin de se sentir en sécurité pour pouvoir t'épouser. Elle a traversé une terrible épreuve alors qu'elle était trop jeune pour le supporter. Elle essayait de se protéger afin que cela ne se reproduise plus jamais. La potion lui a donné le courage de t'épouser et de t'aider à sauver Methven de Cardross.

— Elle aurait dû me faire confiance, grommela Robert.

Jack soupira et se passa une main dans les cheveux. Une pluie de suie lui tomba sur le visage.

— Oui, elle aurait dû te faire confiance, mais à ce moment-là, elle ne pouvait pas le faire. Elle aurait pu refuser encore ta demande, Rob, mais elle ne l'a pas fait. Elle croyait en toi et elle voulait sauver Methven.

Robert lança un regard noir à son cousin.

— Tu as une façon intéressante de trouver des arguments. Tu aurais dû être avocat.

Jack lui décocha un large sourire.

— Tu sais que j'ai raison.

— En revanche, j'ignore comment tu sais tout cela.

— C'est cette garce de servante qui me l'a dit. Elle devait croire que cela l'aiderait à sauver sa misérable peau.

Il plissa les yeux.

— Tout le monde sur cette île aime Lucy pour le courage dont elle a fait preuve ce soir.

Il soupira.

— Toi aussi, tu l'aimes. Ne laisse pas Cardross gâcher votre amour. Ne le laisse pas gagner.

— Tu es bien courageux d'oser venir me dire ça, riposta Robert.

Il posa les bras sur la barrière et contempla les ondulations de l'aube sur l'océan. Il était épuisé, fourbu, mais surtout, son cœur saignait. Jack avait raison. Il aimait tellement Lucy que sa trahison lui avait fait l'effet d'un coup de couteau d'autant plus douloureux que tous les habitants de l'île saluaient son courage et la façon dont elle les avait aidés. Mais pendant tout ce temps, elle avait fait en sorte de les priver de la seule chose dont ils avaient besoin pour se protéger de Cardross : un héritier.

Il s'était imaginé que Lucy avait totalement confiance en lui, et même s'il comprenait ses motivations, même s'il savait qu'elle avait été poussée par sa peur et les traumatismes de son passé, il se sentait trompé et trahi. Toute la merveilleuse intimité qu'ils avaient partagée cette dernière semaine s'était évanouie, car pendant tout ce temps, elle l'avait dupé puisqu'elle savait qu'il n'y aurait pas d'enfant. À cette idée, son cœur chavira.

Pourtant, Jack avait raison sur un point. S'il se détournait de Lucy maintenant, Cardross aurait gagné sur tous les plans importants. Non seulement ce dernier aurait essayé de lui voler ses terres, mais il aurait détruit sa joie, ses espoirs et son amour. Il lui aurait volé son avenir.

Robert se redressa et mit la bouteille d'eau dans les mains de son cousin.

— J'ignore pourquoi c'est si important pour toi.

— Parce que j'ai envie de te voir heureux, imbécile, répliqua Jack en le gratifiant d'une tape sur l'épaule. Maintenant, rentre chez toi et va la retrouver.

— Je dois d'abord faire quelque chose.

Il traversa le champ et emprunta le chemin cahoteux qui menait au bureau du régisseur. Heureusement, les flammes qui avaient ravagé le village l'avaient épargné. Sous la pâle lueur du matin, il fouilla dans son tiroir et trouva les feuilles de papier qu'il avait rangées là en cachette. Il les parcourut du regard et secoua tristement la tête.

Puis il partit à travers champs en direction de la Auld Haa pour retrouver sa femme.

Lucy n'avait pas fermé l'œil de la nuit. Aux premières lueurs de l'aube, elle se leva d'un bond, sortit sa malle et entreprit de faire ses bagages. Elle ne voulait pas attendre que Robert lui demande de partir. Elle voulait être prête. Mais même ainsi, en entendant le bruit de ses pas dans l'escalier et en voyant sa grande silhouette passer sous le linteau de la chambre à coucher, son cœur s'emballa car elle ne savait pas encore ce qu'elle allait lui dire.

Un seul regard vers lui suffit à l'ébranler. Il s'était débarrassé de la plus grande partie de la suie, de la terre et de la sueur qui le recouvraient, mais il paraissait encore si dépenaillé et fatigué qu'elle eut envie de le prendre dans ses bras et de le bercer contre elle jusqu'à ce qu'il s'endorme. Elle savait pourtant qu'un tel geste ne serait pas bienvenu. Mieux valait qu'elle se retienne de le toucher.

Robert portait un sac à dos usé sur l'épaule. Il le laissa glisser sur le lit, puis contempla la malle, les vêtements froissés et la mine défaite de Lucy.

— Où allez-vous ? demanda-t-il.

— Je m'en vais, répondit Lucy, la gorge serrée.

— Où cela ? dit-il, perplexe.

Elle brûlait de tendre la main vers lui, de se jeter dans ses bras.

— Sur la terre ferme.

Sa voix était rauque.

— Je ne sais pas où, continua-t-elle. Loin. Chez moi.

Maintenant, il avait l'air encore plus confus. Si elle ne s'était pas sentie si malheureuse, elle aurait pu en rire.

— Pourquoi cela ?

— C'est mieux ainsi, dit-elle en jetant le dernier jupon froissé dans sa malle. Il est préférable que je m'en aille.

— Préférable pour qui ? demanda Robert.

Sa voix était à présent plus ferme, plus autoritaire, moins confuse.

— Pour vous, bien sûr.

— C'est très gentil de votre part. Mais je vous assure que je ne me sentirai pas mieux si vous partez.

Le cœur de Lucy s'emballa. Elle leva les yeux vers lui. Le regard moqueur de Robert était empreint de tendresse. Les battements de son cœur s'intensifièrent.

— Lucy.

— Je suis allée sur la falaise, dit-elle en tremblant. J'ai

essayé de mettre la main sur la fiole de pouliot que j'ai jetée afin de vous prouver que je ne l'avais pas ouverte.

Il la regarda fixement.

— L'avez-vous trouvée ?

— Non, dit-elle en étouffant un sanglot. Elle a dû tomber à l'eau. Je lance plus loin que ce que je croyais.

Elle se rappela vaguement avoir voulu lui expliquer qu'elle n'avait jamais vraiment eu l'intention de prendre cette potion. Elle croyait que sa plus grande peur était de tomber enceinte. Elle comprenait à présent que ses craintes avaient disparu. Ce qu'elle redoutait le plus aujourd'hui était de vivre sans Robert. Elle pouvait le faire, bien sûr, comme cela ne tarderait pas à arriver. Mais sa vie n'aurait plus ni couleur ni saveur car elle avait découvert trop tard que le plus important n'était pas de vivre dans l'ombre de la peur mais d'embrasser la vie. Dans la vie, rien n'était jamais sûr, mais le plus important était de cultiver l'espoir, l'amour et la force de construire quelque chose de beau.

— Je croyais qu'ils vous avaient appris l'art du lancer à la Highland Ladies Blue Stockings Society, dit Robert. Vous n'avez pas à vous justifier, Lucy.

Elle sentit alors son cœur se briser. Il n'avait pas envie de savoir. Elle avait voulu le tromper en refusant de porter l'héritier dont il avait besoin, et même si elle ne l'avait pas fait, la simple idée de cette trahison était suffisante.

Elle ne pouvait pas lui en vouloir. Il lui avait demandé depuis le début de lui faire confiance, mais elle avait été incapable de le croire.

Ses jambes tremblaient tellement qu'elle dut s'asseoir sur le lit. Elle résista à l'envie d'enfouir son visage dans le premier chiffon venu pour pleurer.

— Vous n'avez rien à me prouver, continua Robert d'une voix douce. Si vous me dites que vous n'avez pas bu cette teinture, alors je vous crois. J'ai confiance en vous. Et même si vous l'aviez fait, je le comprendrais. Vous étiez terrifiée, hantée par le passé. Je ne peux pas vous en vouloir.

Il se frotta les yeux. Il paraissait si las que Lucy eut pitié de lui.

— Au début, j'étais en colère, expliqua-t-il. Je me suis senti trahi. C'était un choc. Mais je sais que vous me faites confiance maintenant et c'est tout ce qui compte. Je sais que je vous aime, et que vous m'aimez aussi.

Lucy resta un long moment immobile, puis elle se jeta dans ses bras. Ils se refermèrent avec force sur elle, et Robert la serra sur son cœur.

— Vous me comprenez vraiment, dit-elle en sentant le bouton de sa chemise lui gratter la joue.

Le goût de ses propres larmes lui emplit la bouche. Robert lui passa la main dans la chevelure en une longue et tendre caresse et elle s'y abandonna complètement.

— C'est fini, dit-il. Tout va bien.

Il la souleva dans ses bras, l'allongea sur le lit et s'agenouilla à côté d'elle. Il chassa ses cheveux de son visage fiévreux couvert de larmes et l'embrassa dans un geste d'apaisement, comme si elle était une enfant en quête de réconfort. Peu à peu, elle cessa de trembler et la peur qui la tenait disparut.

— J'ai quelque chose à vous dire, Lucy, dit-il.

Il balaya du regard le coffre ouvert, la pile de vêtements et la malle usée. Ses prunelles brûlantes l'effleurèrent comme une caresse.

— Vous avez toujours dit que je n'étais pas un poète, dit-il. Que j'étais trop abrupt et dépourvu d'érudition pour cela. Eh bien, écoutez ceci. Si vous me quittez, vous me briserez en mille morceaux. Vous êtes mon idéal, la femme parfaite. Autrefois, j'étais suffisamment stupide pour penser que cela n'existait pas mais ce n'est plus le cas aujourd'hui.

Malgré elle, Lucy ne put s'empêcher de pouffer.

— J'ai peut-être eu tort. Vous avez peut-être l'étoffe d'un poète après tout.

Robert ne sourit pas. Il prit son sac et ouvrit le rabat avant de vider son contenu sur le couvre-lit.

— Est-ce assez romantique pour vous ? demanda-t-il.

Si ce n'est pas le cas, je m'en irai et je ne recommencerai plus jamais.

Lucy contempla la pile de feuilles froissées. Elles paraissaient avoir été roulées en boule par une main furieuse.

— Mais…, commença-t-elle.

— Regardez-les.

Elle déplia la première feuille et la lissa du plat de la main. Elle contenait quelques lignes de mots épars, dont certains étaient soulignés et d'autres barrés. Il en allait de même pour la deuxième et la troisième feuille. Les lignes étaient griffonnées, se répétaient, couvertes de ratures.

— Robert ? dit-elle en reposant lentement la feuille. Vous avez écrit cela pour moi ?

Il paraissait à moitié fier de lui, à moitié honteux, comme un écolier.

— Je crains que ce ne soit pas très bon.

Il n'avait pas totalement tort…

— « Mon amour est comme un nuage de pluie qui baigne doucement la douleur… »

Elle pouffa de rire et essaya de le déguiser en toussant.

— « Mon amour pour vous est tendre et vrai… », continua-t-elle. J'ai déjà entendu ces vers.

Elle tenta de retenir le sourire qui lui étirait les lèvres, sans succès.

— Mais vous avez essayé, dit-elle d'un air rassurant. C'est tout ce qui compte.

Elle sentit de nouveau des sanglots l'étrangler.

— Oh ! Robert !

Elle le contempla à travers ses yeux brouillés par les larmes.

— Si vous êtes prêt à faire cela pour moi, c'est que vous m'aimez vraiment, conclut-elle.

Il lui prit les mains.

— Je ferai bien plus qu'écrire des poèmes pour vous prouver à quel point je vous aime, Lucy. Vous comprenez ?

Oui, elle comprenait. Elle l'imaginait, fustigeant les taches d'encre sur ses doigts. Elle le voyait, assis à son bureau la semaine précédente, la tête dans les mains après avoir roulé en boule la dixième feuille de papier.

— Je vous aime aussi. Plus que tout.

Il la prit dans ses bras et lui embrassa les cheveux.

— S'il est trop tôt, dit-il d'une voix enrouée, si vous avez toujours peur d'avoir un enfant, nous pouvons attendre. Je suis prêt à me présenter aux juges pour défendre mon cas…

Lucy le fit taire en posant un doigt sur ses lèvres.

— Je suis prête, murmura-t-elle. Je n'ai pas envie de revenir en arrière. Et qui sait…

Elle sourit, pleine d'espoir et le cœur léger.

— Il se peut que je porte déjà votre enfant.

D'un geste ample, Robert poussa la malle du lit. Elle tomba avec fracas et son contenu se renversa sur le tapis. Lucy ouvrit la bouche pour protester mais Robert l'embrassa profondément et l'allongea sur les coussins moelleux. D'une main impatiente, il défit les boutons de son corsage qui cédèrent facilement.

— Juste au cas où vous ne le seriez pas, pouvons-nous essayer encore ?

Épilogue

Methven Castle, 21 septembre 1813

Lucy écrivit la date en haut de la page et s'arrêta pour réfléchir en tapotant la plume contre ses lèvres. Il était difficile de formuler une lettre comme celle-ci correctement et il convenait de peser ses mots.

Elle tourna les yeux vers la fenêtre. La journée était trop belle pour rester enfermée. Une lueur dorée planait au-dessus du lac et les montagnes se détachaient sur un ciel d'un bleu sans nuages.

Sur la terrasse en contrebas, Lucy aperçut la marquise douairière de Methven assise en compagnie de ses chiens face aux jardins. Elle devait s'être assoupie, même si elle ne manquerait pas de s'en défendre. Comme Robert l'avait prédit, sa grand-mère avait approuvé de bon cœur le choix de son épouse. Il le lui avait dit récemment.

— Ma grand-mère est une femme très à cheval sur les principes. Il est très dur de gagner son approbation.

Lucy ne l'avait pas contredit mais n'avait pas acquiescé non plus – et pour cause. Elle savait qu'il était très aisé de plaire à la douairière, au contraire : d'un simple regard, celle-ci avait compris que Lucy était complètement amoureuse de Robert et l'avait donc accueillie à bras ouverts. Sous ses airs guindés se cachait un cœur tendre.

Les chiens aboyèrent joyeusement et Lucy aperçut Robert qui avançait sur la terrasse en direction de sa grand-mère, avec dans ses bras l'héritier de Methven âgé de quatre mois. James Gregor Methven dormait d'un sommeil paisible et heureux. Lucy regarda d'un œil amusé Robert tendre avec précaution l'enfant emmailloté à la douairière. Comme s'il avait senti son regard, il leva les yeux vers la fenêtre et salua Lucy d'un geste de la main.

Quelques instants plus tard, elle entendit son pas dans l'escalier et il entra dans son bureau. Il sentait le soleil et l'air frais. Il posa la main sur le dossier de sa chaise et se pencha vers elle pour l'embrasser avec satisfaction.

— Comment avancent vos écrits ? demanda-t-il.

— Je ne trouve pas les mots, répondit Lucy.

Robert lui décocha un sourire malicieux qui la fit rougir.

— Vous avez besoin d'un peu d'aide pour vos recherches ?

— Ce n'est pas *ce genre de lettre*, répondit-elle avec un air de reproche.

Elle posa la plume en soupirant.

— Je suis en train d'écrire à Lachlan pour le féliciter, maintenant que nous savons que Dulcibella a hérité des terres de Cardross.

Robert se laissa tomber dans le fauteuil à côté du bureau en poussant un petit grognement. Lucy se mordit les lèvres et s'efforça de ne pas sourire en croisant son air grincheux.

Lorsque Wilfred Cardross avait été déclaré coupable de trahison le mois dernier, le roi avait gracieusement attribué ses terres à Dulcibella, qui était sa plus proche parente. Lachlan et son épouse étaient désormais richement récompensés. Par bonheur, le roi avait de même fait annuler le traité datant du XVe siècle qui autorisait les lairds de Cardross à revendiquer les terres de Methven. De toute manière, maintenant que Robert avait un héritier, il n'était plus exposé à aucune menace.

Mais Lucy fut tentée de le taquiner.

— Quel dommage que vous n'ayez pas épousé Dulcibella, dit-elle d'un air innocent. Aujourd'hui, les terres de Cardross et de Methven seraient à vous.

Robert posa sur elle ses prunelles brûlantes, qui brillaient d'un éclat qui lui fit battre le cœur.

— Et à qui la faute, milady ? demanda-t-il.

— J'avoue que je suis responsable, reconnut Lucy en le regardant sous ses cils. Je me suis déjà excusée.

— Pas suffisamment.

D'un mouvement souple, Robert se leva et la prit dans ses bras. La chaise bascula en arrière et la feuille blanche vola au sol. Il souleva Lucy et se dirigea vers la porte de la chambre à coucher avant de la jeter sur le lit.

— Vous avez une dette envers moi, murmura-t-il contre son oreille. Une grosse dette.

— Robert ! protesta Lucy tandis qu'il commençait à lui retirer ses vêtements sans ménagement. Vous ne pouvez pas faire cela, en plein jour, avec votre grand-mère en bas et…

Elle fut interrompue par le baiser très long et très doux de Robert.

— Vous disiez ? murmura-t-il en lui mordillant langoureusement la gorge.

— J'ai oublié.

La chambre était inondée de soleil et son esprit était rempli de lumière. Elle sentit Robert se coucher sur elle et la pénétrer avec une infinie douceur. Elle lui mordilla l'épaule pour l'encourager.

Depuis qu'il était revenu partager son lit, il la traitait comme si elle était en sucre, mais dernièrement, elle en avait assez de toute cette délicatesse.

Elle réprima un sourire. Lorsqu'elle avait découvert qu'elle était enceinte de James, elle s'était sentie très angoissée, ce qui était compréhensible. Le jour de l'accouchement, Robert avait contrevenu aux règles et scandalisé la bonne société en restant à ses côtés pendant tout le travail pour la rassurer. Et elle ne l'en aimait que plus encore pour cela.

Elle l'attira vers elle et enroula les jambes autour de sa taille. Puis elle se mit à onduler des hanches et l'entendit grogner tandis qu'il troquait sa douceur contre une impatience bien plus satisfaisante.

Le plaisir les envahit tous les deux et ils restèrent enlacés, leurs corps inondés par le soleil, bercés par leurs souffles hachés et les voix lointaines de la douairière et de la nourrice du petit James qui montaient de la terrasse.

— Alors ? demanda Lucy en se tournant vers son mari. Croyez-vous que vous pourrez me pardonner ?

Robert lui sourit.

— Réflexion faite, je préfère que les choses soient comme elles sont. Je n'ai pas besoin des terres de Cardross. J'ai Methven, j'ai James et je vous ai, vous.

Il l'embrassa.

— J'ai tout ce que je peux désirer au monde.

Vous avez aimé *La belle et le Highlander* ?
Découvrez la suite de la série
« Les héritières MacMorlan »
dès le mois d'octobre dans votre collection
Les Historiques !

Retrouvez en octobre 2019,
dans votre collection

LES HISTORIQUES

Deux roses pour un cœur, de Anne Herries - N°848

1455, Pays de Galles

Sauvée de justesse par Robert de Melfort, Melissa peine à se remettre du choc. Elle ne pensait jamais revoir ce jeune nobliau que son père a fait violenter pour l'éloigner d'elle et qui semble lui tenir rancune de ce traitement. En exigeant qu'il l'escorte jusqu'au couvent où elle doit être mise sous bonne garde jusqu'à son mariage de raison avec le marquis de Leominster, peut-être pourrait-elle lui témoigner son affection ? Et le convaincre de l'aider à fuir sa triste destinée…

Le sort d'un Irlandais, de Michelle Willingham - N°849

CŒUR DE GUERRIER - TOME 3

1175, Irlande

Joan se sait maudite. Par trois fois elle a voulu prendre un époux et par trois fois ceux-ci ont trépassé avant l'échange des vœux sacrés. Aussi refuse-t-elle d'obéir à ses deux frères, Warrick et Rhys de Laurent, lorsqu'ils l'encouragent à accepter l'offre de Ronan O'Callaghan. Elle ne peut risquer la vie de cet homme, qu'elle connaît à peine, mais qui la trouble plus que de raison. Même si celui-ci la supplie de consentir pour le bien du clan O'Callaghan.

L'inconnu du bal, de Nicola Cornick - N°850

LES HÉRITIÈRES MACMORLAN - TOME 2

Écosse, 1815

Jack Rutheford ? En découvrant les traits de l'homme masqué avec qui elle vient de partager la nuit la plus passionnée de sa vie, Lady Mairi se sent défaillir. Comment elle, la veuve respectable, a-t-elle pu laisser libre cours à son désir pour ce libertin notoire, cet insupportable insolent ? Bien sûr le bal de la veille était des plus enchanteurs… mais elle doit trouver une échappatoire avant le réveil de son cousin par alliance, en priant pour que lui ignore toujours l'identité de sa mystérieuse amante…

La missive oubliée, de Michelle Styles - N°851

Newcastle, Angleterre, 1846

Pour Miss Emma Harrison, orpheline de mère, seule la guérison de son père bien-aimé importe. Aussi cache-t-elle à tous l'état de ce dernier pour protéger le joyau de toute une vie : sa compagnie Harrison et Lowe, spécialisée en construction. Mais lorsque Jack Stanton, devenu ingénieur, refait surface pour lui prêter main-forte sur le chantier d'un pont, Emma sent ses défenses faiblir. Cet homme, le plus qualifié pour la seconder, est aussi le seul qu'elle ait jamais aimé et qui l'a abandonnée sans un mot sept ans plus tôt…

L'honneur d'une Strickland, de Christine Merrill - N°852

AU SERVICE DES STRICKLANDS - TOME 2

Humiliée. Déshonorée. Charity ne trouve pas de mots assez forts pour repousser Miles *Strickland* lorsqu'il lui dévoile son identité. Dire que la veille encore, elle succombait à la plus exquise des étreintes entre ses bras et lui confiait vouloir retrouver une partie de l'héritage familial disparu afin d'échapper à un mariage avec le comte de Comstock. Désormais tout est clair : Miles, l'héritier de sa fortune, est venu des Amériques pour la déposséder…

Le chevalier du dragon, de Catherine Archer - N°853

Angleterre, 1202

Inquiète pour son frère Christian, disparu lors d'une mystérieuse mission, Lady Aislynn reprend espoir lorsque leur père fait un songe prémonitoire: Christian sera sauvé par « une femme blonde, belle de corps et douce de visage ». Un portrait qui lui ressemble trait pour trait… Persuadée de pouvoir aider son frère, elle part à sa recherche en compagnie d'un ami de ce dernier, Jarrod Maxwell. Un homme énigmatique, fils d'un croisé et d'une Orientale, dont tout laisse à penser qu'il en sait plus sur la disparition de Christian qu'il ne le prétend…

La dame de Rionallis, de Michelle Willingham - N°854

Irlande, 1171

En se fiançant avec Hugh Marstowe, Geneviève de Renalt croyait vivre le grand amour. Mais sitôt installé à Rionallis, domaine qui constitue une partie de sa dot, son futur époux tombe le masque et la maltraite. Geneviève se croit perdue ; d'autant que son fiancé décide, sans coup férir, de précipiter leurs noces. C'est alors que le château est attaqué par une horde d'Irlandais avec à leur tête Bevan MacEgan, un guerrier qui prétend être le véritable maître de Rionallis. Prête à tout pour échapper à son sort, Geneviève accepte, à ses risques et périls, de pactiser avec l'ennemi. Car Bevan a beau la mépriser et vouloir la déposséder de son bien, elle sait qu'il est le seul à pouvoir la sauver…

Composé et édité par HarperCollins France.

Achevé d'imprimer en juillet 2019.

CPi
BLACK PRINT

Barcelone

Dépôt légal : août 2019.

MIXTE
Papier issu de
sources responsables
FSC® C108412

Pour limiter l'empreinte environnementale de ses livres, HarperCollins France s'engage à n'utiliser que du papier fabriqué à partir de bois provenant de forêts gérées durablement et de manière responsable.

Imprimé en Espagne.